I0667682

50 kortnoveller

Martin Lundqvist

Published by Martin Lundqvist, 2021.

50 KORTNOVELLER

First edition. August 7, 2021.

Written by Martin Lundqvist.

Förord

H^{ej.} Tack för att du läser den här antologin som består av sammanlagt 50 kortnoveller. Kortnovellerna är uppdelade I fyra serier samt 16 fristående historier.

Serierna är följande

Den otursamme advokatens dejtingmissöden (humor. 8 historier) följer den framgångsrika advokaten Geoffrey när han går på en mängd absurda dejter. Kommer Geoffrey att överkomma sin otur genom att konfrontera författaren?

En australiensisk spions bisarra uppdrag (humor / spionage, 13 historier.) följer Pond, Jared Pond. Jared är den främsta agenten som Australien någonsin skådat enligt honom själv, och han klantar sig runt i världen på meningslösa och bisarra uppdrag. Kommer Jared och Pondtåget att nå sin destination?

Rymdkocken Diahs fantastiska äventyr (Barnvänlig Sci-fi, 6 historier) följer en kock som reser genom tid och rum i sin strävan att tillaga de bästa rätterna för sin monark. Kommer Diah att uppnå sitt mål att bli solsystemets bästa kock, eller kommer hennes tidsresor att orsaka irreversibla förändringar på tidslinjen?

Fionas drömlika äventyr (barnbok, äventyr, 8 historier) handlar om Fiona som är en vanlig 7-årig tjej med väldigt livliga drömmar. I sina drömmar träffar hon kända personer, reser till parallella världar, och lär sig om livet.

De ovannämnda böckerna finns också i tillgängliga i magasinformat med bilder. Sök på Amazon om du är intresserad.

Om ni har några frågor eller synpunkter så skicka gärna ett epostmeddelande till martinlundqvistauthor@gmail.com

Biblioteksdejten

*"*S*ex och andra fysiologiska behov."*
Jag tittade på boken som min tilltänkta Tinderdejt läste. Jag hade blivit förvånad när hon föreslog att vi skulle mötas vid biblioteket, men här var jag. Med tanke på boken som hon läste, så kunde detta bli en lyckad dejt.

"Emma?" frågade jag. Hon la ner boken och log mot mig.

"Hej. Du måste vara Geoffrey?" Svarade Emma.

"Ja. Intressant val av bok," sa jag och blinkade åt Emma.

"Sannerligen. Denna bok har många dolda fakta som kan få dina käkben att falla. " Sa Emma förföriskt.

"Få mina käkben att falla?" Undrade jag. Jag bet mig själv i tungan över att min okunskap ändrade riktningen på detta lovande samtal.

"Haka. Som i att tappa hakan. Bildligt menat såklart." Förklarade Emma.

"Ja men såklart. Verkar som att bibliotek är bra för att lära sig saker. Jag har varit här i mindre än en minut och jag har redan lärt mig något nytt." Sa jag och log.

"Tänk vad du kan åstadkomma om du spenderar några timmar med mig. Du skulle bli en ny man!" Sa Emma glatt.

Jag reflekterade över Emmas påstående. Jag behövde sannerligen bli en ny man, och hon verkade vara en lämplig lärare. Jag log och talade. "Vad sägs om att vi tar en kopp kaffe vid kaféet en våning upp? Även om jag älskar att läsa, så är en gemensam läsestund inte en bra första dejt."

"Åh. Du har sannerligen inte dejtat mig. Att läsa tillsammans kan göra en kväll väldigt intressant. Men jag tar gärna en kopp kaffe också." Sa Emma och log.

Vi gick upp för trappan och jag gick fram till kassan för att beställa två cappucinos. När jag skulle betala slogs jag av en skrämmande insikt. Jag hade inga kontanter och jag visste inte vilket av mina 24 kreditkort som jag hade pengar på. Jag hade funderat på att säga upp de förbannade kreditkorten för att slippa oändligt skuldslaveri, men jag behövde korten för att visa upp min status. Kortbetalningen misslyckades flera gånger och jag fick panik när jag försökte hitta rätt kort. Helvete också, den här Tinderdejten var en kopia av förra veckans dejt.

Till slut så gav Emma kassörskan en hundralapp och betalade. Hon hånlog mot mig när vi tog våra kaffen till bordet. Olyckligtvis stördes vårat samtal av den väsnande trafiken och min telefon vibrerade. "Oroa dig inte för mig, svara i din telefon." Förslog Emma.

Motvilligt svarade jag i telefonen. "Hur var din dejt?" Frågade Martin, min författarvän.

"Jag är fortfarande där." Svarade jag.

"Åh! Bäst att jag inte stör dig då. " Svarade Martin och la på.

"Åh fan!" Tänkte jag och vände mig om för att tala med Emma.

Emma var borta. Hon måste ha smugit iväg under mitt telefonsamtal! Jag grät inombords. Trots att jag var en framgångsrik advokat, så hade jag gått på 100 raka Tinderdejter utan att få till det!

Thaidejten

Jag var hemma och tittade igenom mina kreditkortsutdrag för att se om jag hade tillräckligt med pengar för att ordna en Tinderdejt. Medan jag hade varit på 100 raka Tinderdejter utan att ha sex, var jag en masochist, och kanske skulle dejt 101 ge mig min drömkvinna, det vill säga en kvinna jag kunde ha sex med.

Det visade sig hade jag maxat alla mina kreditkort och att det skulle ta mig sex månader att rätta till mina finanser. Sexlös dejting var inte billigt, och mina tvivelaktiga investeringar räckte för att negativt kompensera min rejäla advokatsinkomst. Medan mina investeringar gjorde mig till en skattebefriad medborgare undrade jag om det inte var att bättre att betala skatt och ha pengar.

Jag kontaktade min exflickvän, Rebecca. Vi hade gjort slut efter mina många misslyckade försök att vara otrogen mot henne. Men eftersom jag aldrig hade legat med en annan kvinna under vårt förhållande hoppades jag att tiden hade läkt alla sår.

”Hej, Geoffrey. Det var ett tag sedan. Vad händer?" Sa Rebecca.

”Jag har saknat dig. Vad sägs om att träffas till lunch?” Svarade jag.

"Har du saknat mig eller har du saknat sex?" Frågade Rebecca.

"Är dessa alternativ inte likvärdiga?" Frågade jag.

"Okej. Kan du träffa mig på Cargo Bar klockan 1 idag?” Föreslog Rebecca.

'Wow, hon är angelägen. Varför har jag väntat så länge på att kontakta henne?' Tänkte jag och kom ihåg min situation. Jag var för pank för att betala för lunch.

Jag ville inte upprepa min biblioteksdejt med Emma, så jag bestämde mig för att berätta om min situation.

"Umm Becky, det finns en sak du behöver veta..." sa jag.

"Säg inte att du smittade mig med någon könssjukdom?" Utropade Rebecca.

”Umm nej. Men jag är för pank för att betala för lunch.” Erkände jag.

"Vänta, är du inte en framgångsrik advokat?" Frågade Rebecca.

”Jo, men en usel investerare,” erkände jag.

”Okej, jag bjuder på lunch. Vi ses klockan 1,” svarade Rebecca.

"Vi ses vid 1," svarade jag och lade på.

Jag log när jag lade ner telefonen. Jag hade säkrat en gratis lunch och med lite tur skulle jag också säkra en session med nakenyoga. Duracellkaninen var redo för action.

NÄR JAG TRÄFFADE REBECCA på Cargo Bar såg hon okej ut och jag undrade varför jag hade lagt ner så mycket tid och besvär på att vara otrogen mot henne. Vi hade kommit bra överens, och om jag hade uppfört mig så skulle vi fortfarande vara tillsammans. Jag påminde mig om att det inte hade varit vettigt att nöja mig med det okejalternativet när jag var ung och fortfarande hade drömmar. Men nu när jag var äldre och skuldsatt var ett okej förhållande bättre än en frustrerande vandring i dejtingvildmarken.

Rebecca närmade sig och talade. "Hej, Geoffrey. Det är trevligt att se dig igen. Tyvärr accepterade jag i hopp om att få en gratis lunch. Å andra sidan antar jag att du ringde mig i hopp om att få ligga, så det verkar som att ingen av oss vad får vi vill."

Oj, detta var inte nytändningen av lågan jag hade hoppats på. Jag harklade mig och talade: "Jag är ledsen att jag ber dig att betala lunchen. Jag kommer att gottgöra dig."

Rebecca skakade på huvudet och svarade. "Det handlar inte om pengarna. Vi lever år 2019 och jag tror på jämställdhet. Jag betalar gärna för lunch."

"Så, vad är problemet?" Frågade jag.

"Problemet är de många gånger du försökte och misslyckades med att vara otrogen," svarade Rebecca.

"Stopp å belägg, jag var aldrig otrogen mot dig." Protesterade jag.

"Det beror på att du alltid misslyckades. Föreställ dig hur demoraliserande det är att vara med en kille som alltid försöker vara otrogen, men aldrig lyckas. Om du lyckades skulle jag åtminstone veta att du var en alfahane som andra längtade efter. Men så var inte fallet för oss, eller hur?" Utbrast Rebecca.

Jag visste inte hur jag skulle bemöta Rebeccas uttalande, så jag satt tyst. En minut senare levererade en servitris två biffar till vårt bord. Även om detta var vad jag skulle ha beställt blev jag förvånad eftersom jag inte hade beställt någonting.

Jag tittade på Rebecca och talade. "Hej, beställde du biffarna innan jag kom?"

"Ja, jag lovade att bjuda på lunch och jag visste vad du ville ha. Låt oss äta. Jag måste återgå till jobbet snart." Snäste Rebecca.

Vi åt våra biffar i tystnad. Jag var på väg att gå när Rebecca log och talade. "Hej, Geoffrey, en av mina högskoleprofessorer, Kanika, skulle gärna äta middag med dig ikväll. Är du tillgänglig? Hon bjuder."

"Vad är haken?" Frågade jag.

"Inget", sade Rebecca och flinade, "Jag hjälper bara min vän att möta hennes drömkille."

Jag tvekade. Jag kände att mitt ex blåste mig, men jag kunde inte vara säker. "Okej, jag kan träffa henne. Hur ser hon ut och var möter jag henne?" Frågade jag.

"Träffa henne på Lilla Grodrestaurangen kl. 19 Det här är hennes foto. " Sa Rebecca och visade mig ett foto av en thailändsk kvinna i 30-årsåldern.

Jag tittade på fotot, och medan Kanika inte var bedårande, var hennes utseende acceptabelt och hon betalade för dejten. Det var dags att bryta min torka genom att ha sex på min hundraförsta dejt.

"Bra. Berätta för henne att jag gärna träffar henne." Svarade jag.

"Lycka till," flinade Rebecca och lämnade restaurangen.

När jag återvände till mitt advokatkontor kände jag en blandning av ångest och förväntan. Jag var orolig eftersom jag var osäker på min ex-flickväns avsikter. Men jag kände också förväntan eftersom Kanika verkade som en säkert kort, och det var dags att bryta min långa torka!

"HEJ, GEOFFREY. INNAN vi börjar vill jag att du svarar på två frågor för att säkerställa vår kompatibilitet. "

Jag tittade förbryllat på min dejt på restaurangen. Var detta en dejt eller en betald marknadsundersökning? Oavsett vilket såg jag inga problem att besvara förkvalificerande frågor, eftersom detta skulle spara mig ett par timmar om mina svar var felaktiga.

”Fråga på,” sa jag och log.

”Hur högt är ditt IQ och hur många har du legat med?” Frågade Kanika.

'Wow, det här var direkt och oväntat.' Tänkte jag och undrade om Rebecca hade gömt en kamera någonstans. Det kan överraska läsaren att jag är mycket intelligent, och jag var toppstudenten i min gymnasieklass. Tyvärr lärde gymnasiet mig aldrig sunt förnuft.

”Mitt IQ är 135 och jag har legat med ett tiotal kvinnor,” svarade jag.

"Utmärkta svar. Och hur många män har du legat med?” Frågade Kanika.

”Jag har inte legat med några män,” svarade jag.

"Men skulle du överväga det om möjligheten uppstod?" Frågade Kanika.

Oj, det här var knepigt. Mitt ärliga svar skulle vara. 'I helvete heller, jag är inte en jävla fikus.', Dock skulle det svaret minska mina chanser att ha sex ikväll, så jag svarade. "Som människor bör vi alltid ha ett öppet sinne för att hitta nya sätt att uttrycka vår sexualitet."

"Utmärkt. Du klarade testet. Låt mig bjuda på en fransk avsmakningsmiddag för 199 dollar. ” Sa Kanika och log.

Jag log tillbaka. Medan jag skulle ha föredragit $ 199 spenderat på drycker och marschpulver, var det fortfarande smickrande att vara mottagaren av en dyr dejtingupplevelse för en gångs skull.

När vi åt vår utsökta franska måltid berättade Kanika om sina genusstudier. Det var en okej upplevelse och Kanikas ordförråd avslöjade att hon också var intelligent. Samtidigt, så bevisade hennes långsökta vänsterkonspirationsteorier att hon saknade sunt förnuft. Så jag antar att vi var kompatibla.

Någon timme senare såg Kanika på mig och talade. ”Jag hade en fantastisk tid med dig, Geoffrey. Har du något emot att komma till mig så att vi kan ha sex? ”

”Visst, varför inte,” svarade jag.

Medan Kanika var långt ifrån den vackraste kvinnan jag hade träffat, var hon den första som spenderade 200 dollar på mig. Det var återbetalningstid, och Duracellkaninen var redo för en passionerad natt.

"ÄR DET HÄR DIN RIKTIGA penis?"

Kanikas kommentar förvirrade mig, när vi skulle sätta igång en session med nakenyoga.

"Så klart det är. Vad pratar du om?" Svarade jag.

”Jag kan inte ha sex med dig, Geoffrey,” sa Kanika och rullade bort från mig.

"Vad händer?" Frågade jag.

”Jag är en transvestit, och jag lockas bara av män som brukade vara kvinnor. ” Avslöjade Kanika.

”Jag förstår ingenting alls,” sa jag, fortfarande förvirrad av det surrealistiska mötet.

”Rebecca sa till mig att du var min perfekta matchning, en intelligent kvinna som hade konverterat till en man. Jag är en man, Geoffrey. Jag lockas inte av andra män. Lämna min lägenhet.” Sa Kanika.

Jag drog upp byxorna och jag skyndade mig att lämna Kanikas lägenhet. Jag antar att Rebecca fick det sista skrattet för de många gånger jag misslyckades med att vara otrogen mot henne. Jävla helvete, jag hade nästan sex med en transvestit. Usch!

Slut.

Katedralsdejten.

Jag hade precis kommit av flygplanet efter min långa flygresa från Australien när jag mot bättre vetande satte på min telefon. Till min bestörtning fanns ett WhatsApp-meddelande från min vän Martin. "Har du fått till det ännu? Nyttjade du 24-timmarsflygningen till Frankrike för att gå med i 10 000 metersklubben?"

Jag suckade över det förutsägbara textmeddelandet, men jag kunde ändå inte släppa det. Martin fick aldrig ragg heller, men han hade varit med sin partner i många år, så han hade åtminstone en ursäkt. Jag, å andra sidan, var en framgångsrik advokat så jag hade ingen ursäkt för min långa tid utan kvinnligt sällskap.

Jag gick till en närbutik och köpte ett kilo apelsiner. "Covidvaccinet" som jag hade tagit för att få lämna Australien, hade gett mig en konstig biverkning: Jag var tvungen att äta apelsiner för att undvika ett utbrott av skörbjugg. Vem kunde ha anat detta?

Efter att ha ätit mina apelsiner tänkte jag "Fuck it" och laddade ner Tinder. Jag hade tagit bort den jävla appen efter att ha varit på i 100 Tinderdejter utan att ha sex, några år tidigare. Jag var dock i ett nytt land, och förhoppningsvis skulle den franska dejtingsmarknaden fungera bättre för mig än den australiska.

När jag öppnade appen märkte jag något nedslående. De flesta kvinnorna såg franska ut. Jag är inte rasist, men om en kvinna inte har ett östasiatiskt arv, duger hon inte åt mig. Nu när jag tänker på det är jag faktiskt rasistisk, åtminstone när det gäller valet av partners för sovrumsaktiviteter.

Efter att ha nekat 50 tjejer i rad dök en asiatisk kvinna upp. Hon var inte vacker, men tiggare kan inte välja och den franska marknaden tycktes inte tillgodose mina preferenser. Jag indikerade mitt intresse, och det förvånade mig när texten "Du fick en match!" dök upp på min telefon. En match av en möjliga. En bra start!

Jag chattade med min Tinder-match medan en taxi tog mig till mitt hotell. Vi gick med på att träffas utanför Notre Dame-katedralen på eftermiddagen, vilket var perfekt, eftersom mitt hotell låg nära katedralen.

När jag anlände till hotellet duschade jag och tog en tupplur för att få min skönhetssömn före årets första Tinderdejt.

JAG STOD UTANFÖR NOTRE Dame-katedralen och njöt av vårsolen. Jag kände en våg av nervös förväntan inför min dejt, och minnesbilder från Emmas försvinnande från biblioteket två år tidigare plågade mig. Trots att jag hade upplevt sex sedan den dejten, blev jag fortfarande irriterad över att jag hade missat ett sådant öppet mål. Jag hoppades att det inte skulle hända igen.

Ett meddelande från mitt dejt plingade på min telefon. Det var från dagens träff, Sandra. Jag skulle öppna appen när jag hörde en kvinnlig röst. "Hej, du måste vara Geoffrey."

Jag vände mig om och jag såg en vacker asiatisk kvinna som såg annorlunda ut än min Tinderdejt. Detta förvånade mig. Även om det är vanligt att Tinderdejter ser annorlunda ut i verkligheten, ser de aldrig vackrare ut när vi träffas på riktigt.

"Hej, det är så trevligt att träffa dig." Sa jag och log.

"Ja, det är det. Låt oss introduceras ordentligt. Jag heter Li-Na. " Sa min dejt och visade mig ett himmelskt leende med sina perfekta vita tänder.

"Jag heter Geoffrey." Sa jag och sträckte ut handen för att hälsa på henne.

När jag räckte ut min hand för att hälsa på Li-Na insåg jag mitt potentiella misstag. Ett år efter Covid fanns det fortfarande människor som var rädda för att skaka hand. Men å andra, skulle någon som vägrade att skaka hand av rädsla för virus tillåta mig att knulla utan gummi oavsett vilket?

"Jag föredrar att kramas." Sa Li-Na och gav mig en varm omfamning.

När Li-Na kramade mig oroade jag mig över det ökade blodflödet till vissa regioner. Skulle hon finna mig udda om jag fick en erektion mindre än en minut efter att ha träffat henne?

Li-Na släppte sin kram och jag andades ut i lättnad. Det var nära, nu kunde jag spela det långsamt med mina oöverträffade konversationsfärdigheter istället.

"Låt oss gå in. Jag vet allt om katedralen. Jag kan ge dig en guidad tur." Sa Li-Na.

"Jag skulle älska en guidad tur. Led vägen." Sa jag och log.

Li-Na log och hon tog mig runt katedralen och pratade om de restaurerade konstverken. Jag försökte mitt bästa för att hålla reda på vad hon sa men jag kände mig distraherad. Som när jag dömde en viss dam i fotboll kunde jag inte tänka mig något annat än sex.

"Det här är linneförrådet jag har nyckeln till. Det är här vi kom överens om att ha sex." Förförde Li-Na.

Jag stirrade misstroget på Li-Na. Hade hon sagt det, eller drev min långa torka mig till vansinne?

"Det är ... om du inte tycker att jag är ful?" Sa Li-Na och log förföriskt.

"Som en framgångsrik advokat uppfyller jag alltid mina skyldigheter. Sex i förrådet är det," blinkade jag.

Li-Na låste upp dörren, och jag kände att jag var i himlen i cirka 30 sekunder. Det var lite pinsamt att jag inte varade längre än så, men det hade varit ett tag sen sist.

"Uhm, jag är ledsen att det gick så snabbt, men mitt hotell ligger i närheten. Jag lovar att kompensera dig för det. " Sade jag.

"Jag förstår. Det är länge sedan jag hade sex också. Men den här appen är en gudagåva. " Svarade Li-Na.

"Så, låt oss gå tillbaka till mitt hotell då?" Sade jag.

"Det låter bra," sa Li-Na, och vi gick hand i hand till mitt hotell för mer sovrumsaktiviteter!

JAG VAKNADE FRÅN JETLAG klockan 2 på natten och min kuk kändes som om den skulle falla av. Jag hade släppt loss helvetet på Li-Nas fitta och jag hade slagit mitt dagliga rekord genom att ha sex tio gånger. Jag tänkte på att väcka henne och be om en elfte omgång, men jag fruktade permanenta skador om jag pressade mig själv så hårt. Istället tog jag ett fotografi av hennes läckra kropp för att skicka till Martin. Normalt sett är jag mer gentlemannalik än så, men jag var på andra sidan jordklotet och skulle troligen inte inledde ett förhållande med damen i fråga. På ett sätt var det synd, eftersom sex med Li-Na inte var av denna värld.

Jag skickade bilden till Martin med följande text. "Titta vem jag har haft sex med idag."

"Bra grejer. Hur mycket betalade du?" Svarade Martin.

"Ingenting, jag hittade henne på Tinder. Vi hade till och med sex i en kyrka." Skröt jag.

"Bra skröna, bror. Berätta om det när du kommer hem. " Svarade Martin.

Jag tänkte skryta lite mer, men istället öppnade jag Tinder-appen för att ta reda på varför Li-Na kallade sig Sandra i appen.

Det kom ett meddelande från 'Sandra'. Meddelandet läste "Jag behöver verifiera att du är den du påstår dig vara. Kan du skicka en bild av ditt kreditkorts fram- och baksida? "

Bah, vilket skämt. Vilken typ av desperat förlorare skulle falla för en så uppenbar bluff? Men samtidigt blev jag nyfiken. Om 'Sandra' var en bedragerska, vem trodde Li-Na att jag var?

Jag bestämde mig för att fråga på morgonen. Jag åt några fler apelsiner för att undvika skörbjugg från mitt Covid-vaccin. Efter det lade jag mig ner för att vila.

JAG VAKNADE PÅ MORGONEN till doften av nybakad bagett. Li-Na log mot mig och talade. "Jag är så glad att jag träffade dig, Geoffrey. Det är så bra att hitta någon att dela livet och döden med."

"Åh, säg inte det. Vi är fortfarande unga och vi har många år kvar att leva." Svarade jag.

När hon hörde detta blev Li-Na melankoliskt och utbrast. "Åh, jag önskar att jag hade din energi och optimism. Men jag är rädd att botemedlet för vårt tillstånd inte kommer att utvecklas under våra livstider. Åtminstone inte innan jag går bort. "

"Vad menar du? Jag har ingen livshotande sjukdom?" Svarade jag.

"Du fortsätter att säga det, men jag håller inte med dig. Jag är övertygad om att våra HIV-infektioner kommer att avsluta våra liv i förtid." Gnällde Li-Na.

"Va? Jag har inte HIV. Varför säger du något sådant?" Sa jag chockad.

"Vänta? Är du inte Jeffrey Wang från Hinder-appen?" Frågade Li-Na.

"Nej! Jag är Geoffrey Tang från Tinder." Utropade jag.

"Åh skit. Jag är så ledsen att säga detta, men jag trodde att du var från Hinder-appen, som är en dejtingsapp för Hiv-smittade. Så nu har du haft mycket oskyddat sex med mig och jag bär en HIV-infektion i sen fas. " Avslöjade Li-Na.

Som ni kan föreställa er blev saker obekväma efter Li-Nas avslöjande. Hon tog sina grejer och lämnade mitt hotellrum utan ett ord. Själv hoppades jag att min penis värkte på grund av överanvändning och inte på grund av en dödlig blodburen sjukdom.

Jag tänkte be till Gud om hjälp, men jag insåg att jag hade otuktat med en främling i hans hus, så det var bättre att jag låg lågt och hoppades på att Gud inte hade upptäckt mina överträdelser.

SOM TUR VAR VISADE det sig Li-Na inte smittade mig med HIV. Även om detta var goda nyheter för min förväntade livslängd, tvivlar jag på att det var bra för mitt sexliv. Jag har kollat på Hinder-appen, och alla där verkar som kåta nymfomaner. Å andra sidan, bar de alla på en dödlig sjukdom, så jag antar att det finns fördelar och nackdelar med allt.

Hursomhelst, nu när jag äntligen har brutit min långa torka, är jag redo att ta itu med ett annat hinder. Jag är redo att gå på ytterligare 100 Tinderdejter och förhoppningsvis ha sex efter några av mötena.

Dubbeldejten.

Vintersolen sken, och jag hade en fantastisk söndag och njöt av solen vid en takbar på Oxford Street. Jag hade tagit ledigt en helg från att förstöra fotbollsmatcher och jag försökte flirta med Mikayla Wang, som var min sexiga kollega från advokatbyrån.

Mikayla hade allt jag kunde önska mig hos en kvinna. Hon var singel, vacker, framgångsrik och så vitt jag visste HIV-negativ. När vi drack vår tredje cocktail lade hon handen på min, lutade sig mot mig och tittade in i mina ögon. Bingo! Min charm fungerade. Det var snart dags för lite sovrumsgymnastik.

”Jag har det så trevligt med dig, Geoffrey. Jag är så glad att du tog dig ledig från att mentorera missgynnade barn för att umgås med mig. ” Sa Mikayla och log.

Bingo. Jag visste att mentorskap för missgynnade barn skulle låta bättre än att döma arga vuxna fotbollsspelare. Hur skulle jag dock hantera denna lögn om jag startade ett förhållande med Mikayla? Varför oroa sig, ett steg i taget, Geoffrey!

”Ja, så mycket som jag älskar att hjälpa andra, måste jag också ta hand om mig själv. Cocktailarna på denna plats är att dö för. ” Utropade jag.

”Ja, det är fantastiskt att umgås med dig här. Vi kan vara bästa vänner för alltid. Jag är en total bögälskare. ” Sa Mikayla.

"Bögälskare?" Frågade jag.

”Ja, jag älskar att umgås med homosexuella män. Jag var så upphetsad när du bad mig träffa dig här. Min senaste bäste vän deporterades till Melbourne. ” Avslöjade Mikayla.

Å nej. Jag hade tagit en ledig dag från fotbollen för att umgås med min sexiga kollega, som trodde att jag var homosexuell. Vilket jävla slöseri med pengar. Men jag kunde fortfarande rädda i eftermiddagen. Mikayla var berusad och hon tittade på mig med utvidgade pupiller, så det fanns en sexuell kemi mellan oss.

"Umm, så mycket som jag älskar gayscenen så är jag heterosexuell," sa jag.

”Åh, jag kunde aldrig ha föreställt mig det. Du är så kultiverad för att vara man.” Sa Mikayla.

"Är det bra eller dåligt?" Frågade jag.

"Jag vet inte. Det kan vara bra. Jag behöver gå till toaletten." Sa Mikayla och gick mot badrummet.

Jag suckade. Jag hoppades att jag inte hade gjort fel intryck hos Mikayla. Hur irriterande skulle det vara att missa sex timmar med arga fotbollsspelare för att dricka med en vacker kvinna utan att ha sex!

Jag gick upp till baren och beställde en dubbel whisky. Sex eller inget sex, skulle jag fortfarande använda den här eftermiddagen till att bli berusad!

JAG STIRRADE PÅ MITT whiskyglas när min vän Martin anlände till arenan, tillsammans med en fantastiskt vacker östasiatisk kvinna. Var Martin otrogen mot sin partner? Ännu viktigare, hur i helvete raggade han upp en sådan snygging medan han hade på sig sin illaluktande och gräsfläckade domaruniform?

Martin och den asiatiska bombnedslaget närmade sig mig och Martin talade. "Hej Geoffrey, det här är Sarah som jag berättade om."

Mitt huvud snurrade. När i helvete hade Martin någonsin berättat om att ha träffat en snygging som heter Sarah? De flesta av hans samtalsämnen handlade om hans böcker, hans tvivelaktiga domarinsatser, och hans konspirationsteorier.

"Jag köper en ölbägare till oss. Sarah, varför sätter du dig inte ner och umgås med Geoff?" Sa Martin och gick iväg till baren.

Sarah satte sig ner, log mot mig med sina söta skrattgropar och talade: "Så du måste vara Geoffrey. Martin har berättat så mycket om dig. Jag älskar när du ingår i hans berättelser."

"Åh nej, vilka har du läst?" Frågade jag.

"Jag har läst dem alla. Jag antog att du var ful när jag läste berättelserna, men han visade mig din bild och du är faktiskt söt. Därför bad jag honom att presentera oss." Sa Sarah.

Sarahs uttalande chockade mig. Skulle Martin vara hjälpsam för en gångs skull?

"Tja, du vet åtminstone mina små hemligheter nu," sa jag och fejkade ett leende medan jag hoppades att Martin inte hade delat för många pinsamma hemligheter om mig.

"Åh Geoffrey, vem är den här kvinnan?"

Jag stirrade på Mikayla, som mot alla odds hade kommit tillbaka från badrummet. Varför i helvete hände detta. Vanligtvis försökte en kvinna som spenderade så lång tid på toaletten hitta en ursäkt för att fly.

"Umm, hej Mikayla, det här är Sarah. Hon är en vän till Martin." Sa jag.

"Trevligt att träffa dig, Mikayla. Vad gör du?" Sa Sarah.

"Jag är advokat vid samma företag som Geoffrey," sa Mikayla.

"Så du är också en framgångsrik advokat?" Sa Sarah med beundran i rösten.

"Ja. Jag kommer snart att vara en delägare på företaget." Svarade Mikayla.

"Åh wow, jag är så imponerad," svarade Sarah.

"Och jag är så avundsjuk på din skönhet. Du måste vara en modell. Låt oss köpa en flaska rosé och dela med oss av våra berättelser." Svarade Mikayla.

"Det skulle jag gärna vilja," svarade Sarah och följde henne till baren.

När jag såg hur de vackra kvinnorna omedelbart klickade hade jag en olycksbådande känsla av att detta skulle bli en eftermiddag att glömma, och en annan historia för Martins novellsamling.

"VAR GICK SARAH?"

Jag tittade på Martin som närmade sig med en bägare med det billigaste mellanölet som såldes. Uppenbarligen försökte han inte imponera på andra med sin obefintliga rikedom.

"Vänta, jag trodde att de var med dig. Vart tog du vägen?" Frågade jag.

"Åh, men du vet hur det är. Jag blev sömnig och jag ville ta en kaffe. Men jag ville inte betala för kaffet. Så jag la tio dollar i spelautomaten för att få gratis kaffe." Malde Martin.

"Så du spenderade tio dollar för att få en "gratis" kaffe. Det svarar inte på den viktigare frågan. Vart gick flickorna?" Frågade jag.

"Flickorna? Var det fler än en?" Frågade Martin förvirrat.

Jag suckade. Jag hade orsakat ett klassiskt problem i mitt liv. Jag har bara två sätt att dejta:

Antingen dejtar jag ingen alls, vilket inte ger några positiva resultat, eller så dejtar jag många på en gång och blandar ihop dem, vilket har liknande resultat.

När jag bestämde dejten med Mikayla hade jag glömt att jag redan hade bett Martin att ta med Sarah hit. Vilken röra.

Martin gav mig sin telefon. Där var ett sms från Sarah. "Hej, Martin. Tack så mycket för att du tog mig till gaybaren. Jag träffade Geoffreys kollega Mikayla och vi fann varandra. Jag är så glad att du gjorde det möjligt för mig att träffa en så fantastisk kvinna. Jag lovar att läsa och recensera alla dina böcker som tack för hjälpen. XOXO Sarah. "

Jag räckte Martin telefonen och suckade. Martin log och talade: "Wow det var ett oväntat resultat. Jag hittade en läsare för mina böcker. Låt oss dricka lite öl och titta på en fotbollsmatch på TV. "

"Jag är inte säker. Jag kanske går hem istället." Svarade jag.

"Nej, spara det till senare, kompis. Sett från den ljusa sidan så behöver du åtminstone inte testa dig för könssjukdomar den här gången." Inflikade Martin.

Martin hade rätt; livet kunde ha varit värre.

"Skål för att inte behöva könssjukdomstestning!" Sa jag och höjde min öl.

"Skål för det!" Svarade Martin.

Efter det tillbringade vi några timmar på att diskutera tvivelaktiga domarbeslut och Martins konspirationsteorier innan jag åkte hem för mitt efterlängtade besök på porrwebbplatsen.

Fotbollsdejten

Helgen efter debaclet med min kollega Mikayla Wang var jag tillbaka på fotbollsplanen. Spelarna var argare än någonsin, och jag hade tappat räkningen på de många "jävla helvetet", "Fitta" och "Är du blind, domaren!" utrop som jag fått höra under dagen. Härliga tider! Jag visste att jag skulle visa ut spelare för sådana brutala liverecensioner av mitt domarskap. Men jag hade ett annat, mer effektivt sätt att hantera det psykologiska traumat. Min domarmetod innebär att jag inte äter på 24 timmar före avspark. Med den här oöverträffade metoden hittar jag ett lyckligt mentalt tillstånd där hårda ord inte påverkar mig, och alla mina domslut är perfekta.

När jag steg av fotbollsplanen närmade sig min vän Martin och sa upphetsat: "Wow! Det var ett stort slagsmål. Vad hände?"

"Slagsmål?" Frågade jag.

"Ja. Missade du när en King's Park-spelare kallade en Poogee-spelares mor för en hora, och Poogee-spelaren svarade genom att slå honom och bryta hans näsa?" Frågade Martin.

"Jag har ingen aning om vad du pratar om?" Svarade jag.

"Åh. Säg inte att du kombinerar fotbollsdömande och 24-timmarsfasta igen?" Frågade Martin.

"Såklart jag gör. Varför skulle jag sluta med ett så framgångsrikt system? Det hjälper mig att gå ner i vikt medan jag får betalt för att döma dessa matcher. Det är att slå två flugor i en smäll!" Svarade jag.

"Ja, säger du det så. Hej, är det inte den sexiga kvinnliga spelaren som du alltid pratar om?" Frågade Martin och pekade i riktning mot en kvinnlig fotbollsspelare som kom in på min fotbollsplan.

Jag tittade i kvinnans riktning, och där var hon, Jasmine Xi, den sexigaste spelaren i fotbollstävlingen. Åtminstone var hon den sexigaste östasiatiska spelaren i tävlingen, vilket för mig är synonymt med ovanstående uttalande. När jag tittade på henne nådde jag en hungerinducerad meditativ nirvana. I detta meditativa tillstånd föreställde jag mig hur vi skulle få barnbarn och gå vidare till paradiset tillsammans vid en hög ålder. Detta var goda nyheter, eftersom barnbarns närvaro i mina visioner visade att vi skulle ha sex någon gång, och sex var en bristvara i mitt liv!

"Ja, det är hon. Snälla, lägg dig inte i och förstör som du alltid gör!" Utropade jag.

"Jag har ingen aning om vad du pratar om," svarade Martin.

"Tjejen du tog med till Oxford Tavern förra helgen stal min dejt," svarade jag.

"Åh ja. Det var roligt, eller hur? Vem kunde ha förutsett det?" Sa Martin och skrattade.

"Oavsett så kommer jag att göra det jag aldrig har gjort tidigare. Jag kommer att få ragg efter en match som jag dömer. Jag kommer att ragga upp Jasmine Xi. " Utropade jag.

"Okej. Lycka till. Jag beger mig till min match nu. " Sa Martin och rusade iväg.

Mina ögon följde honom när han rusade iväg och jag kämpade för att hålla mig upprätt med mitt mycket låga blodsocker. Ytterligare två timmars fotbollsdömande och sedan skulle jag fixa en dejt med den sexigaste kvinnan i tävlingen!

TVÅ TIMMAR SENARE KÄNDE jag mig lite tveksam. Fotbollsmatchen var över och det var sanningens ögonblick. Skulle jag gå över till Jasmine och presentera mig själv, eller var det bättre att jag åkte hem och glodde igenom hennes gamla Instagram-inlägg?

Jag såg Martin närma sig från den andra fotbollsplanen, vilket ökade insatserna. Jag hade proklamerat att jag skulle ragga på Jasmine, men jag ville inte att han skulle bevittna spektaklet.

"Hej Geoffrey. Jag tycker att du är den sötaste och bästa domaren i Sydney."

Jag vände mig om och tappade hakan när jag såg Jasmine Xis änglalika drag. Hände detta på riktigt, eller hade hunger och utmattning fått mig att hallucinera?

"Umm. Tack." Mumlade jag och visste inte hur jag skulle reagera på denna oväntade händelse.

"Jag undrade om du skulle vilja följa med mig på puben för några drinkar. Det finns en vän som jag vill att du träffar. " Sa Jasmine och log med tänder som var direkt från tandkrämsreklamen.

Jag skulle svara när jag såg Martin gick förbi. Han log ett överdrivet leende och gjorde tummen upp. Jag var inte säker på om det här var en uppmuntran eller om den skurken låg bakom ett upptåg mot mig. Men jag visste en sak, jag skulle klandra mig själv om jag avvisade Jasmines erbjudande om att dricka tillsammans.

"Jag skulle gärna dricka med dig, Jasmine," sa jag och log.

"Bra. Vad sägs om att vi åker till Oxford Tavern? De har bra specialerbjudanden på söndagar. Vi kan träffa min vän där. " Föreslog Jasmine.

Att höra hur Jasmine föreslog Oxford Tavern som vårt vattenhål gav mig lite ångest. Det var här den snygga Sara hade stulit min dejt, Mikayla, förra helgen. Men å andra sidan kunde jag inte utesluta varje plats där jag haft en negativ dejtingupplevelse, annars hade jag fått slut på platser för många år sedan.

"Bra, jag älskar Oxford Tavern. Det är min favoritpub." Ljög jag.

"Jag också. Jag älskar atmosfären och dryckerna. Jag åker dit hela tiden." Svarade Jasmine entusiastiskt.

"Ja. Jag kan inte vänta med att dricka några kalla drycker. " Utropade jag.

"Jag också. Låt oss gå." Sa Jasmine och kramade mig.

Där och då var jag i nirvana. Jag hade nått min mentala topp från kombinationen av hunger, utmattning, verbala påhopp och en vacker kvinnas omfamning. Det var det bästa av alla världar. Tja, förutom en sak. Jag behövde styra detta vackra kvinnliga mästerverk mot sex. Där och då skulle jag nå sann lycka. Men ett steg i taget. Först måste jag klara prövningen vid puben. Jag bad i tystnad att Martin inte skulle ta med sig en annan kvinna som skulle stjäla min dejt.

Med detta i åtanke följde jag Jasmine till puben för vad som skulle bli en natt att minnas.

"JAG VET INTE HUR DU hanterar det. Varför tolererar du att manliga spelare som slår varandra och skriker ovett mot dig? "

Jag kände mig lite besviken när Jasmine frågade mig om mitt domarskap då vi njöt av våra drycker på puben. Jag skulle hellre ha framställt mig som den framgångsrika advokaten, men jag insåg att jag alltid skulle vara den charmiga och söta fotbollsdomaren för Jasmine. Åtminstone tills hon lärde känna mig som Duracell-kaninen. dvs inte stor, men fortsätter hela natten som en kanin. Ah, goda tider.

"Jag försöker vara empatisk mot alla. När jag förstår var de kommer ifrån försöker jag prata med dem istället för att kasta kort i deras ansikten." Svarade jag.

"Du är för trevlig för ditt eget bästa, Geoffrey. Du är inte deras psykolog; du är deras fotbollsdomare. Om de vill prata med dig kan de betala 200 dollar i timmen för nöjet." Svarade Jasmine.

"Ha-ha. Min vän Martin säger samma sak." Svarade jag.

"Jag vet. Det är hans exakta ord. Han berättade det här förra helgen och jag insåg att han hade rätt." Svarade Jasmine.

"Vänta, pratade du med Martin förra helgen?" Frågade jag.

"Ja, ni var här tillsammans, eller hur?" Frågade Jasmine.

Jag rös. Varför hade inte Martin berättat om sitt samtal med Jasmine? Var detta ett av hans upptåg?

Jasmine kollade sin telefon, tittade på mig med besvikelse i ögonen och talade. "Min vän kommer inte för att möta upp med oss."

'Yippie, jag undvek en kula där', tänkte jag eftersom Jasmines vän antagligen var mindre attraktiv än hon. En viktigare fråga nådde mitt sinne. Hur skulle jag få henne till en lämplig plats för att visa upp mina Duracell-kanin-förmågor?

Jasmine talade. "Hej, vill du ta några drinkar hos mig? Det är ingen mening att stanna här eftersom min vän inte kommer."

"Det låter som en bra idé. Jag skulle gärna se ditt hem och dina fotbollsmedaljer. " Sa jag medan jag utelämnade det jag faktiskt ville se, hennes nakna kropp under min.

"Toppen. Jag kan inte vänta med att visa dem för dig. " Utropade Jasmine.

Med detta sagt reste vi oss upp och körde till hennes lägenhet.

NÄR VI ANLÄNDE TILL Jasmines lägenhet hälsades vi av en fikus som visade sig vara hennes huskompis James. Först var James närvaro mer av en olägenhet än ett hot. Medan allt kunde hända, ansåg jag det osannolikt att jag skulle förlora den vackra Jasmine till honom. Jag är trots allt en framgångsrik advokat, medan James var en flamboyant homosexuell man. Varför skulle någon kvinna välja honom framför mig?

Till min bestörtning bjöd Jasmine inte in mig till sitt sovrum. Istället drack vi medan vi spelade brädspel med James. Det var inte hela världen. Jag kunde vänta tills alkoholen och tröttheten gjorde mig oemotståndlig för Jasmine.

Det ögonblicket kom aldrig. Istället gäspade Jasmine, tittade på mig och sa: "Jag borde duscha och vila lite, så jag är frisk på jobbet imorgon. Varför stannar du inte lite längre så att du kan lära känna James?"

Där och då gick det upp för mig. Jag borde ha frågat vilken vän Jasmine planerade att presentera mig för innan jag följde med henne. Men vem ifrågasätter när en het tjej frågar ut en?

När Jasmine lämnat vände jag mig till James och talade. "Ledsen men jag måste bege mig. Jag fick HIV från mitt Covid-vaccin."

James log och svarade: "Det är okej, älskling. Jag fick HIV från sexklubben, så vi är en perfekt matchning."

"Prova Hinder-appen", sa jag och lämnade lägenheten.

Och det var så blev jag inbjuden hem till den hetaste kvinnan i fotbolltävlingen, bara för att få reda på att hon försökte matcha mig med sin Hivinfekterade homosexuella vän.

Den Fängslande Dejten

När jag öppnade ögonen befann jag mig kedjad till en säng. Detta hade inte varit en dålig sak om jag hade ordnat en BDSM-dejt med en tjusig dam, men så var inte fallet. Tja, min fängslare var en tjusig dam, men vi hade aldrig gått med på detta arrangemang, och jag fruktade att hon var kliniskt galen.

Jag var fängslad av den kvinnliga fotbollsspelaren Sandra Thornton, vars pojkvän hade dött när han försökte genomföra en självmordsbombning. Eric Barnes hade spårat ur på grund av sitt missnöje med fotbollsdomare Marvin Lundgren, och jag hoppades att Sandra inte hade ett liknande motiv.

Aj då, vilken situation jag befann mig i. Hur hade det blivit så här? Jag blundade och tänkte tillbaka på kvällen som föregick min fångenskap.

DET HADE BÖRJAT MED en galafest. Fotbollsförbundet hade anordnat ett cocktailparty för att bevisa att spelare och domare kunde samexistera i en social miljö. Även om det var ett tvivelaktigt förslag så lockade tanken med gratis mat och dryck.

När jag anlände till platsen gick Martin fram till mig och sa. "Ser du tjejen i hörnet? Hon är singel och du borde ragga på henne. "

Jag tittade på kvinnan i hörnet. Hon var het. Inte östasiatiskt het, men ändå tillräckligt bra för att jag skulle överväga en åktur. Men samtidigt kände jag mig misstänksam över Martins avsikter. Om den skurken föreslog att jag skulle presentera mig för en specifik kvinna, var det något fel.

"Vem är hon, och varför ska jag prata med henne?" Frågade jag.

"Hon heter Sandra Thornton. Jag kan garantera dig att hon är singel och redo att mingla. " Svarade Martin.

"Hur vet du detta och vad är haken?" Frågade jag.

"Tja, känner du min kusin Marvin Lundgren som slutade att döma efter att nästan ha fallit offer för en självmordsbombare?" Frågade Martin.

"Naturligtvis gör jag det. Det är anledningen till att fotbollsförbundet anordnar det här evenemanget. " Svarade jag.

"Tja, Sandra var flickvännen till dåren Eric Barnes som sprängde sig själv. Med ett sådant ex måste du vara en uppgradering." Hävdade Martin.

"Eller så hon är lika galen som han var, och jag hamnar i en fängelsehåla om jag närmar mig henne," spekulerade jag.

"Det är ett möjligt scenario, men som sagt, är hon singel och redo att mingla," sa Martin och skrattade.

Jag suckade och tittade på Sandra. Nu när Martin hade berättade att hon var på marknaden, var hon mycket mer tilltalande än vad hon annars hade varit. Men jag var inte full och desperat nog att riskera det, så jag bestämde mig för att gå till Jasmine Xi istället. Även om hon hade försökt para ihop mig med sin homosexuella huskamrat, så skulle hon förhoppningsvis vara mer intresserad nu när hon visste att jag var heterosexuell.

"Hej, Jasmine. Det är trevligt att se dig här. " Sade jag.

"Åh, hej Geoffrey. Jag är så ledsen att höra om din HIV-infektion. Vem kunde ha anat att vacciner kunde vara så farliga? " Svarade Jasmine.

Fan, jag borde ha använt en annan lögn för att avvisa James. Nu när Jasmine trodde att jag hade HIV skulle hon vara ännu mindre benägen att delta i nakenyoga med mig.

"Uhm, jag har inte HIV," svarade jag.

"Åh. Hur hände det här? Jag visste inte att det fanns botemedel. " Svarade Jasmine.

"Jag ljög för Eric eftersom jag inte visste hur jag skulle avvisa honom," svarade jag.

"Å nej. Det här är så pinsamt. Jag startade en insamling för Vaccinoffers-tiftelsen. Vi har samlat in 10 000 dollar för dina medicinska räkningar. Alla kvinnliga spelare i föreningen har bidragit." Avslöjade Jasmine.

Oj, det här var besvärligt. Även om det var uppmuntrande att kvinnliga spelare gillade mig tillräckligt för att samla in pengar till mig, var det synd att de aldrig hade visat sitt gillande tidigare. Om jag hade vetat detta skulle jag ha haft ett smörgåsbord av villiga deltagare till enskilda träningspass i mitt sovrum. Men hur skulle jag hantera den uppstådda situationen? Om jag förnekade HIV-ryktena skulle jag framstå som en bedragare, och ingen skulle vilja ha mig längre. Om jag bekräftade hiv-rykten skulle jag förbli utan sex men 10 000 dollar rikare.

"Okej, nu när jag tänker efter så fick jag allvarliga biverkningar av vaccinet," sa jag.

"Jaså? Vadå för biverkningar?" Sa Jasmine skeptiskt.

"Vaccinet gjorde mig delvis blind." Ljög jag.

"Åh, det förklarar mycket," sa Jasmine och kramade mig.

Jag kramade Jasmine och jag kände att jag var i himlen i några sekunder.

"Men tjena min bögkärring, låt oss ta några bilder!"

James falsettröst krossade harmonin i rummet och fick Jasmine att släppa sin kram. När hon rusade mot James övervägde jag att följa med dem. Jag bestämde mig för att inte göra det. Jag hade tillbringat en kväll med dem några veckor tidigare, och den ende som hade raggat på mig var James. Usch.

Jag tog en öl från baren och gick ut för att leta efter Martin då jag hellre lyssnade på hans konspirationsteorier än att spendera tid med James. Med lite tur skulle Martin veta om andra lämpliga singlar.

"Åh hej, du måste vara Geoffrey. Du är min favoritdomare."

'Inte detta scenario igen', tänkte jag. Varför var människor besatta av min skicklighet med visselpipan när mina verkliga färdigheter var i lagstiftning? Jag vände mig mot rösten och jag såg Sandra Thorntons ansikte.

"Hej Sandra," kvittrade jag och reflekterade över om det verkade konstigt att jag visste hennes namn.

"Jag känner till din hemlighet. Du fick inte hiv från ditt Covid-vaccin." Viskade Sandra.

Jag suckade. Jag borde ha insett att min hiv-ursäkt skulle slå tillbaka. Men å andra sidan, hur kunde jag veta att mitt hälsotillstånd skulle vara ett samtalsämne i fotbollssamhället?

"Ja, du har rätt. Jag har inte HIV eller några farliga sjukdomar." Erkände jag.

"Så varför sa du en sådan sak?" Frågade Sandra.

"Jag kände mig frustrerad. Jag hade försökt ragga på Jasmine Xi hela natten och så jag fick reda på att hon hade bjudit in mig att para ihop mig med sin homosexuella huskamrat." Förklarade jag.

"Jag förstår. Jag kan inte hjälpa dig med dina kärleksproblem, men jag kan hjälpa dig med ditt sexliv. Vad sägs om att vi åker hem till mig och har sex?" Frågade Sandra.

Oj, det här var en knepig situation. Att åka hem Sandra kunde vara farligt då hennes pojkvän dött i en misslyckad självmordsbombning mot en fotbollsdomare tidigare i år. Men kunde jag döma Sandra för hennes avlidne pojkväns handlingar? Svaret på den frågan var ett rungande ja! Men om jag dömde Sandra skulle jag ge upp sex, så jag skulle vara lika förlåtande som ett jävla helgon, för tillfället.

"Jag gör gärna ett hembesök. Ikväll blir toppen." Sa jag och blinkade.

"Bra. Kan du boka en Uber till mitt hem? Jag har tappat bort min telefon. Det är vid Bondi Road 252, Waverley. " Sa Sandra.

Jag gjorde som efterfrågat och en stund senare var vi i en Uber på väg till Waverley för en passionerad natt.

"HÄR ÄR EN ÖL ÅT DIG, jag fräschar upp mig på toaletten," sa Sandra, log och gav mig en öl.

När Sandra rusade iväg började jag dricka min öl. Den smakade illa, men jag antog att det var på grund av varumärket. Jag lutade mig tillbaka i soffan och märkte ett fotografi av Sandra och hennes självmordsbombande ex-pojkvän. De var båda iklädda Kings Park-tröjor, men det fanns en mycket viktigare detalj. Jag befann mig bakgrunden av fotografiet. 'Aj fan, ' tänkte jag och hade en uppenbarelse. Tre månader tidigare hade jag dömt Sandras lag och jag hade visat ut henne för hennes aggressiva beteende på planen. Den här bilden var från den dagen. Detta var inte goda nyheter.

Jag försökte lämna, men det var till ingen nytta, eftersom mina ben inte bar mig. Jag kollapsade till golvet och allt blev svart.

JAG BEFANN MIG KEDJAD i sängen när Sandra kom in i rummet med en surfplatta.

"Ditt usla fotbollsdömande förstörde mitt liv," utropade Sandra. Jag tittade på videon på Sandras surfplatta. Det var en suddig video som visade hur en motståndare fällde Sandra nära mittcirkeln. Det hände inget viktigt i videon och jag visste inte varför hon hade kidnappat mig för att visa den.

"Jag förstår det inte. Du blir fälld nära mittcirkeln. Detta måste hända minst tio gånger i varje match." Sa jag.

"Problemet är att du aldrig blåste för frispark. Din inkompetens orsakade Erics död." Väste Sandra.

"Hur i helvete nådde du den absurda slutsatsen? " Utbrast jag och bet mig i läppen då jag insåg att det inte var lägligt att höja rösten mot den galne Sandra.

"Hur kan du inte inse sanningen? Eftersom du aldrig gav mig den frisparken kände jag mig tvungen att dra i min motståndares hår och sparka så hårt jag kunde. Av någon anledning, såg du det din jävel, och visade ut mig." Väste Sandra.

"Vad har detta att göra med Erics misslyckade självmordsbombning?" Frågade jag förvirrat.

"Eric såg hur orättvist du behandlade mig och hans sinne fylldes av ilska. Senare samma dag knuffade han Marvin Lundgren och blev avstängd i ett år. Att bli avstängd från fotbollen gjorde min älskade Eric galen, och hans död är ditt fel. " Hävdade Sandra.

Under normala omständigheter skulle jag ha skrattat åt den mentala gymnastiken Sandra hade gjort för att beskylla mig för sin partners död. Men då jag var fastkedjad i en galnings hus, fann jag det svårt att få kontakt med mitt vanliga, glada jag.

"Okej. Du har bevisat din tes. Jag borde ha gett dig den där frisparken och inget av detta skulle ha hänt. Jag är ledsen." Ljög jag.

Sandra log mot mig med ett psykotiskt leende och svarade. "Jag är så glad att du erkände detta. En vikt har lyfts från mitt bröst. "

Jag andades ut. Med lite tur skulle jag komma oskadd ut ur denna situation.

"Så, kan du släppa mig nu när vi har löst problemet?" Frågade jag.

"Varför skulle jag släppa dig? Du medgav att Erics död var ditt fel. De korrupta domstolarna kommer att frikänna dig, så jag måste ta itu med dig. Du måste dö för att ha orsakat Erics död. " Utropade Sandra.

'Jävla helvete, jag skulle inte ha medgett ansvar för att lugna den galna kvinnan!' Tänkte jag. "I så fall erkänner jag inte längre något fel. Du och Eric är ansvariga för det öde som drabbade er. " Sa jag.

"Bra försök men det är för sent. Jag har redan filmat ditt erkännande. " Sa Sandra och pekade mot en kamera.

'Wow, så det är så här jag dör. Tänk att bli mördad av en galen kvinna i direktsändning. ' Tänkte jag. Även om detta var ett mer oväntat än att bli snuvig och dö i hög ålder, skulle jag hellre göra det sistnämnda.

Jag blundade när Sandra närmade sig med en stor kniv.

Klirr

Jag öppnade ögonen när jag hörde en glasflaska krossas mot Sandras huvud. Jasmine Xi närmade sig och talade: "Åh Geoffrey. Jag är så ledsen. Om jag hade vetat att du var så desperat efter tillgivenhet, skulle jag ha legat med dig. Varför frågade du inte? "

"Umm, hur hittade du mig?" Frågade jag.

"Jag hittade Sandras telefon och den direktsände från hennes lägenhet. Först trodde jag att du var pervers, men sedan insåg jag att du var i fara, så jag kom för att rädda dig. " Sa Jasmine.

En kort stund kändes det som jag var i himlen när jag tittade in i Jasmines ögon och insåg den oro hon hade känt för mig. Ögonblicket var över när polis och sjukvårdare stormade in och tog mig till sjukhuset för observation.

DAGEN DÄRPÅ LÅG JAG i sängen och mitt huvud kändes som om jag hade boxats med Myke Bison. Jag hade en fruktansvärd huvudvärk från kombinationen av baksmälla och drogen Sandra hade använt för att slå ut mig. Ändå kände jag mig lyckligare än jag hade känt på länge. Jasmine hade nämnt att hon övervägde att ha sex med mig och hon hade utsatt sig för fara för att rädda mig från Sandra. Sammantaget ett bra resultat, även om jag helst skulle ha sluppit att bli den galne Sandras fånge.

Ett sms kom som förstörde mitt humör. "Hej, Geoffrey. Jag har insett att du inte är den rätte för mig. Jag gillar dig, men jag kan inte vara med en man som jag måste rädda från en rubbad galnings hem. / Jasmine. "

Jag lade bort telefonen och kände mig deprimerad. Föregående natts ljus-
glimt var borta och jag var nu bara en överlevande och inte längre en lycklig
överlevande.

Ett nytt textmeddelande dök upp. "Ambulansavgift: $ 450. Vänligen be-
tala inom 14 dagar. / Nya Syd Wales Hälsomyndighet."

Fan! Det var synd att Sandra misslyckades med sina mordplaner efter-
som någon behövde göra slut på mitt lidande.

Robotdejten

"Avgift för ambulansanrop: $ 450. Vänligen betala inom 14 dagar. / NSW Hälsomyndighet. "

Jag stirrade på fakturan från hälsomyndigheten med tårfyllda ögon. Jag hade nått botten. Inte bara hade mitt raggningsförsök på Sandra Thornton fått mig fastkedjad vid en säng och nästan dödad, utan det hade också medfört denna faktura. Medan 450 $ var växelpengar för en framgångsrik advokat som jag, gnagde orättvisan mig. Jag var offret här, varför var jag tvungen att betala?

Jag var på väg att skriva ett klagobrev till hälsomyndigheten, med varje fras från den legala spelboken, när min dörrtelefon ringde. Ett kort ögonblick kände jag mig hoppfull. Hade Jasmine Xi ändrat sig efter vårt senaste samtal och hade hon kommit att be om ursäkt? Om jag bara kunde uppleva en natt med passion med den vackra Jasmine, skulle jag betala min orättvisa ambulansräkning istället för att engagera mig i meningslöst gräl med myndigheterna.

Som det visade sig hade Martin anlänt med en sexpack öl. "Hej, Geoffrey. Jag tänkte att vi kunde dricka bort dina sorger." Sa Martin.

"Med en sexpack öl? Jag skulle behöva dricka mycket mer än så!" Svarade jag.

"Ja, men om jag dricker för mycket kommer min fru att gnälla. Det här är en bra kompromiss." Svarade Martin.

Jag suckade och släppte in Martin. Även om jag hade föredragit kvinnligt sällskap var det bättre att dricka öl och lyssna på Martins konspirationsteorier än att skriva ilskna brev till regeringen.

När Martin steg in i min lägenhet öppnade vi en kall öl vardera och Martin talade. "Så, är du uppspelt nu när du kommer att tjäna lite pengar?"

"Vad menar du?" Svarade jag.

"Du kan lämna ett skadeståndskrav mot Sandra Thornton för att hon kidnappade och nästan dödade dig," svarade Martin.

"Som det visar sig var hon pank. Jag var till och med tvungen att betala min ambulansavgift." Mumlade jag.

"Jag förstår. Du är en otursam man. Försök bli kidnappad av en rik kvinna nästa gång. " Föreslog Martin.

Jag suckade. Det hade inte varit min plan att hamna i Sandras fängelse-håla; Jag hade hoppats på att få ligga. Dessutom var det en väldigt långsökt idé att hitta en rik kvinna att bli kidnappad av.

"Kom du hit för att säga något användbart eller för att jävlas?" Gnällde jag.

Martin ryckte på axlarna och svarade. "Jag kom för att lösa dina dejting-problem en gång för alla. Låt mig använda den här webbplatsen för att hitta din drömkvinna. " Sa Martin och gav mig ett flygblad.

' Ronrīhātsukurabu /Ensamma Hjärtans Klubb. En dejtingplats för framgångsrika östasiatiska män som av otänkbara skäl inte kan hitta en flick-vän. Anmälningsavgiften är $ 199, och vi har 30 dagars pengarna-tillbaka-garanti'

Jag rynkade på ögonbrynet och svarade. "Är det här ett skämt? Det kan inte finnas en dejtingsajt som är så skräddarsydd för min situation.

"Hur som helst. Snälla låt mig göra detta för dig. Jag betalar till och med registreringen. " Svarade Martin.

Martins iver fyllde mig med skepsis. Martin var inte en man som erbjöd sig att betala för saker. Faktum är att hans plånbok, som har ett hänglås, var full av spindelnät de få gånger han öppnade den.

"Vad står på? Du letar efter inspiration till dina berättelser, eller hur?" Frågade jag.

"Ja," svarade Martin.

"OK. Registrera mig och gör vad du måste." Svarade jag.

"Tack, det kommer att bli så kul, " sa Martin, låste upp sin plånbok, nös, och registrerade mitt dejtingkonto.

Efter att ha gjort detta startade Martin sin bärbara dator och började skriva. Tio minuter senare utbröt han. "Wow! Det var snabbt. Jag har ordnat en dejt åt dig. "

Jag rös av tanken på att Martin skulle hitta mig en online-dejt. Med min tur hade han antingen hittat mig ett östasiatiskt träsktroll eller någon utan-för mina raspreferenser, och jag kunde inte säga vad som skulle vara värre.

Martin räckte över den bärbara datorn och jag stirrade chockat på den. Min dejt var en fantastisk japansk kvinna som hette Ainu. Hur hade detta hänt? "Sitt inte där. Klä upp dig. Du träffar henne på kasinot om en timme." Utropade Martin.

Jag upplevde blandade känslor. Å ena sidan borde Martin ha frågat mig innan han bestämde en träff. Jag hade knappt överlevt Sandras fängelsehåla och var inte säker på att jag var redo att börja dejta igen. Å andra sidan, fanns det något bättre sätt att komma över tidigare trauman än att ragga på den bedårande Ainu?

"Tack, Martin," sa jag och skyndade att göra mig attraktiv för min dejt.

EN TIMME SENARE, KOM vi till sportbaren på casinot. Jag skulle ha föredragit att ha dejten på nattklubbsdelen av kasinot för en klubbkänsla. Men Martin hade spräckt sin budget genom att betala för mitt dejtingsajtsmedlemskap. Rimligt nog.

"Jag dricker öl i det hörnet. Kom gärna förbi om du behöver råd under träffen." Sa Martin och gick upp till baren för att beställa en dryck. Martins närvaro oroade mig. Jag visste att den lymmeln hade något planerat, men jag var tvungen att genomföra dejten för att ta reda på vad det var.

"Hej. Du måste vara Michael. Det är så trevligt att träffa någon som jag är 98 procent kompatibel med. "

Jag vände mig om och jag såg en vacker kvinna le mot mig. Jag var lite orolig över att hon kallade mig ett annat namn. Var detta ett annat fall av misstagen identitet? Nåväl, om vi kom till sovrumsgymnastik, skulle jag använda en kondom för att undvika scenariot som hade utspelat sig i Paris.

"Ja. Du är Ainu, eller hur?" Frågade jag och log.

"Det är korrekt," sa Ainu och log.

'Wow. Vilket leende. Det här måste vara den hetaste kvinnan jag någonsin har träffat.' Tänkte jag och talade: "Vill du ha en drink?"

"Just nu kan jag inte äta eller dricka. Jag ser dock gärna att du njuter av dina förfriskningar." Svarade Ainu.

Jag kände mig lite orolig över Ainus svar. Å ena sidan var det fantastiskt att hon inte förväntade sig att jag skulle betala för hennes drycker. Å andra sidan tenderade nyktra kvinnor att vara mer svårfångade för min charm.

Jag gick upp till baren och beställde en öl och en dubbel whiskey. Även om detta inte var det bästa sättet att imponera på min nykteristdejt var jag trött på att göra saker för att imponera på andra. Ikväll skulle jag vara mig själv.

Jag återvände med mina drycker och vi satte oss vid ett bord med utsikt över Darling Harbour. Med lite tur skulle det snart bli fyrverkerier för att sätta tonen för en festkväll.

"Så, vad jobbar du med?" Frågade jag och förberedde mig för att prata om min framgångsrika advokatkarriär.

"Jag arbetar med artificiell intelligensforskning. Jag har gjort det hela mitt liv. " Sa Ainu och log.

"Du menar att du har gjort det hela din karriär?" Frågade jag.

"De två är desamma. Jag kom till världen i Nagasaki år 2003 och jag har arbetat med AI sedan dess. Jag förbättrar mina kunskaper om mänskliga interaktioner." Sa Ainu.

Ainu uttalande förvirrade mig. Om hon föddes 2003 var hon bara 19 år gammal, men hon såg ut som en fantastisk 30-åring. Även om detta inte var ett problem nu, kunde det orsaka långvariga problem om hon åldrades så illa.

"Okej, jag föddes 1994 och jag har arbetat med juridik sedan 2016," svarade jag.

"Jag vet, Michael. Jag läste det i din profil. Det finns dock en sak som jag skulle vilja få förklarat." Svarade Ainu.

"Uhm. Vad då?" Frågade jag.

"Hur definierar du framgång? Din presentation beskriver dig som en framgångsrik advokat, men lönen du angav motsvarar en genomsnittlig advokat." Frågade Ainu.

"Uhm. Så min vän Martin anser att alla som tjänar över $30 i timmen är framgångsrika. Han hjälpte till att skapa min profil." Erkände jag.

"Jag förstår. Det skulle vara intressant att höra Martin definiera framgång om möjligheten gavs." Svarade Ainu.

'Du kan fråga honom direkt. Han är där borta.' Tänkte jag men jag släppte tanken. Medan Ainu var en udda kvinna så var hon bedårande, och det var meningen att vi skulle mötas. Vad Martin än gjorde när han besvarade min personlighetstest hade det lockat den sexigaste kvinnan någonsin.

"Jag kommer att be Martin skriva en rapport om ämnet för att hjälpa dig med din forskning", sa jag.

"Skulle du göra det för mig, Michael? Tack så mycket." Sa Ainu och kramade mig.

En konstig känsla överväldigade mig när Ainu kramade mig. Mitt blodflöde och självförtroende förbättrades genom att bli kramad av en bedårande kvinna offentligt, men samtidigt kändes Ainu stel och hennes hud verkade gummiliknande.

"Det måste ha varit länge sedan en kvinna rörde vid mig", tänkte jag och drog slutsatsen att Ainus gummihud var hur all kvinnlig hudkontakt kändes.

"Mitt nöje. Jag hjälper gärna en vacker kvinna med hennes forskningsprojekt," sa jag och blinkade.

"Jag är glad att höra det," sa Ainu, tog min hand och såg mig i ögonen.

"Hon har gummiliknande hud. Vad i helvete händer?" Tänkte Jag. Jag drog slutsatsen att posttraumatisk stress påverkade mitt sinne och att jag borde åka hem. Men ville jag lämna så här? Skulle jag tillåta mig att bryta ihop vid denna kritiska tidpunkt i mitt liv? "Ta dig samman, Geoff." Tänkte jag och log mot Ainu.

"Uhm, Jag undrar om det är något du kan göra för att hjälpa mig med min forskning," sade Ainu.

"Visst, jag är glad att hjälpa till," svarade jag.

"Jag har aldrig gått hem med någon efter en dejt. Vill du bli min första?" Förförde Ainu.

Jag stirrade på Ainu i misstro. Det här hände inte. Det här måste vara ett upptåg och jag visste vem som låg bakom det, Martin Lundgren! Jag vände mig om för att leta efter Martin. Jag såg honom sitta i ett hörn, och som det verkade, involvera sig i ett online-argument. Jag tvekade ett ögonblick. Skulle jag konfrontera honom eller skulle jag gå med på Ainus förslag?

"Jag är ledsen. Var jag för direkt? Jag har ännu inte lärt mig finesserna i mänsklig dejtingkultur. " Sa Ainu och tittade på mig med sina rådjursögon.

Jag drog slutsatsen att Ainu var galen och troligen autistisk. Men hon var en snygging, så var hennes förvridna sinne tillräckligt för att avvisa henne? Nej det var det inte.

"Nej, det är mitt fel. Jag har haft några tuffa dagar." Svarade jag.

"Okej, jag förstår. Är det något du vill prata om?" Sa Ainu.

"Nej, men jag är villig att visa dig min lägenhet," sa jag och tvingade fram ett leende.

"Wow, det här är så spännande. Jag har längtat efter att få en förstahand-supplevelse av mänskliga parningsritualer." Sa Ainu.

"Och jag har längtat efter att få ny erfarenhet av samma ämne", tänkte jag, log och svarade, "Jag är glad att vara din guide, Ainu. Följ mig."

Med detta sagt, tog jag hennes gummi-lika hand, och vi lämnade kasinot, så att jag kunde lära Ainu om blommor och bin.

BLIXT

'Jävla åskväder.' Tänkte jag när himlen öppnade sig när vi gick mot min lägenhet. Vi var bara några minuter från lägenheten, men det kraftiga regnet skulle göra oss dyngsura innan vi kom dit.

"Jag gillar inte regnet. Jag är livrädd för blixtar." Gnällde Ainu.

"Min lägenhet är bara ett kvarter bort, låt oss skynda oss," sa jag och släppte Ainus hand.

Kaboom

Chockvågen från ett närliggande blixtnedslag slog mig till marken. När jag kom tillbaka till mina sinnen såg jag vad som återstod av Ainu. Hennes gummihud hade bränts av och avslöjade metallskelettet nedanför. Tydligen var hon inte en mördarrobot från framtiden, då ett blixtnedslag var allt som krävdes för att förstöra henne.

"Vad fan är det som händer i mitt liv," tänkte jag, och en ambulans dök upp och körde mig till ett militärsjukhus.

JAG VAKNADE DAGEN EFTER på ett militärsjukhus. Jag hade lurat döden två gånger på två dagar. Först hade Jasmine räddat mig när Sandra försökte mörda mig, och sedan hade jag överlevt ett blixtnedslag genom att släppa robotens hand. Ett sådant mirakel! Ändå var jag inte säker. Jag befann mig i en statlig medicinsk anläggning och riskerade att få problem på grund av min kontakt med den mänskliga roboten.

En överste tillsammans med några soldater kom in i mitt rum och talade: "God morgon, Geoffrey. Så olyckligt att blixtnedslaget förstörde din utländska prototypprobot. På grund av dina aktioner, var vi tvungna att skicka ut en mörkläggningsgrupp för att hemlighålla teknologin. Allmänheten är inte redo att veta om detta. "

Jag bröt ihop och grät. "Jag visste inte att hon var en robot. Snälla döda mig inte."

Översten gav mig en förvirrad blick och svarade. "Varför skulle vi döda dig?"

"För att jag känner till den hemliga mänskliga robottekniken?" Spekulerade jag.

"Vem bryr sig om vad du vet? Ingen kommer att tro dig ändå. Dessutom, om du dör, vem betalar då denna faktura? " Sa översten och gav mig en faktura.

'Mörkläggningsavgift: $10,000. Vänligen betala inom sju dagar. Finansieringsalternativ finns tillgängliga på begäran. '

Jag suckade. Mitt dejtingliv hade gått från dåligt till sämre. Jag hade nästan dött två nätter i rad och jag hade råkat ut för en rejäl medicinsk räkning varje gång. Skulle saker någonsin förbättras?

Matrixdejten

Jag gömde mig i min lägenhet medan jag stirrade på den parkerade skåpbilen utanför mitt fönster. Kunde det vara myndigheterna som spionerade på mig? Jag hade varit livrädd för myndigheterna sedan min robotdejt föregående vecka och jag hade "arbetat hemifrån." DVS tittat på tv-serier, för att stilla mina sinnen. Problemet kvarstod. Antingen skulle regeringen komma efter mig för vad jag visste, eller så skulle advokatbyrån sparka mig för att jag inte gjorde mitt jobb.

Jag hade en uppenbarelse. Om regeringen skulle komma efter mig skulle mitt hem vara det första stället de sökte. Ergo, att gå till jobbet var det bättre valet. Dessutom hade översten sagt att allt skulle bli okej om jag höll käft och betalade 10 000 dollar. Jävla bedrägeri!

Efter denna uppenbarelse loggade jag in på advokatwebbplatsen. Jag skulle utföra lite arbete när Martin ringde på min dörrtelefon.

"Hej kompis. Vad gör du ikväll?" Frågade Martin.

"Jag arbetar, " svarade jag, vilket var mer sanningsenlig än det brukar var när min chef frågar mig samma fråga.

"Arbetar du 20.00 på en lördag?" Frågade Martin.

"Ja, det har varit en hektisk vecka och jag har jobbat hårt." Ljög jag.

"Jag förstår. Då måste du varva ner. Jag köpte lite flytande LSD från Rastafari-domaren." Svarade Martin.

Jag tvekade ett ögonblick. Det var dags att arbeta efter en veckas förhalning. Ändå var Rastafari-domaren känd för sina bra produkter, och mitt liv var en obegriplig röra. En dos av Rastafari Special, kunde öppna mitt sinne och hjälpa mig att hitta Gud som det hade gjort för honom, några år tidigare.

"Du har rätt. Jag har jobbat hårt hela veckan. Jag behöver lite vila och rekreation. Snälla kom in." Sa jag.

Jag suckade och loggade ut från min bärbara dator. Jag bad att min LSD-tripp skulle inspirera mig att fortsätta med mitt tråkiga advokatjobb nästa vecka för annars skulle jag ha problem. En sak i taget, I nuläget skulle jag njuta av Rastafaridomarens legendariska produkter.

"ELIAS SA ATT DETTA är hans bästa produkt hittills. Efter en dos av denna syra förstår du djupet av regeringens konspirationer och farorna med vacciner. "

Jag tittade på Martin som höll en flaska flytande LSD i handen. Jag har alltid funnit det fascinerande att människorna som motsätter sig vacciner är de starkaste förespråkarna för andra droger. Jag lever inte så. Jag stod först i kö för att få mitt Covid-vaccin, vilket ger mig skörbjugg om jag inte äter apelsiner, och jag var också angelägen om att prova det som fanns i flaskan. Detta var en sammanhängande metod för intagande av giftiga ämnen.

"Jag förstår. Kommer inte Elias?" Frågade jag.

"Tja, du vet hur det är. Elias är inte tillräckligt viktigt för att presenteras i den här berättelsen." Svarade Martin.

Jag stirrade förvirrat på Martin. Vad i helvete pratade han om? Jag drog slutsatsen att han redan hade smakat LSD och att jag skulle ägna hans nonsens mindre uppmärksamhet än vanligt.

"Tja, låt oss göra det här. Låt oss hälla syran i lite apelsinjuice och dricka den." Föreslog jag.

Martin nickade och han delade innehållet i flaskan i två glas apelsinjuice. Skål!

När jag svepte min spetsade dryck insåg jag att jag har fått för mycket av Rastafari Special när rummet började snurra. Jag snubblade till min säng och tuppade av.

NÄR JAG VAKNADE STIRRADE jag fascinerat på min datorskärm. Av någon anledning dök ett gammaldags kommandofönster upp. När jag tittade på skärmen uppträdde grön text.

'Vakna, Geoffrey.

Författaren har dig.

Följ den söta fotbollsspelaren.

Knack, knack.'

När jag hörde ett knack på dörren reflekterade jag över hur fotbollsspelaren hade kommit in i mitt lägenhetskomplex eftersom jag inte hade svarat på dörrtelefonen. Jag insåg att det bästa sättet att ta reda på vilket var att öppna dörren och fråga.

När jag öppnade dörren såg jag Jasmine Xi och några av hennes lagkamrater i konstiga rave-kläder. Varför var de klädda så här? Vad hände? Jag insåg att syran hade tagit sitt grepp om mig och att det var bättre att acceptera världen som den var, snarare än att ifrågasätta för mycket.

"Hej, Geoffrey. Vill du följa med oss till nattklubben? Vi ska till den feniciska klubben," sa Jasmine med ett leende som fick henne att förvandlas till en vit kanin.

Tja, gjorde jag det? Jasmine hade varit föremål för min kärlek de senaste månaderna, men ville jag riskera det genom att visa henne min drogpersonlighet? Svaret var ett klart ja. Min andra personlighet hade inte vunnit kampen om Jasmines hjärta, så med mycket tur kunde syraversionen av mig göra det omöjliga och lägra Jasmine.

"Ja, jag kommer gärna," svarade jag och lämnade min lägenhet, i hopp om att jag skulle hitta ett sätt att överleva natten och komma ut segrande på andra sidan.

NÄR JAG NÄRMADE MIG den feniciska klubben såg jag en affisch med texten 'The Prodigy Concert. Den 25emaj 1998.'

Wow, så ikväll var en retrokväll? Jag hade varit ute och klubbat mycket under mina år och jag hade aldrig hört talas om den här klubben eller dess retrostil.

"Wow. Det här är så coolt. 1998 var så länge sedan." Sa jag till Jasmine.

Hon gav mig en skeptisk blick och svarade. "Vad pratar du om? Den konserten är om tre månader. Hur som helst, låt oss gå in. Det är något jag behöver prata med dig om. "

"Skulle det inte vara bättre att prata här än att försöka hålla en konversation i en klubb som spelade högt tysk techno?" Tänkte jag. Jag påminde mig om att följa strömmen, så jag svarade. "Ja du har rätt. Låt oss prata där inne. "

Jasmine log, tog min hand och ledde mig in. När jag höll hennes hand reflekterade jag över hur mycket bättre Jasmines mänskliga hand kändes jämfört med Ainus gummiliknande robothand. Jag må vara asiat, men jag är inte japan! Nästa stopp, ett dansgolv som spelar tysk techno.

"FÖRFATTAREN HAR DIG, och du har fastnat i Martrix."

Jasmines ord hade ingen mening för mig. Vilka droger hade hon tagit och hade min syratripp förvrängt meddelandet hon förmedlade med sina vackra läppar?

"Ja, jag känner mig lite fast i livet," svarade jag.

"Det gör jag också. Jag fortsätter att bli kär i dig och jag förstör det varje gång. Det är som om någon annan kontrollerar mitt liv som en marionett. Vet du vad jag pratar om?" Gnällde Jasmine.

Jag hade ingen aning. Det var svårt att hålla en konversation på en plats som denna under normala omständigheter. Det var ett mirakel att jag kunde höra henne alls.

"Uhm. Martrix?" Frågade jag.

"Vill du veta vad Martrix är?" Frågade Jasmine retoriskt.

"Visst," svarade jag.

"Martrixet är runt omkring oss. Det är den värld vi lever i. Det är anledningen till att vi inte kan leva lyckligt tillsammans." Sade Jasmine.

'Wow, den här tjejen har allvarliga psykiska problem. Jag undrar om det här är bra eller dåligt när det gäller sex?' Tänkte jag och svarade: "Jag hör dig, Jasmine. Vi måste frigöra oss från Martrix."

"Ja. Vi måste hitta Martin, ge honom syra och använda denna konstruerade teknik för att komma in i hans sinne. Först då kan vi ändra våra öden." Uppgav Jasmine.

Jag tänkte svara. 'Det låter bra. Martin ligger utslagen på syra i min lägenhet så det blir enkelt.' Men jag svarade, "Vänta, vad har Martin med detta att göra?"

"Martin är författarens projektion i denna värld. Allt dåligt som händer med oss beror på honom." Utropade Jasmine.

Jasmines påstående satte mig i en tuff sits. Om jag förde henne tillbaka till min lägenhet skulle jag äventyra min väns säkerhet. Men å andra sidan, hade Martins förslag att jag skulle flirta med Sandra Thornton försatt mig i fara veckan innan, så det var återbetalningstid.

"Martin är i min lägenhet. Han är medvetslös på syra." Sa jag.

"Varför berättade du inte detta förut? Det skulle ha sparat oss mycket tid." Gnällde Jasmine.

"Jag kunde inte veta vikten av den informationen i det skedet," svarade jag.

"Du har rätt. Dumma mig." Sa Jasmine och kysste mig.

När hon kysste mig kändes det som om jag var i himlen när våra själar anslöt och blev en. Jag visste en sak. Det var dags att gå fullt ut på Martin om det var vad som krävdes för mig att hitta kärlek och avsluta min cykel av eländiga dejter. Nästa stopp, min lägenhet.

NÄR VI KOM TILLBAKA till min lägenhet sov Martin fortfarande och mumlade dialogbitar från sin senaste roman. Jag kände medlidande med Martins partner Elaine. Om hon var tvungen att lyssna på detta nonsens varje kväll, var det bättre för henne att vara singel.

"Bra, allt är upprättat. Vi kan göra det här." Sa Jasmine entusiastiskt.

"Visst. Vad behöver vi göra?" Frågade jag.

"Vi måste komma in i Martin Lundgrens sinne för att komma åt Martin Lundqvists sinne. När vi väl är i Martins sinne måste vi hitta vår värld och se till att vi får ett lyckligt slut." Hävdade Jasmine.

"Vad händer annars?" Frågade jag.

"Om vi inte stoppar Martin kommer du att drabbas av en oändlig cykel av absurda dejtingscenarier medan jag måste leva ett ouppfyllande liv och avvisa dig mot min vilja," avslöjade Jasmine.

"Så kan vi inte ha det. Låt oss ge honom mer syra så att vi får det liv vi förtjänar." Sa jag.

Sagt och gjort, vi gav Martin mer syra, samtidigt som vi tog mer själva. Efter att ha gjort detta kopplade Jasmine mig och Martin till en löjlig apparat, som fick mig att svimma och komma in i Martins fiktionshistorier.

Susning

NÄR JAG ÖPPNADE ÖGONEN befann jag mig i en konstig underjordisk grotta. En mängd människoätande utomjordingar omgav mig. Tur att det här var en dröm annars skulle jag ha problem. En hemsk människoliknande hona med lila ögon, tjock ödleliknande hud och knivskarpa klor närmade sig.

"Hälsningar, människa. Vad tar dig till Xenora?" Väste hominiden.

"Uh, jag kom till den fel ställe. Jag tänkte åka till Sydney år 2022." Svarade jag.

"Jag vet inte vad något av det betyder. Men jag vet en sak. Det har gått länge sedan jag kopulerade med en människa." Svarade hominiden.

Jag tittade på den hemska utomjordingen. Det var ett stort nej från mig. Döden var ett föredraget resultat, om Jasmines förutsägelse var korrekt, att jag skulle drabbas av en oändlig cykel av orimliga dejtingmisslyckanden om jag inte ändrade Martins sinne.

"Jag kommer inte ha sex med dig, hemska varelse," svarade jag.

"Ingen förkastar kommandot från kejsarinnan Rangda Kaliankan!" Väste Rangda.

"Tja, otur. Jag gjorde det nyss." Svarade jag och insåg att jag antagligen hade undertecknat min dödsdom.

Rangda gjorde något oväntat. Istället för att slita mig i stycken, tryckte hon på en knapp på en enhet och hon framstod som en fantastisk naken grekisk kvinna.

"Vad sägs om den här formen? Helena från Troja är den vackraste kvinnan i mänsklighetens historia. Visst kan du inte motstå mig nu." Förförde Rangda.

Wow, det här var svårt. Å ena sidan har jag en extrem preferens för östasiatiska kvinnor. Å andra sidan, stod jag inför Helena från Troja den vackraste kvinnan i mänsklighetens historia. Mot sådan skönhet måste man vara en fanatisk rasist för att inte uppskatta en kvinnans lockelse på grund av rasskillnader.

Jag påminde mig om att under Helenas skönhet fanns den hemska Rangda Kaliankan. Detta hjälpte mig att vara trogen mot min framtida partner, Jasmine Xi.

"Jag avvisar dig, Rangda Kaliankan. Eftersom jag känner till det hemska som lurar bakom din vackra fasad." Utropade jag.

"Grattis, Geoffrey. Du har klarat mitt test. Åk till jorden och träffa min tjänare, Martin Orchard. I hans sinne ligger din nyckel till att ändra ditt öde." Sa Rangda och öppnade en portal.

"Tack, kejsarinnan Rangda," sa jag och gick mot portalen. Jag kände mig glad att jag hade överlevt mitt möte med den hemska varelsen och hennes flock av människoätande monster.

Nästa stopp, jorden.

"POND, JARED POND."

När jag öppnade ögonen satt jag på Star Casino i Sydney, som inte var långt ifrån min lägenhet. Jag såg en fånig man som försökte ragga upp en underbar kvinna. Jag kände inte igen mannen, men jag kände igen namnet. Jared Pond var en serie om en fånig australisk hemlig agent, som alltid misslyckades med sina uppdrag och ändå alltid landade flickan till slut. Även om han inte var den bästa källan till karriärråd, skulle jag gärna vilja lära mig kvinnotjusande från honom.

Jag borstade bort idén. Jag kunde inte lära mig någonting av Jared Pond om jag inte övertygade Martin om att ändra min framtid. Om jag inte påverkade Martins sinne skulle all kunskap jag kunde få från Jared vara värdelös.

Att stöta på Jared Pond hade en positiv effekt. Jared existerade i samma fiktiva universum som Martin Orchard, så jag kunde anlita Jared för att hitta och konfrontera Martin i denna värld.

"Jared Pond, jag behöver din hjälp," sa jag till Jared.

"Ledsen, men Natalie behöver också min hjälp. Och jag måste prioritera en dam i nöd. " Svarade Jared.

"Nej, det är lugnt. Du kan prata med Geoffrey." Sa Natalie och gick iväg.

Jag stirrade på Natalie när hon gick iväg. Det verkade som att jag också existerade i denna fiktiva värld. Vem kunde ha anat?

"Woah, din raggsabbare. Varför gjorde du det?" Gnällde Jared.

"Jag behöver din hjälp. Jag måste hitta Martin Orchard. Om du hjälper mig kan du äntligen bli erkänd för att vara den främsta agenten som Australien någonsin har skådat." Sa jag.

"Åh, men tyvärr jobbar jag inte längre för RAKI. Då jag är ex-partner till president Eileen Lu anses jag vara för känd för att vara en hemlig agent. Dessutom fångade min tidigare chef på RAKI mig och sålde mig till kinesisk fångenskap. Den här händelsen har förstört min önskan att skydda Australien." Utbrast Jared.

"Men jag måste hitta Martin Orchard. Jag är säker på att du vill göra vad som är rätt." Svarade jag.

Jared nickade och svarade. "Du klarade testet, Geoffrey. Jag öppnar en portal som tar dig till Martins Kiribati-herrgård."

Efter att Jared öppnade portalen skyndade jag mig igenom eftersom det skulle vara olyckligt om våra syratrippar försvann innan jag hade ändrat mitt öde. Nästa stopp, Kiribati.

JAG KONTAKTADE MARTIN när han skrev fiktion i sin herrgård vid Stilla havet. Det var intressant att Martin alltid var författare i alla sina iterationer. Var jag också densamma i varje fiktiv värld?

Jag slutade reflektera över detta när Martin vände sig om och riktade en pistol mot mig. Jag studerade Martin. I denna värld, såg han äldre och argare ut. Han bar också en märklig monokel. Nåväl, med lite tur skulle den knäppa, våldsamma versionen av Martin inte döda mig.

"Hej, Martin. Det var ett tag sedan." Sa jag.

"Vem är du, och varför tränger du in i min herrgård?" Utropade Martin.

"Det är jag, Geoffrey. Vi dömer fotboll tillsammans." Svarade jag.

"Jag dömer inte fotboll. Jag reser runt i världen, samlar utomjordiska artefakter och dödar människor." Svarade Martin.

'Ah, så det finns skillnader mellan de fiktiva världarna. Kanske var jag mer framgångsrik med damerna i den här världen. Trots allt hade den fantastiska Natalie känt till mitt namn på kasinot. ' Tänkte jag

"Varför är du här, främling?" Morrade Martin.

”Jag har ett meddelande från kejsarinnan Rangda Kaliankan. Vi bör ta syra tillsammans, och hon kommer att avslöja ditt nästa uppdrag så att du kan stoppa gammaexplosionen från att förstöra jorden år 2131.” Hävdade jag.

När Martin nickade drog jag en djup suck av lättnad. Vem kunde ha anat att det skulle vara avgörande att läsa Martins böcker för att fullfölja mitt uppdrag?

"Om du säger det så. Jag har aldrig varit en främling för syratrippar. ” Sa Martin och log.

Jag kände efter i innerfickan på min kostym, och till min stora lättnad fanns det fortfarande en flaska med Rastafari-domarens speciella sammansättning.

"Wow. Min monokel säger att du tog med dig mycket högkvalitativ LSD. Var hittade du det? ” Frågade Martin.

”Jag har mina källor. Ska vi sätta igång?” Uppmanade jag med vetskap om att Martin i min värld snart skulle vakna upp.

”Visst,” sa Martin, drack allt i LSD-flaskan och tuppade av.

Så, vad skulle jag göra nu? Jag hade aldrig planerat att Martin skulle ta all syra.

”Håll hans huvud. Jag ansluter dig till hans sinne härifrån.” Skrek Jasmine genom den dimensionella barriären. Sagt och gjort. Det var ett starkt ljus och jag teleporterades igen.

Susning

NÄR JAG ÖPPNADE ÖGONEN var jag i Martins lägenhet i Kensington. Hans bärbara dator låg på soffan och den hade ett dokument med en rad nya titlar. Jag läste igenom listan. 'Aliendejten, Konspirationsdejten, Yetidejten, Shamandejten, Thaidejten.' Jag visste att jag var tvungen att agera. Om jag

inte gjorde någonting skulle mitt liv bestå av en oändlig cykel av absurda dejtingscenarier. Jag behövde övertyga Martin att låta mig vara lycklig.

Martin kom in i rummet, stirrade chockat på mig, och utropade. "Geoffrey, vad gör du här? Du ser annorlunda ut."

Jag tittade på Martin. Han såg också annorlunda ut. Han såg mycket fetare ut i den här världen än han gjorde i min värld. Jag antar att han gav sig själv ett mer idealiserat utseende i hans fiktiva värld. Hursomhelst så var Martins vikt inte mitt problem. Mina dejtingmissöden var.

"Jag har kommit för att be dig sluta skapa hemska dejtingscenarion åt mig. Jag vill sluta gå på hemska dejter. Jag vill leva ett lyckligt liv med Jasmine Xi. Varför låter du oss inte?" Utbrast jag

"Vad pratar du om, Geoffrey. Jag har en väldigt liten, om någon, inverkan på dina dejter. " Svarade Martin.

"Du är mitt universums Gud. Det är du som utsätter mig för allt som händer. Kan du inte låta Jasmine och jag vara lyckliga tillsammans?" Vädjade jag.

"Vänta, är du Geoffrey Tang från Den otursamme advokatens dejtingmissöden?" Frågade Martin förvirrat.

"Ja, det är jag," svarade jag.

"Wow, det här är så coolt. Hur hände detta?" Frågade Martin.

"Det hände genom en invecklad handling som var en blandning av Matrix och Inception," svarade jag.

"Oj, jag måste skriva den historien direkt." Sa Martin entusiastiskt.

"Kan du snälla ge mig ett lyckligt slut?" Bad jag.

"Det kan jag inte lova. Att utsätta dig för absurda dejtingmissöden ger mig underhållning. Men jag kan lova dig ett lyckligt slut för tillfället." Svarade Martin

"Okej. Så kan Jasmine och jag bli tillsammans? Om det inte är för mycket begärt, kan du ta bort att jag får skörbjugg från mitt Covid-vaccin om jag inte äter mycket apelsiner. Jag hatar apelsiner och det är inte ens en realistisk bieffekt." Sa jag.

"Visst, jag ändrar det. Lycka till, Geoffrey." Sa Martin, knäppte fingrarna och jag teleporterades tillbaka till min värld.

NÄR JAG ÖPPNADE ÖGONEN vaknade jag i ett vackert rum. Jasmine Xi log mot mig med sina vita tänder och talade: "God morgon, Geoffrey. Jag är så glad att du fullbordade ditt uppdrag. Martin ändrade handlingen, så att du gjorde bra investeringar istället för dåliga investeringar. Det är därför vi bor i detta vackra hus med havsutsikt i Coogee."

Jag steg ur min säng, sträckte på armarna och såg morgonsolen glittra i havet. Det här var livet. Jag kunde inte ha föreställt mig att Martin skulle ge mig en så bra liv, det var inte på allt i linje med hans personlighet.

En illaluktande stank förstörde mitt lyckliga humör. Hade ett avloppsrör brustit i min härliga villa? Jag vände mig om och jag såg Jasmine hålla en burk av den ökända svenska maträtten surströmming.

Jag såg förvirrad på henne och talade: "Varför öppnade du en burk rutten fisk?"

"Som det visar sig, bad du om för mycket när du ville bli av med din Covid-vaccinbiverkning. I denna nya verklighet måste du äta fermenterad sill för att hålla dig frisk. " Avslöjade Jasmine.

Jag suckade och höll för näsan när jag tvingade mig att äta en bit av den ruttna fisken. Martin var en skurk men åtminstone tillät han mig att leva med min drömkvinna i hans uppdaterade fiktiva universum.

Slut.

Jared första uppdrag.

"Vinnaren av Maroubra Hotells veckovisa pokerturnering är Jared Pond."

Jag log när de få kvarvarande fyllona på Maroubra Hotell applåderade min seger när pokerarrangören tillkännagav mitt namn. Jag hade vunnit $400 och med lite tur skulle det räcka för att ha det bra på nattklubben och hitta mig ett ligg. I vilket fall som helst var det ett välkommet tillskott till de magra inkomsterna som jag fick av surfing och sportscoachning.

'Jag kanske borde spara pengarna och använda dem som ett inköp för turneringen på kasinot.' Tänkte jag. Det verkade som en bra idé. Om jag kunde förvandla 400 dollar till flera tusen skulle jag kunna åka på en ordentlig surfsemester till Guldkusten för att byta landskap. Men om jag förlorade skulle det förstöra min natt, och dessutom, hur skulle jag få ragg av att spela mot de rika spelmissbrukarna på kasinot?

Jag bestämde mig för att spendera pengarna på drycker på klubben istället. 400 dollar skulle betala för dussintals drinkar, kanske till och med en flaska franskt bubbel, om jag kände mig lyxig. Damerna skulle älska det. Jag vände mig om för att hitta mina vänner Aidan och Sam. De var ingenstans att skåda.

Jag tog upp min telefon och såg ett meddelande från Sam. "Vi åkte till Aidans hus för att röka lite gräs och titta på en film. Kom förbi efter pokern om du vill. "

'Fan!' Mumlade jag. Jag ville gå någonstans med min nyvunna rikedom. Jag ville inte röka ganja, jag ville påbörja min strävan efter ära. 'Fan, jag drar till kasinot!' Tänkte jag och steg in i en taxi som tog mig till Star Casino i Darling Harbour.

JAG KUNDE INTE TRO min lycka när jag tog ut mina vinster från kasinot. Medan jag inte hade vunnit turneringen hade jag placerat mig bra och tjänat 3000 dollar. Mer än en månadslön på en natt. 'Åh, vilken natt.' Sjöng jag för mig själv.

Det blev ännu bättre när en sexig dam närmade sig mig och pratade med en östeuropeisk accent. "Mycket bra spelat, herr Pond."

"Tack. Jag heter Jared. Vad heter du?" Jag svarade

"Amasova, Anastacia Amasova." Svarade Anastacia.

"Pond, Jared Pond," svarade jag och reflekterade över hur coolt det lät.

"Vill du ha en drink, Jared? Jag älskar en vinnare. " Flörtade Anastacia.

Jag reflekterade över hennes uttalande. Jag hade slutat på tredje plats, så varför kallade hon mig för vinnare? 'Var inte dum, Jared. Acceptera drycken. ' Sa min inre röst.

"Ja, jag dricker det som du dricker. Du verkar världsvan. " Sa jag och log.

"Naturligtvis, Jared," sa Anastacia, gick upp till baren och återvände med två Cosmopolitans.

För ett ögonblick kände jag mig som en fikus för att jag drack en färgglad cocktail istället för en öl. Sedan tittade jag på den vackra Anastacia och insåg att jag definitivt inte var gay. Saker blev ännu bättre när hon lutade sig mot mig och förförde mig. "Vill du komma till mitt rum?"

Jag kunde inte avvisa ett sådant erbjudande och jag följde med Anastacia till övervåningen. Jag kom inte långt, eftersom jag kände mig yr och kollapsade på golvet i hotellkorridoren.

"HERR POND. JAG HETER Greg Steele och jag kommer från RAKI. Du drogades och rånades av en utländsk underrättelseoperatör."

Jag öppnade ögonen och såg den stränga mannen som stod vid min sjukhussäng. Vilket jävla sätt att vakna. Jag fick en skrämmande insikt. Jag hade skickat en selfie av mig själv och det ryska bombnedslaget till Sam och Aidan. Hur pinsamt det skulle bli att förklara vad som hade hänt.

"Uhm, jag är inte säker på att jag vill lämna in en polisanmälan, för att vara ärlig." Sluddrade jag.

"Jag bryr mig inte vad du vill, och jag kommer inte från polisen," svarade Greg.

Gregs svar fångade min uppmärksamhet. Jag tittade på honom med en nyfiken blick och svarade: "Så varifrån är du då?"

"Jag har redan sagt det. Jag kommer från RAKI, Royal Australian Kangaroo Intelligence. Vi är en topphemlig grupp som arbetar direkt under premiärministern." Avslöjade Greg.

"Ni är inte särskilt hemliga om du berättar om det. Hur som helst, vad vill du? " Frågade jag.

"Jag vill att du ska arbeta med oss. Gruppen vi är ute efter känner till alla våra agenter. Men de känner inte till dig. De har redan rånat dig en gång och anser dig vara ett enkelt mål. De kommer att slå till igen." Förklarade Greg.

"Vad tjänar jag på det här?" Frågade jag.

"Om du lyckas med ditt uppdrag kommer vi att erbjuda dig ett välbetalt statligt jobb." Erbjöd Greg.

"Jag är inte säker på att jag vill arbeta för staten," svarade jag.

"Herr Pond, du är 25 år gammal, undersysselsatt, och du bor hos din mamma. Jag tror inte att du har mycket till val. " Hånade Greg.

"Jag ska tänka på det," svarade jag.

"Bra, här är mitt visitkort", sa Greg, gav mig sitt visitkort och lämnade mitt sjukhusrum.

Jag suckade när Greg gick. Inte bara hade Anastacia berövat mig mina pokervinster, utan en skum regeringstjänsteman hade också kontaktat mig. Kunde den här helgen bli värre?

"JARED. VAD ÄR FEL MED dig? Istället för att betala tillbaka pengarna du är skyldig dina familjemedlemmar, slösade du bort dem medan du försökte få till det med en rysk prostituerad. Skäms du inte? "

Jag suckade när min mamma skällde ut mig på sjukhuset. Det var diskutabelt om jag var skyldig henne pengar eller inte, men jag kunde se hennes perspektiv. Jag var 25 år gammal och jag borde skjuta till pengar för omkostnader.

"Jag betalade inte för en prostituerad. En vacker kvinna förförde mig, drogade mig, och rånade mig." Gnällde jag.

"Du borde ha vetat att en vacker kvinna inte skulle närma sig dig om det inte vore för pengarna." Hånade min mor.

"Hör på, Susanne. Pondtåget är en mycket populär attraktion i Maroubra och omgivande förorter." Protesterade jag.

"Faktumet att du kallar dig själv Pondtåget är patetiskt. Dessutom beskrev din ex-flickvän Erica dig som en minutman, och inte i den goda meningen. Du måste betala mig de 5000 dollarna du är skyldig mig eller hitta en annan plats att bo på. " Sa Susanne och lämnade rummet.

Jag suckade och insåg att jag var tvungen att hitta ett jobb. Sett från den ljusa sidan så hade Greg från regeringen erbjudit mig ett jobb tidigare idag, så det var en start. Jag tittade på Gregs visitkort och föreställde mig vad mitt liv skulle innebära som hemlig agent. Jag skulle bli den främsta agent Australien någonsin hade skådat!

NÄSTA MORGON GICK JAG in i RAKI-huvudkontoret, som var beläget i en alldaglig byggnad i Glebe. Jag träffade Greg Steele och premiärminister Marvin Richbull. Premiärministerns närvaro chockade mig. Hade han inte ett land att sköta?

Greg närmade sig, skakade min hand och talade. "Välkommen, Jared. Innan vi börjar har jag två snabba frågor. "

"Jag är redo att svara på vad som helst," svarade jag.

"Bra. Varför ansöker du om det här jobbet?" Frågade Greg.

"Vilken dum fråga, det var han som närmade mig på sjukhuset och erbjöd mig jobbet", tänkte jag. Jag svarade lite mer diplomatiskt: "Eftersom ni anställer."

Greg nickade överensstämmande, medan Marvin skakade på huvudet. Greg talade igen. "Var ser du dig själv om tio år?"

"Jag vill bli den främsta agenten Australien någonsin har skådat," svarade jag.

Marvin skakade frenetiskt på huvudet, men Greg svarade: "Bra svar, Jared. Välkommen till RAKI. "

"Toppen. Vad behöver jag göra?" Frågade jag.

Greg gav mig en sedelbunt och talade. "Vi vill att du spelar pokerturneringen vid casinot ikväll. Du behöver vinna tillräckligt med pengar för att få uppmärksamhet hos guldgrävarligan som rånade dig och Marvin Richbull. En av guldgrävarna har en video av henne och Marvin som aldrig kan nå offentlighetens ljus. Vår regerings stabilitet är hotad."

"Vad händer om jag inte vinner?" Frågade jag.

"Regeringen har djupa fickor. Om du förlorar kommer vi att trycka mer pengar och ge dig en chans till. Det viktigaste är att dessa videor inte ser dagens ljus! " Svarade Marvin.

"Oroa dig inte, herr statsminister. Jag kommer inte att svika dig. " Svarade jag.

"Bra. Ta dessa piller, de neutraliserar de lugnande medel som tjejerna kommer att använda för att spetsa din drink. Ta reda på var de är baserade och återkom till mig. " Sa Greg.

"Ja, herrn," sa jag, tog pengarna och pillren, och lämnade RAKI-kontoret.

"MYCKET BRA SPELAT, herr Pond!"

Min puls ökade när en sexig rysk dam närmade sig efter att jag vunnit en hel del pengar vid pokerborden. Jag hade aldrig ha trott att Gregs långsökta plan skulle fungera, men här var jag.

"Tack fröken...?" Sa jag.

"Berotova, Svetlana Berotova," svarade Svetlana.

"Pond, Jared Pond," svarade jag.

"Vill du ha en drink, herr Pond? Jag älskar vinnare." Frågade Svetlana.

"Ja, jag skulle gärna dricka med dig," sa jag och log.

"Jag kommer snart," sa Svetlana och gick till baren.

När hon gick iväg skyndade jag mig att ta pillren. Jag rodnade och kände hur mitt blodtryck steg. Oavsett vad som fanns i pillren, så var det starka grejer. Svetlana kom tillbaka med dryckerna, och precis som det hänt med Anastacia frågade Svetlana om jag ville komma till hennes rum. Naturligtvis gjorde jag det!

"VARFÖR ÄR DU FORTFARANDE vaken?" Sa Svetlana när hon lämnade badrummet i sitt hotellrum.

"Varför skulle jag inte vara vaken. Du har inte varit i badrummet så länge." Retades jag och undvek att avslöja min kunskap om hur hon hade spetsat min dryck.

"Men vad gör vi nu? Jag hade inte planerat för det här." Mumlade Svetlana.

Jag log och insåg hur förvirrad jag skulle ha varit om jag inte visste om den ryska guldgrävarskans skurkplan. En del av mig kände mig som en hora för vad jag sa härnäst, men sedan kom jag ihåg Jesu uttalande om att man skulle älska sin fiende.

"Vad sägs om att ha sex? Pondtåget är redo för avgång." Grinade jag.

"Ja, jag antar att du har rätt", sa Svetlana och drog av sin tajta topp och avslöjade en fantastisk torso med stora bröst.

Jag log. Det var dags att bevisa att Pondtåget var i drift och att jag var en minutman i god mening, som i redo på en minut, och inte i dålig mening, som i färdig på en minut.

Tut, tut!

EFTER EN HEL NATT MED sovrumsgymnastik och ingen sömn fick Svetlana ett oväntat sammanbrott. Tårarna rann ner för hennes kinder och hon snyftade. "Boohoohoo ... Herr Pond, jag har alltid hatat sex, men en natt med dig har visat mig att sex är en gåva från Gud till oss syndiga människor."

Jag hade ingen aning om hur jag skulle svara på Svetlanas utfall. Medan jag uppskattade hennes beröm av min sexuella expertis, visste jag inte hur jag skulle relatera till hennes tårar och plötsliga religiösa glöd.

"Jag finns här för dig, Svetlana." Sa jag, vilket utan tvekan var ett korrekt uttalande eftersom vi hade tillbringat hela natten i samma säng och stora delar av den inuti varandra.

"Eftersom du har bevisat att sex är underbart, har jag en bekännelse att göra. Jag var en del av en rysk underrättelseoperation ledd av Alexa Amasonovic. Vi drogade och rånade framstående australiensiska män för att få insikter i ert samhälle. Kan du förlåta mig?" Sa Svetlana och kramade mig.

Detta var en besvärlig situation. Jag har aldrig erfarit att någon att kramade mig och erkände en ond konspiration efter en passionerad natt, så vad skulle jag göra? Jag svarade med en vit lögn. "Naturligtvis förlåter jag dig, Svetlana. Du verkar vara en fantastisk kvinna. Jag måste skynda mig till jobbet nu, Jag ringer dig senare, okej älskling?"

Efter att ha sagt detta, klädde jag på mig och skyndade mig att lämna Svetlanas hotellrum medan jag fortfarande hade mina pokervinster i fickorna.

SENARE SAMMA DAG VAR jag tillsammans med Greg Steele och några andra RAKI-agenter i Alexas lägenhet, som verkligen var basen för en rysk underrättelseoperation. Jag log när jag handfängslade Anastacia för att ha rånat mig. Hon stirrade på mig och utropade. "Smutsiga australier. Jag borde ha vetat att du arbetade som kontrarunderrättningsagent. Du var alldeles för sofistikerad för att vara den bondlurk som du framställer dig som."

Jag stirrade misstroget på henne. Varför kallade hon mig bondlurk? Vad i helvete var fel med henne? Jag insåg att jag inte borde fundera över förolämpningar från förbittrade fångade utländska underrättelseagenter. Jag kände mig glad när jag hittade en massa pengar och en telefon som jag trodde tillhörde mig bland Anastacias ägodelar. Medan jag inte skulle stjäla bevis hade Anastacia i stulit telefonen och pengarna från mig, så min moraliska kompass hade inga invändningar mot att ta tillbaka mina ägodelar.

När jag öppnade telefonen märkte jag att Svetlana hade ändrat telefonens språk till ryska. Så irriterade. Ett popupfönster dök upp när jag öppnade telefonen. "Вы хотите загрузить все фотографии в социальные сети ?" med två knappar som sa " да " och " нет " vilket betyder "ja" eller "nej".

"Jävla skräptelefon, hur ändrar jag inställningarna till svenska?" Tänkte jag och tryckte på en av knapparna.

Medan jag försökte ändra telefonens språk hörde jag Greg Steele utropa. "Å nej. Vi kom för sent. Anastacia Amasova har redan uppladdat nakenbilderna av Marvin Richbull på sociala medier. Vi har misslyckats med vårt uppdrag!"

Jag insåg mitt misstag och torkade av mina fingeravtryck från telefonen. Jag hade varit på mitt första uppdrag som RAKI-agent, men jag skulle inte bli den största agent Australien någonsin hade sett om jag fick sparken under min andra dag på jobbet. Det är därför jag kommer att göra bättre ifrån mig nästa gång!

Yakuzakontakten.

En sommardag steg jag av flygplanet på Narita flygplats i Japan. Detta var mitt första uppdrag utomlands och min chans att revanschera mig för misslyckandet som ledde till att premiärminister Marvin Richbull avgick på grund av en exponerad nakenbild. För att vara ärlig var jag inte särskilt upprörd över mitt misslyckande med att dölja Marvins ligg med en rysk underrättelseoperatör. Fast det var tur att ingen visste att det var mitt misstag att ha klickat 'ja' på den ryska spionens telefon som hade släppt Marvins bilder online. Om Greg Steele hade fått reda på mitt misslyckande skulle jag ha hamnat i finkan. Istället var jag på väg att bygga upp min karriär som en internationell agent i Japan.

Jag hade inte fått en pistol ännu, men Greg hade gett mig något mycket viktigare, en förpackning med det antitoxinläkemedel jag använt för att besegra ryssarna, vilket visade sig ha en mycket användbar bieffekt. Bortsett från att neutralisera oönskade droger, var de också högkvalitativa erektionspiller. Älska, istället för kriga; åtminstone när det gäller vackra kvinnor!

Jag försökte komma ihåg instruktionerna för hur jag skulle hitta min japanska motpart, Mio Kazama. Mitt sinne blev tomt, vilket inte var en bra start. Jag såg en skylt som sa "Apelsiner, bara 1200 yen styck". 'Hmm, det motsvarar $ 15 dollar för en apelsin. Detta måste vara sättet att kontakta Mio. Ingen skulle betala så mycket för en jävla apelsin, tänkte jag och gick till kassan och betalade för apelsinen.

Till min bestörtning talade kassören inte engelska och jag kände mig som en dåre när jag stod utanför affären vid flygplatsterminalen medan jag höll en väldigt dyr apelsin. Jag skalade och åt apelsinen och den smakade som vanlig apelsin. Vad stod på?

En positiv effekt kom från att äta den för dyra apelsinen. Kombinationen av socker och C-vitamin påminde mig om frasen jag behövde säga till min kontakt. "Ingen fotboll spelas i franska katedraler på våren." Men vem skulle jag säga den här meningen till?

Jag insåg att det enklaste sättet att sprida mitt hemliga meddelande var att gå till kundservicedisken och be dem läsa upp det via PA-systemet. Min kontakt skulle utan tvekan höra meddelandet då.

Jag gick fram till kundservicedisken och talade: "Hej, jag ger dig $50 om du läser upp detta meddelande." Sa jag och överlämnade en lapp.

Operatören gav mig en skeptisk blick och svarade. "Är det här ett skämt?"

Jag skakade på huvudet och svarade. "Nej, det här handlar om global säkerhet."

"Okej, ge mig pengar först, Herr." Svarade operatören.

"Pond, Jared Pond," svarade jag.

"Jag frågade inte ditt namn. Jag bad om pengar. " Svarade operatören.

"Åh, jag är ledsen," sa jag och gav henne en femtio-dollar-sedel.

Den anställde tog sedeln, studerade den och svarade. "Vad är detta?"

Jag gav operatören ett avvisande blick. Vilken idiot kände inte igen en femtio-dollar-sedel? "Det är en femtio-dollar-sedel", svarade jag.

"Nej, bara amerikanska dollar tack." Sa kvinnan.

"Jag har bara australiska dollar med mig. Det här är mycket pengar för att säga en mening i en mikrofon!" Kommenterade jag.

" Chimamire no gaikoku hito (jävla utlänning)". Mumlade kvinnan, slog på mikrofonen och talade. "Ett meddelande från Jared Pond vid kundtjänstdisk nummer 5. Ingen fotboll spelas i franska katedraler på våren."

Strax efter att operatören hade framfört meddelandet kände jag ett litet nålstick bakom halsen. Jag kände mig yr, kollapsade, och allt blev svart.

"VILKEN DEL AV ORDET hemlighet förstår du inte, herr Pond? Ditt stunt på flygplatsen har redan 100 000 videovisningar! "

Jag öppnade ögonen och jag tittade på en sträng japansk kvinna som skulle ha varit angenäm om hon bara log och sa "Hej, det är så trevligt att träffa dig." Men hon såg inte nöjd ut, hon såg argare ut än vad min mamma Susanne Pond gjorde när jag inte hade städat mitt rum på flera veckor.

"Du borde le mer, Mio. Det kommer att göra ditt ansikte vackrare. " Sa jag och flinade.

"Le mer? Du hade den enklaste uppgiften! Du var menad att bära en röd slips och vänta vid gate 15. Vilken slags idiot skulle misslyckas med det?" Gnällde Mio.

"Var det en retorisk fråga? I vilket fall som helst, låt oss vända tillbaka bandet. Jag är Jared Pond från RAKI. " Sa jag och tvingade fram ett leende.

"Jag är Mio Kazama från den kejserliga japanska spionservicen (KJSS)", sa Mio utan ett inslag av leende.

'Wow, det här blir svårt.' Tänkte jag och gjorde det till mitt uppdrag att se Mio le innan jag lämnade Japan. "Så, vad kan du berätta om uppdraget?" Frågade jag nonchalant.

"Yakuza-chefen Asahi Abe planerar att mörda den japanska kejsaren. Vi kan erbjuda våra tjänster som lönnmördare i en stingoperation. Detta var innan ditt upptåg på flygplatsen. " Avslöjade Mio.

Jag blev trött på Mios klagomål. Spioneri var inte lika härlig som vad de visar i filmerna. Om jag ville lyssna på detta gnäll kunde jag ha avstått från att städa mitt rum.

Jag bestämde mig för att omvända Mio med en vågad bluff. "Mitt publicitetsstunt är en del av min metod", sa jag.

"Vad pratar du om?" Frågade Mio.

"Jag gömmer mig i offentligheten. Som en rockstjärna kommer ingen att förvänta sig att jag också jobbar som lönnmördare på nätterna." Hävdade jag.

"Hmm. Det kan fungera. Du är inte alls vad jag förväntade mig, herr Pond. " Svarade Mio med en antydan till lättnad.

"Ja, så nära." Tänkte jag och påminde mig om alla spionfilmer som jag hade sett nyligen. Kvinnliga agenter drogs alltid till promiskuöst beteende på grund av stressen av att ständigt sätta sitt liv på spel. Antydan till ett leende på Mios ansikte indikerade att Pondtåget var närmare att nå sin destination.

"Du kan förvänta dig det oväntade när du arbetar med Jared Pond, den främsta agenten som Australien någonsin har skådat. Låt oss ta itu med den här franska konspirationen." Grinade jag.

"Fransk konspiration? Det finns ingen fransk person inblandad i konspirationen mot kejsaren." Protesterade Mio.

"Och därmed var hennes leende borta..." tänkte jag och suckade. "Okej, jag menade att vi ska ta itu med denna icke-franska konspirationen," sa jag.

"Oavsett, Herr Pond. Låt oss ordna ett möte med Asahi, den japanska Yakuzachefen." Sade Mio och lämnade rummet.

Jag suckade och kände hur migrän närmade sig. Vilken mardröm det skulle vara att arbeta med en sådan humorlös kvinna. Jag skakade av det. Från hennes korta leende hade jag dragit slutsatsen att hon hade ett vackert ansikte dolt under sin ilskna fasad. Det var dags för mig att rädda dagen och vinna flickan.

JAG HADE PÅ MIG ETT par hängiga kostymbyxor när Mio och jag gick till styrelsevåningen i en stor kontorsbyggnad i Tokyo. Jag hade på mig hängiga kostymbyxor av en anledning. Jag hade tagit RAKI piller, och jag ville inte visa biverkningen av pillret, min erektion. Mitt ansikte rodnade av läkemedlets effekt och jag hoppades att ingen skulle uppmärksamma denna detalj.

Vi steg in på Asahi Abes kontor. Till min förvåning var kontoret inrett som ett traditionellt japanskt palats. Jag ifrågasatte Asahis motivation för att bygga sitt kontor på detta sätt. Om han ville ha känslan av ett japanskt palats, varför möttes vi inte vid hans herrgård? Några ninjor i svart overaller flankerade rummet och ökade den känslan av surrealism.

"Det är här vi bugar oss," viskade Mio och vi bugade oss för brottsherren.

"Hälsningar. Jag har kallat er till ett historiskt ögonblick för Japan. Idag kommer vi att utvisa de utländska härskarna och deras så kallade demokrati. Yakuzan och Shogun ska resa sig. Hyō no shōri! (Hej seger)" utropade Asahi.

" Hyō no shōri! (Hej seger!) " Skanderade de samlade ninjorna och Yakuza-medlemmarna.

Efter ett tag lyfte Asahi upp handen och sången slutade. Han vände sig till mig och talade: "Jared Pond, under din korta vistelse i Japan har du gjort dig till åtlöje. För många i vår kultur skulle hara-kiri vara den enda lösningen."

"I min kultur försöker vi lära oss av våra misstag och vi använder psykologisk rådgivning för att hantera självmordstankar", svarade jag.

"Det beror på att du inte har någon ära!" Utropade Asahi ilsket.

Jag reflekterade över brottherrens uttalande. Jag har begränsad erfarenhet av kontraktsmördare, men jag skulle inte klassificera mördande som ett hederligt yrke. Jag ville inte fördjupa mig i den här diskussionen, så jag sa, "Jag är inte här för heder, jag är här för pengar. De sägs du erbjuder en stor summa för att ett visst uppdrag. "

Asahi glodde surt och svarade: "Hederslösa avskum. Det finns ett uppdrag för män som du. "

"Jag lyssnar", svarade jag.

"Du behöver mörda Makihito, Japans kejsare. Hans kungliga läror tillät utlänningar att invadera vårt land, och han gör oss svaga." Sa Asahi.

"Förstått. Men om jag får fråga, varför skickar du inte någon av dina egna mördare för att döda honom?" Frågade jag.

"I Japan ser befolkningen kejsaren som en gud. Ingen hedervärd man skulle attackera honom. Det är där du kommer in." Hånade Asahi.

"Okej. När ska jag slå till och hur får jag betalt? " Frågade jag.

"Du ska slå i kväll. Jag kommer att betala dig 2 miljoner dollar i guldtackor." Sa Asahi och gav mig en guldtacka.

När jag höll den 20 kilo tunga guldtackan insåg jag varför brottslingar föredrog att använda kryptovaluta för deras tvivelaktiga affärer. Att bära 20 kilo guld var tungt och opraktiskt.

"Misslyckas inte, och spring inte iväg med guldtackan, annars kommer vi efter dig." Varnade Asahi.

" Watashitachi wa anata o shippai sa semasen , masutā Asahi! (Vi kommer inte att svika dig, mästare Asahi)" sa Mio och bugade.

Jag bugade också och vi lämnade rummet med den 20 kilo guldtackan.

"SÅ, VAD ÄR VÅR PLAN?" Frågade jag när vi återvände till gömstället i Tokyo.

"Vi måste beväpna oss och följa kejsaren runt. Jag är säker på att Asahi Abe har skickat mer än bara oss för att döda kejsaren. Vi måste fånga de andra mördarna och följa Asahi. " Svarade Mio.

"Okej, kan du ge mig några vapen då?" Frågade jag.

"Ja, vapnen finns på altaret i mitten av rummet", sa Mio och pekade på ett altare. Där fanns en stor katana, en liten kniv, några pilar och några kaststjärnor.

"Hmm. Har du inte några vapen som människor använder idag? Du vet, som skjutvapen?" Frågade jag hånfullt.

"Det måste finnas ära, Jared. Skäm dig inte ut dig genom att använda fega skjutvapen." Skällde Mio.

"Det är dumt att bära ett svärd till skottlossning." Tänkte jag för mig själv, men insåg att jag inte visste hur man använde en pistol heller. "Nåväl, förhoppningsvis kommer inga andra skurkar att dyka upp," tänkte jag, och bytte till en svarta ninjakläder. Det var dags att stoppa de andra mördarna från att döda kejsaren.

JAG KÄNDE MIG UTMATTAD när jag smög mig runt i det kejserliga palatset. Jag hade inte räknat ut vad jag skulle göra med guldet, så jag hade tejpat det på mitt bröst, vilket var mycket besvärligare än att ha med ett betalkort.

Jag kände ett nålstick i nacken och märkte att någon hade kastat pilar mot mig. Lyckligtvis hade jag tagit antitoxinpiller den här gången.

"Varför dör du inte ?!" Utropade en man och rusade mot mig med ett dragit svärd. Jag hade inte tid att svara på mannens frågor, då han slog mot mig med vilda svängningar.

Klirr

Mannen stirrade förvånat på mig när träffade guldtackan som jag bar under mina svarta ninjakläder och hans katana bröts i två delar. Jag drog ut min katana och högg av hans bälte, vilket fick mannens byxor att falla av. Mannen började springa ifrån mig. Jag drog ut en av pilarna från min hals och kastade tillbaka den mot honom. Till min stora bestörtning kollapsade mannen till marken och började fradga från munnen.

Jag gick fram till mannen och jag märkte en tatuering på hans rumpa. Det var en symbol med en lysande sol ovanför en vild orm som omringade bokstäverna KJSS. 'Hmm, det är märkligt', tänkte jag vände mig till Mio och talade. "Det ser ut som att den andra mördaren är död. Så vad gör vi nu?"

"Vi rapporterar händelsen. Vi har bevis för att Asahi Abe anlitade oss och den andra mördaren för att döda kejsaren. Detta är tillräcklig för att Asahi ska fängslas. " Avslöjade Mio.

Jag nickade och suckade när jag insåg att den 20 kilo guldtackan som jag släpat på var bevismaterial och att jag skulle förlora den efter allt besvär. Nåväl, lätt kommet lätt förgånget.

NÅGRA DAGAR SENARE var jag på Narita flygplats. Jag hade räddat kejsaren och hjälpt till att sätta dit Yakuzachefen, Asahi Abe. Ett bra resultat av mitt första uppdrag utomlands. Mitt enda bekymmer var att jag inte hade haft sex under min vistelse i Japan. Vilken typ av andraklassig agent åkte utomlands för att rädda kejsaren utan att få ligga?

När jag skulle gå ombord på mitt plan bröt Mio ut i tårar. Hennes reaktion förvirrade mig, eftersom hon hade behandlat mig med förakt och arga blickar under hela min vecka i Japan. Hon kramade mig och snyftade. "Jag kan inte tro att du lämnar Japan efter att ha tillbringat en hel vecka med mig utan att vi lärde känna varandra bättre."

Jag gav henne en sympatisk blick och svarade: "Jag vill inte såra dig, Mio. Men hur kunde jag veta att du kände dig attraherad av mig?"

"Du förstår inte min kultur. Argt stirrande är ett tecken på att en japansk kvinna känner sig attraherad av dig. Vi ler mot människor vi inte gillar." Förklarade Mio.

"Jag förstår. Jag antar att jag kan boka om mitt flyg till imorgon." Svarade jag och gav Mio en tom blick, eftersom jag var osäker på om ett leende eller en arg blick var lämplig.

"Skulle du göra det för mig, Jared?" Sa Mio sött och torkade bort tårarna.

Jag nickade, log och svarade: "Naturligtvis kan vi inte skiljas åt utan att lära känna varandra bättre."

Med detta sagt kysste jag Mio och vi lämnade flygplatsen, så att vi kunde njuta av en natt med passion.

JAG LOG NÄR JAG SATT i ett affärsklassäte på väg tillbaka till Australien. Jag hade räddat kejsaren, förfört en sexig tjej och åtnjutit en natt med ohämmad älskog. Vad mer kan man önska sig efter att ha avslutat ett uppdrag?

Jag blundade och hoppades att på trevliga bilder skulle fylla mitt sinne innan jag sjönk in i en drömlös sömn. Inga sådana bilder dök upp. Istället uppträdde bilden av en vild orm som omringade bokstäverna KJSS. Jag hade en flashback. Jag hade sett ormen två gånger. En gång på den döda mördaren, och kvällen innan när jag njöt av Mios läckra kropp!

Jag fick en insikt. Om både Mio och mördaren var KJSS-medlemmar skulle ingen av dem ha tänkt att mörda kejsaren. Så, vad handlade det här om? Jag insåg den skrämmande sanningen. Kejsaren hade iscensatt mordförsöket mot sig själv för att ha anledning att gå efter Asahi Abe. Jag var den avsedda syndabocken, men jag hade räddats av de toxinneutraliserande egenskaperna hos RAKI- pillren som jag tog innan svärdstriden. Mannen jag dödade med den förgiftade pilen måste ha varit Mios pojkvän. Hon hade förfört mig att hämnas och det enda skälet till att jag fortfarande levde var på grund av min toxinimmunitet och för att jag inte hade sovit hela natten, så Mio såg aldrig chansen att döda mig.

Det jag kan lära av detta är att en kvinna som ger mig dödliga blickar i en vecka, är mer benägen att planera mitt mord än att dölja sin obesvarade kärlek.

Upptåg i Surströmmingsfabriken.

"Jared! En potentiell diplomatisk kris har uppkommit!"

Jag chockades när min chef på RAKI skrek mig i örat, medan jag tränade bänkpress på det närliggande gymmet vilket fick skivstången att falla på mitt bröst. Aj! Varför fortsatte Greg Steele sin ovana att överraska mig och skrika ut de senaste utredningsfrågorna slumpmässigt, istället för att närma sig på ett artigt och lugnt sätt för att lösa ärendena?

Jag tog mig samman, lyfte skivstången från bröstet, och stönade: "Vad är det nu, Greg?"

Greg drog fram en burk fisk, gav mig den, och talade. "Det här är problemet, Jared."

Jag såg förvirrat på burken. Förutom att den hade konstig utländsk text såg jag inget ovanligt med burken.

"Jag förstår inte. Vad är problemet med denna fiskburk?" Frågade jag.

"Problemet är att narkotikasmugglare använder dessa fiskburkar för smuggling av droger. Fiskens stank hindrar våra droghundar från att detektera drogerna." Avslöjade Greg.

"Så varför öppnar vi inte en burk av varje sändning för att ta reda på om det finns droger i försändelse eller inte?" Föreslog jag.

"Det är en bra idé, Jared. Varför öppnar du inte burken nu?" Utbrast Greg och gav mig burken samt en burköppnare.

Jag såg förvirrat på Greg. Vad var fel med min chef? Var han för inkompetent för att öppna en burk med konserverad fisk?

Jag öppnade behållaren och en vidrig stank nådde nästan näsborrarna. Vad var denna styggelse? Hade Greg gett mig en burk med koncentrerat avlopp?

Jag slängde fiskburken i närmaste soptunna och utropade. "Vad fan är detta, Greg? Är detta ett upptåg? "

Greg skakade på huvudet och svarade. "De kallar det surströmming, och det är Sveriges mest kända maträtt. De jäser sill och äter den."

"Varför äter de rutten fisk? Varför är detta ett problem för oss australier? Du kan be premiärminister Scurry Morrissette att omedelbart förbjuda importen av detta biologiska stridsmedel." Utropade jag.

"Visst, med det finns ett problem. Sveriges kung äger surströmmingsfabriken. Han kommer på statsbesök nästa månad. Att förbjuda kungens favoritprodukter skulle orsaka en diplomatisk kris. Tillsammans med kungen kommer det 200 000 burkar surströmming. Att hitta drogerna i denna mängd avlopp är som att hitta en nål i en stinkande och rutten höstack." Förklarade Greg.

"Så vad behöver jag göra?" Frågade jag.

"Du måste åka till Sverige, infiltrera det kungliga hovet, och ta reda på vem som ligger bakom narkotikasmugglingen," sa Greg.

"Hur ska jag göra det?" Frågade jag.

"Jag har bett generalguvernören att skicka dig som Australiens kulinariska kontakt. Du kommer att marknadsföra Vegemite och kängurupajer till det svenska hovet. " Förklarade Greg.

Jag var på att svara när jag hörde ett meddelande via PA-systemet. "På grund av ett sprängt avloppsrör stänger vi gymmet för idag. Vänligen lämna lokalerna omedelbart. "

Jag funderade på att berätta sanningen. Att luktproblemet var från en burk surströmming och inte från deras VVS, men jag avstod från att göra det. "De kommer kom på det så småningom," tänkte jag och lämnade byggnaden. När jag gick kände jag mig lättad över att näsborrarna inte längre behövde drabbas av den fräna lukten från de slemmiga jästa fiskarna.

JAG KOM TILL STOCKHOLM två dagar senare och mina ögon gladde sig över de blonda svenska ögongodisarna som omgav mig. Jag hade inte varit intim med en svensk kvinna sedan jag började min karriär på RAKI. Således var det dags att introducera Pondtåget till detta kalla arktiska land, där människor svalt och var tvungna att äta rutten fisk!

"En sak i taget, Jared." Tänkte jag, och jag letade efter min svenska kontakt, grevinnan Leyonhjelm, som jag hoppades skulle bli min nästa romans. När jag träffade henne drog jag tillbaka min plan att delta i sovrumsaktiviteter med min svenska motsvarighet. Grevinnan var en förhistorisk adelskvinna med en stel läpp och kalla drag. Hon som såg ut som en relik från den senaste istiden.

"Välkommen till Sverige, herr Pond." Sa grevinnan.

"Tack, grevinnan Leyonhjelm," svarade jag.

"Så jag har hört att du har ett stort intresse för våra surströmmingsorter." Sa grevinnan.

När jag hörde detta, rös jag. Jag kom ihåg den skrämmande stanken när Greg öppnade en burk av den jästa fisken på gymmet. Skulle jag behöva äta flera sorter av detta avloppsvatten som en del av min täckmantel?

Jag bestämde mig för att berätta om mina verkliga avsikter. Medan jag offrar mycket för Australien, var det inte mitt jobb att äta stora mängder rutten fisk. "Umm, faktiskt är jag här för att avslöja en narkotikasmugglingsoperation. Någon smugglar droger i surströmmingsbehållare för att lura våra knarkhundar. Det är ett känsligt ämne eftersom er kung äger surströmmingsfabriken." Avslöjade jag.

"Jag visste det. Tack för att du berättade för mig detta. Jag misstänker att medlemmar av ATF, Asatroende Fronten, ligger bakom detta. De planerar att sprida sina nordiska gudar över hela världen som en hämnd för Sveriges förkristnande för tusen år sedan. " Avslöjade grevinnan.

"Hur planerar de att göra det här?" Jag frågade.

"Med sin nya drog, Mjölner. Det är ett läkemedel baserat på flugsvampsextrakt som vikingarna använde för att kommunicera med sina gudar. Om de kan introducera denna drog för de berusade och galna australierna är de ett steg närmare världsherraväldet." Förklarade grevinnan.

"Det är där jag kommer in. Dessa ivrare kommer inte att ha en chans mot Jared Pond, den främste agenten som Australien någonsin har sett!" Svarade jag.

Grevinnan gav mig en skeptisk blick och svarade: "Vad du än säger, herr Pond. Men var försiktig och berätta inte för någon om dina verkliga avsikter. Vi vet inte vem som arbetar för ATF vid det kungliga hovet.

"Tack, grevinna Leyonhjelm," sa jag och gick in i en taxi som tog mig till mitt hotell.

JAG FUNDERADE PÅ OM jag skulle jobba på min täckmantel som en australisk kulinarisk expert och besöka surströmmingsfabriken, eller om jag skulle gå till nattklubben och försöka introducera Pondtåget för de vackra svenska damerna. Att äta rutten fisk kontra att ha sex med vackra kvinnor: beslut, beslut.

Det knackade på min hotellrumsdörr och när jag öppnade mötte leendet från en vacker nordisk gudinna mig.

"Hej, Jared. Det är så trevligt att träffa dig. Jag heter Frida Ekberg och jag är säker på att vi kommer att ha en fantastisk tid tillsammans." Sa Frida.

Jag log. Jag hade äntligen nått nivåerna av att vara den främsta agenten Australien någonsin sett och en legendarisk kvinnotjusare. På något sätt var min berömmelse så stor att jag inte ens behövde lämna mitt hotellrum för att en sådan snygging skulle förföra mig. Pondtåget var igång och redo att avgå enligt schema.

"Pond, Jared Pond," svarade jag och log självsäkert.

"Ekberg, Frida Ekberg." Svarade Frida.

"Vill du komma in? Vi kan hålla champagnen kall och allt annat varmt." Förförde jag.

"Hmm, jag skulle gärna vilja det, men jag får inte dricka medan jag jobbar. Jag är din guide från surströmmingsfabriken. "

Jag suckade. Det finns en första gång för allt, och detta var första gången en blond snygging knackade på min dörr för att ta mig till en surströmmingsfabrik på en guidad tur.

"Okej, jag tar mina saker, och jag kommer med dig," sa jag, tog mina saker och lämnade hotellrummet.

MITT HJÄRTA RUSADE av skräck när jag var i fiskfabrikens avsmakningsrum. Den omgivande stanken av den rutten fisk var helt hemsk. Ännu värre var skräcken att behöva äta den för att undvika att avslöja min täckmantel. "Fokusera på något vackert", tänkte jag och jag tittade på Fridas välformade bröst. När jag föreställde mig hur jag skulle smeka hennes bröst, glömde jag nästan den omgivande stanken och den hemska sillen jag snart skulle behöva äta.

Förutom att jag var pervers var jag också en hemlig agent och jag märkte en viktig detalj. Frida tog med 14 burkar av fermenterad sill för vår avsmakning, men hon uteslöt det 15: ᵉvarumärket som kallades "Torsvik". Kunde Torsvik vara varumärket som narkotikasmugglarna använde för att smuggla drogen Mjölner till Australien?

"Det första varumärket för vår avfuktning är Frejas Balsam. Det är den mildaste jästa sill som säljs i Sverige. Frejas balsam smakar inte mycket starkare än den vanliga inlagda sill som svenskar äter varje dag. "Sa Frida, log och använde en gaffel för att äta en del av fisken.

Fridas uttalande förvirrade mig. Åt inte alla i Sverige den ruttna fisken?

Jag grep min gaffel och åt fisken i rädsla. Den smakade härsket, men inte lika illa som burken som Greg hade öppnat i Australien.

Frida log sött och talade: "Det smakar jättebra, eller hur? Det här är mitt favoritmärke av surströmming! "

"Hur man kan ha ett favoritmärke av rutten fisk är obegripligt", tänkte jag. Jag mindes min täckmantel som en australisk kulinarisk kontakt och jag svarade: "Ja, den har en mycket distinkt och intressant smakprofil."

Frida log mot mig och talade: "Jag är så glad att höra det. De flesta utlänningar uppskattar inte vår kulinariska tradition. Vill du prova nästa? "

"Vilket svar skulle en kulinarisk kontakt ge på den här frågan?" undrade jag. Varje förnuftig person skulle avvisa erbjudandet att äta flera varumärken av rutten fisk, men jag behövde behålla min täckmantel. "Jag skulle gärna smaka på dem alla!" Utbrast jag och insåg att jag hade anmält mig till att äta ytterligare 13 burkar med rutten fisk för Australiens skull.

"Jag älskar din entusiasm, herr Pond. Det är så fantastiskt att hitta en utlänning som uppskattar min kultur. " Kvittrade Frida och kramade mig.

Jag besvarade hennes kram och jag kände blandade känslor. Å ena sidan kramade jag en vacker kvinna och Pondtåget var redo att avgå. Å andra sidan var jag ganska säker på att jag upplevde matförgiftning och att jag behövde spy i det närliggande badrummet. Nåväl, jag skulle inte vara Australiens främsta agent om jag inte kunde hantera en sådan situation.

Frida släppte sin kram och vi provade 13 andra sorter av surströmming, var och en smakade sämre än den tidigare. I slutet av prövningen såg Frida på mig och talade. "Jag är så imponerad av dig, herr Pond. Du har bevisat din manlighet idag. Du är den första mannen som någonsin klarat denna prövning. "

"Menar du den första utlänningen?" Frågade jag.

"Nej, den första mannen. Punkt." Betonade Frida.

Jag stirrade förvirrad på henne. Om inte ens svenskarna själva kunde äta denna fruktansvärda fisk, vem var då målgruppen för produkten?

"Vet du vad jag vill göra med en man som klarar prövningen?" Sa Frida förföriskt.

"Umm, jag har ingen aning", svarade jag.

"Jag skulle vilja älska med honom," svarade Frida och gav ett sött leende.

Aj. Detta var besvärligt. Under normala omständigheter skulle jag gärna delta i sovrumsgymnastik med den fantastiska svenskan som var en tiopoängare både när det gällde kroppsbyggnad, såväl som galenskap. Men jag visste inte hur länge jag skulle klara innan jag behövde spy efter att ha smakat på 14 sorter av fermenterad sill. Jag blundade och lyssnade på min inre mojo. 'Du kan göra det, Jared. Du är den främsta agenten som Australien någonsin har sett.' Sa min inre mojo.

Jag öppnade ögonen, log och talade: "Jag accepterar ditt erbjudande, fröken Ekberg."

När hon drog ner kjolen log jag, det var dags för Pondtåget att springa i handling. Tut, Tut!

* SWOOSH * * CLANG *

Jag undvek yxan som svingades mot mig medan jag demonstrerade australiska älsklingstekniker bakifrån till Frida.

Jag drog ut och tittade på motståndaren som hade tänkt separera mitt huvud från min kropp. Jag stod inför en äkta viking, som bar hjälm, en sköld, en yxa, krigsmålning och päls som täckte hans kropp. Jävla helvete.

"Varför knullar du min fru, skitstövel?" Ropade mannen.

"Vilken dum fråga, titta bara på henne. Vem skulle inte ha sex med henne om hon erbjöd det? ' Tänkte jag säga, men jag kunde inte få ut ett ord då spya fyllde min mun.

"Jag kommer att döda dig för det här, din jävel!" Utropade vikingen och kom springande mot mig med sin yxa. När han sprang mot mig kräktes jag över golvet, vilket fick mannen att halka och slå huvudet i marken.

Frida sprang till vikingen och skällde på honom. "Jag kan inte tro att du gjorde det här, Björn. Du generade mig på jobbet. Han klarade vårt test. Han var den utvalda och du förstörde allt. "

'Så fan heller,' tänkte jag, tog mina kläder, och bestämde mig för att låta Frida och Björn lösa sina äktenskapsproblem på egen hand.

När jag lämnade den svenska fiskfabriken tog jag en burk av Torsvik Surströmming för att ta reda på om ATF gömde drogerna i behållare av det märket.

DAGEN DÄRPÅ BEFANN jag mig i en park när jag öppnade burken med Torsviksill. Till min bestörtning kunde jag inte hitta några droger i burken, men tänk om drogsmugglarna löste upp drogen i fiskvätskan? Jag tog en klunk från fiskvätskan och även om den smakade fruktansvärt bevisade det också min hypotes. När jag intog drogerna som ingick i fiskjuicen öppnades mitt sinne och transporterade mig till Asgård, där jag pratade med Oden, Tor och Freja.

Som man kan förvänta mig blev mitt upptåg inte välmottaget och den svenska polisen arresterade mig för allmän berusning.

"JARED, DU KLANTADE till det igen." Skällde Greg på mig när jag återvände till Australien några dagar senare.

"Jag beklagar den offentliga berusningen. Jag var tvungen att testa min hypotes om att drogerna var upplösta i den Torsvik-märkta Surströmmingen. " Svarade jag.

"Ja, men var det nödvändigt att testa produkten i Kungsträdgården i Stockholm? Kungen själv såg när polisen förde bort dig. Detta är en diplomatisk skandal eftersom vi skickade dig som vår kulinariska kontaktperson till det svenska hovet." Svarade Greg.

"Okej, jag är ledsen för det misstaget. Jag borde ha valt en annan park för att prova fisken. Men jag räddade Australien från drogen Mjölner och Asatroende Frontens onda planer." Sa jag.

"Ja, men du orsakade också en diplomatisk kris, och du avbröt den svenska kungens statsbesök", sade Greg.

"Så var Sveriges kung inblandad i ATF: s plan?" Frågade jag.

"Nej, men Frida hade använt Torsvik Surströmming för att droga och undergräva honom. Tydligen var droginnehållet i fisken anledningen till att han gillade den så mycket. Han befinner sig för närvarande i rehabilitering." Avslöjade Greg.

"Tja, åtminstone räddade jag den svenska monarkin och Australien från ATF. Jag är en hjälte. " Sa jag.

"Du är en RAKI-agent. Du ska vara en HEMLIG agent. Det är inte meningen att du ska bli hög i den svenska kungliga trädgården och orsaka en diplomatisk kris. " Sa Greg och gick.

Jag suckade och kände mig besviken över att jag aldrig fick den uppskattning jag förtjänade av min chef. Sett från den ljusa sidan hade jag varit på ett annat stort äventyr, och jag skulle aldrig glömma hur jag räddade Australien från den Asatroende Frontens onda plan.

Samarbetet med den udda malaysiska agenten.

Jag njöt av morgonsolen på ett kafé i Cockle Bay Wharf när Greg Steele närmade sig. Jag uppskattade Gregs nya tillvägagångssätt att organisera ett möte för att diskutera nästa uppdrag, istället för att överraska mig med nya direktiv och dårskaper.

"God morgon, Jared. Jag tog med något åt dig. " Sa Greg och gav mig en behållare med skivad durianfrukt.

Jag tog en stor skiva durian och mumsade på den. Den distinkta smaken av durian, som var en blandning av övermogen frukt och lök, smakade mycket bättre än den jästa sill som jag hade drabbats av under mitt senaste uppdrag.

Greg såg på mig och sa: "Jag trodde inte att du gillade Durian. Förra gången påpekade du att det smakade som rutten frukt. "

"Ja, men det var innan jag åt surströmming. Sedan det uppdraget har jag fått smak för skämd mat. På tal om det, du råkar inte ha en burk Torsviksill?" Frågade jag.

Greg gav mig en orolig blick, skakade på huvudet och svarade. "Jag hoppas att du inte har blivit beroende av drogerna som Asatroende Fronten gömde i Torsvik-behållarna. Jag har inte råd att förlora en av mina 10 bästa fältagenter. "

Gregs ord värmde mitt hjärta. Jag var bland RAKIS tio bästa fältagenter. Således var jag så nära att nå mitt mål att vara den främsta agenten Australien någonsin sett. Sedan drog jag till minnes att endast nio fältagenter arbetade för RAKI.

"Umm Greg, RAKI har bara nio fältagenter. Du menade så klart att jag var bland de fem bästa?" Frågade jag.

"Smickra inte dig själv, Jared. Jag menade vad jag sa. Du är topp 10. " Svarade Greg.

Jag suckade och svarade. "Okej, berätta för mig om uppdraget då."

"Den malaysiska konsuln i Sydney, Malik Tengku, hittades död igår på det malaysiska konsulatet. En preliminär analys visar att han har varit död i flera veckor. Ändå hittade ingen honom för att mördaren gömde liket under en hög med rutten Durianfrukt som maskerade stanken. " Avslöjade Greg.

"Jag förstår, men varför är detta ett fall för RAKI? Polisen hanterar mordutredningar." Protesterade jag.

"Eftersom det malaysiska konsulatet är malaysiskt territorium och Malik hade vänner på höga platser. Således skulle vi hellre hantera denna fråga diskret. " Förklarade Greg.

"Jag förstår. Diskretion är mitt kännetecken. " Svarade jag.

Greg höjde ögonbrynet, gav mig en sarkastisk blick och sa ingenting.

Efter några sekunder av obekväm tystnad pratade jag igen. "Hmm, så vart ska vi?"

"Ni ska bege er så långt bort från den här platsen som möjligt. De andra kunderna klagar över stanken från ert bord." Uppmanade en arg caféchef.

Jag suckade och undrade hur länge caféchefen hade avlyssnat vår konversation. Vilken usel start för vårt diskreta, topphemliga uppdrag!

"Vi ska till flygplatsen. Jag kör dig dit. " Sa Greg.

Efter att ha sagt detta lämnade vi kaféet och begav oss mot Kingsford Smith Airport.

"DIN MOTPART UNDER DETTA uppdrag heter Diah Raja. Hon är en agent som det malaysiska kungliga hovet har valt ut för detta uppdrag." Avslöjade Greg när vi närmade oss ankomstterminalen på flygplatsen.

"Är hon en bra sort?" Frågade jag.

"Hennes utseende är irrelevant. Hon brukade vara Malaysias främsta agent. Du kan lära av henne." Hånade Greg.

"Brukade vara? Vad hände?" Frågade jag.

"Hon föll i koma under ett uppdrag. Men hennes kropp har återhämtat sig nu. " Avslöjade Greg.

"Hej, Lah. Ni måste vara australiensiska agenter, Lah. "

Den höga rösten från en kvinna som bar färgglatt smink, en iögonfallande klänning och en uppseendeväckande foliehatt fångade min uppmärksamhet. Om den här kvinnan var min motpart, skulle det vara omöjligt att genomföra uppdraget diskret.

"Pond, Jared Pond," sa jag och sträckte mig för att hälsa på henne.

"Jag heter Diah Raja. Jag är så glad att träffa dig. Jag har hört så mycket om dig. " Sa Diah entusiastiskt.

"Bra att veta. Låt oss åka till det malaysiska konsulatet. " Sa jag.

"Nej, jag vill åka till Sydneys operahus först. Jag vill ta en selfie för mitt Spacebook-konto. " Svarade Diah.

"Spacebook?" Frågade jag förvirrat

"Jag är ledsen. Jag glömmer hela tiden att jag inte längre är Diah Lubis, den malaysiska rymdkocken från Europamånen. Mitt fel." Svarade Diah.

Jag tittade på Greg. Varför gjorde han det här? Hur skulle jag kunna fullfölja något uppdrag med den galna kvinnan? Greg gav mig tummen upp, flinade och sa: "Jag måste gå tillbaka till kontoret och förbereda mig för ett möte med Scurry Morrissette. Lycka till, Jared och välkommen till Sydney, Diah.

Med detta sagt steg Greg in i sin bil, körde iväg, och lämnade mig som barnvakt för den excentriska malaysiska agenten. Helvete också.

"WOW. DET HÄR ÄR SÅ coolt. Jag älskar hur Sydneys operahus ser ut innan 2100-talets renoveringar." Sa Diah.

Jag log mot min motpart. Hon hade tillbringat de senaste timmarna med att berätta om sina uppseendeväckande äventyr. Enligt uppgift hade hon dödat Morgor den röda draken som i sin tur hade dödat Deidrick Dump-versionen av en anka. På ett annat uppdrag hävdade hon att hon dödat ett troll genom att teleportera sig själv och trollet till Merkurius.

Trots hennes galna historier gillade jag att vara i Diahs sällskap. Hennes ungdomliga entusiasm och lekfullhet var något jag sällan hittade hos andra kvinnor. Hon var som ett barn i kroppen hos en kvinna i tjugoårsåldern.

"Jag kan bara föreställa mig. Hur ser operahuset ut under det 22a århundradet?" Frågade jag.

"Det är rätt fult för att vara ärlig. Antigravitationspropellerar får byggnaden att sväva, och dess färgskiftande plattor gör ingenting för att förbättra dess skönhet." Svarade Diah.

Jag log när jag föreställde mig Diahs beskrivning. Jag var inte ett fan av opera, så Diahs raveinspirerade version av operahuset var mer tilltalande för mig.

"Så, var kan jag äta den bästa Bebek- emas i Sydney?" Kvittrade Diah.

"Bebek Emas?" Frågade jag.

"Gyllene anka. Det är min favoriträtt." Förklarade Diah.

"Jag har aldrig hört talas om det," svarade jag.

"Jag förstår. Vad sägs om Pekinganka? " Frågade Diah.

"Borde vi inte åka till det malaysiska konsulatet först? Vi har ett fall att arbeta med. " Protesterade jag.

"Åh, jag skulle inte oroa mig för det. Konsulatet är öppet till 17.00. Vi kan åka dit efter en utsökt lunch; Jag vet hur vi löser detta fall." Kvittrade Diah.

Jag suckade. Greg Steele hade garanterat mitt misslyckande genom att tilldela mig en partner som Diah. Men 'vad kunde jag göra åt Diahs ovilja att arbeta med uppdraget?

"Okej, låt oss äta lunch då," svarade jag.

"Utmärkt. Jag är utsvulten. Var kan vi beställa den bästa Pekingankan i Sydney?" Frågade Diah.

Det här var en knepig fråga. Jag spenderar sällan tid på att leta efter kulinarisk perfektion. Jag föredrar att spendera min tid på att spela, dricka och njuta av flytande frukost. Jag antog dock att de skulle servera Pekinganka på kasinot på grund av deras stora andel kinesiska kunder.

"Kasinot har den bästa Pekingankan i Sydney," svarade jag med falskt självförtroende. Oavsett hur lite jag visste, skulle jag inte låta denna detalj glida till min vackra och knäppa motpart.

"Kasinot låter bra," sa Diah, kramade mig och sprang iväg för att stoppa en taxi åt oss.

Jösses, vilken hektisk dag. Nästa stopp, The Star Casino.

"ÄR DETTA VERKLIGEN den bästa Pekingankan Sydney har att erbjuda?" Frågade Diah och grimaserade.

"Så vitt jag vet," svarade jag.

"Jösses, om jag inte vore upptagen med att skydda Malaysia från terrorister, skulle jag flytta till Sydney och lära lokalbefolkningen hur man lagar mat. Det här är inte tillräckligt bra. " Utropade Diah upprört.

Jag tittade förvirrat på Diah. Hon hade varit glad och uppspelt hela dagen, men att äta den här sega ankan hade fyllt henne med ilska. 'Nåja, detta var inget jag inte kunde hantera', tänkte jag och svarade, 'Jag förstår. Vad sägs om att vi beställer en flaska champagne och ett privat rum. Vi kan hålla dryckerna kalla och allt annat varmt."

Diah skakade på huvudet och svarade: "Jag är inte intresserad av att vara en av de många kvinnorna som upplever Pondtåget. En dag kommer du att inse att det finns mer i livet än att ligga runt, herr Pond. Du kommer att möta ditt livs kärlek 2021, förlora henne 2023 och återuppta flamman med henne 2040. "

'Oj, det var ett långsökt sätt att säga nej', tänkte jag och svarade, "Tja, låt oss åka till konsulatet och fokusera på uppdraget."

Diah nickade och vi lämnade kasinot i tystnad eftersom det var pinsamt att bli avvisad av kvinnan jag var tvungen att arbeta med. Aj.

NÄR VI ANLÄNDE TILL det malaysiska konsulatet hade vädret förändrats och ett åskväder dränkte oss. Vädret störde Diah inte. Istället log hon och talade: "Perfekt, det här är precis som jag föreställde mig vårt uppdrag. Vi kom vid rätt tidpunkt. "

Jag hade ingen aning om hur jag skulle svara på det uttalandet, så jag sa: "Säger du det så. Låt oss gå in och prata med de anställda på konsulatet."

"Visst, följ mig," sa Diah och ringde på porttelefonen.

När grinden öppnade gick Diah fram till en dold spak maskerad som en Buddhastaty. Hon tryckte den åtta gånger till höger, fyra till vänster och två gånger framåt. Jag hörde ett klickande ljud som följdes av tömningen av fontänen på innergården. Därefter rörde sig fontänen och avslöjade en hemlig passage till källaren.

Jag stirrade förvirrat på Diah. Hur visste hon om den hemliga gången? Vad stod på?

Diah gick ner och jag följde henne tills vi nådde ett förråd, som var fyllt med metamfetaminpåsar och ingredienser.

"Detta bekräftar min misstanke." Utropade Diah.

"Vilken misstanke?" Frågade jag.

"Vi har fått rapporter om att vårt konsulat i Sydney smugglade och tillverkade droger. Detta bekräftar dessa rapporter och förklarar vår konsuls död. Detta bevisar att vice konsul Aiman Che står bakom narkotikasmugglingen och Malik Tengkus död." Utropade Diah.

"Hur kan du vara säker på att Aiman står bakom det? Det kan vara vem som helst som arbetar på konsulatet," Invände jag.

"Det är korrekt. Men eftersom Aiman står bakom oss med en pistol i handen skulle han vara en naturlig slutsats." Svarade Diah.

Jag vände mig om och jag såg Aiman Che, som såg ut som en tecknad skurk. Han virvlade sin mustasch med vänster hand medan han höll en pistol med höger hand. Han skrattade och talade, "Jared Pond och Diah Raja. Jag har er precis där jag vill ha er. Muahaha."

"Jaså. Hur gagnar det dig att pistolhota oss i din fängelsehåla?" Frågade jag.

"Jag vill se Diah är död, eftersom hon vill avslöja narkotikasmugglarna som har infiltrerat det malaysiska kungliga hovet. Jag kommer att döda dig för att du misslyckades med att döda Japans kejsare för Yakuzan!" Hånade Aiman.

Vilken situation jag befann mig i. Om jag bara bar en dold pistol, eller ännu bättre, ett löjligt vapen som ett armbandsur som fungerade som en mini-armbåge och avfyrade giftiga pilar. Av någon oförklarlig anledning var jag dock obeväpnad.

"Jag har på mig en skyddsdräkt, så för att döda mig måste du skjuta mig i huvudet."

Diahs meningslösa utrop förvirrade både mig och Aiman. I några sekunder stod vi i förbryllad tystnad. Så småningom talade Aiman: "Tack, Diah. Jag vet inte varför du delar det här, men det underlättar mitt jobb."

Med detta sagt sköt Aiman Diah och träffade hennes foliehatt. Mot alla odds rikoschetterade kulan mot hatten och träffade Aiman i halsen. Jag sprang fram till honom och tog hans pistol. Aiman stirrade på mig och väste:

"Du kan inte arrestera mig. Jag har diplomatisk immunitet, och detta är malaysiskt territorium.

"Okej. Säger du det så. Men då kommer jag inte att tillkalla en ambulans. Lycka till med att beställa en från Malaysia. " Svarade jag och gick bort från Aiman.

Jag sprang till Diah och tog av henne foliehatten. Det skimrade när jag rörde vid den och den verkade bestå av avancerade nano-robotar. 'Wow, vem kunde ha trott att en foliehatt kunde rädda liv', tänkte jag när jag tog bort den från Diahs huvud. När jag tog bort hatten såg jag hennes vackra ansikte och blåmärken från kulan.

"Uh. Vad hände?" Stönade Diah.

"Du blev skjuten i huvudet och din foliehatt räddade ditt liv," svarade jag.

"Vem är du och var är jag?" Frågade Diah.

"Jag heter Jared Pond, och vi befinner oss vid det malaysiska konsulatets dolda källare i Sydney. Vi har hindrat den skurkaktiga vice konsuln Aiman Che från att mörda oss för att dölja hans brott. " Förklarade jag.

"Räddade du mig från Aiman? Jag är skyldig dig mitt liv." Mumlade Diah.

Jag reflekterade över mina alternativ. Jag kunde vara ärlig och avslöja att turen räddade oss. Den osannolika rikoschett som räddade Diahs liv och dödade Aiman var som en handling från Gud, och jag hade inte gjort någonting för att rädda dagen. Men Gud behövde inte godkännandet från ett framgångsrikt uppdrag för att främja sin karriär, men jag gjorde det.

"Ja, jag räddade dagen," svarade jag och log.

"Åh, du är så sexig. Vad sägs om att vi åker någonstans där dryckerna är kalla och allt annat är varmt? " Förförde Diah.

Jag log, Diah efter hjärnskakningen var min typ av kvinna, och Pondtåget skulle snart vara klart för avgång.

"Var inte pervers, Jared. Hon fick en hjärnskakning. Ta henne till sjukhuset." Viskade en svag röst. Jag kunde inte se någon annan i rummet, så jag antog att mitt samvete talade till mig. Jävla dålig timing!

"Nej, du måste åka till sjukhuset med dina skador. Jag dricker gärna med dig efter din återhämtning," sa jag och lyfte Diah för att bära bort henne från källaren.

 * Klink, Fizz *

Jag stirrade i rädsla när en tändare föll ur Diahs handväska och en gnista från den satte en kapsel med meth-ingredienser i brand. 'Bäst att sticka!' Tänkte jag, grep tag i Diah och skyndade mig att lämna droggömman innan hela källaren sprängdes. När vi kom ut på gatan skedde en stor explosion och det som en gång var det malaysiska konsulatet var nu en glödande ruin.

"JARED. SADE INTE GREG åt dig att hantera mordutredningen på ett diskret sätt? Ändå dödade du vice konsuln och sprängde det malaysiska kon-sulatet. Vad är fel med dig!?" Brusade premiärminister Scurry Morrissette under min debriefing vid RAKIs huvudkontor.

"Uhm, för att vara rättvis. Vice konsuln dödade sig själv. Han sköt Diahs hjälm, kulan rikoschetterades och träffade honom i halsen." Svarade jag.

"Det är inte vad Diah Raja sa. Hon sa att du tog kredit för att ha stoppat Aiman Che." Avbröt Greg.

"Uhm. Jag ljög så att jag kunde imponera på henne och ha sex med henne." Erkände jag.

"Tillräckligt! Du sprängde också det malaysiska konsulatet utan anled-ning." Skrek Scurry.

"Det som hände var att en tändare föll ur Diahs handväska och tände eld på kemikalierna för drogframställning", svarade jag.

"Jag har fått nog av ditt nonsens. Du är avskedad, Jared. " Ropade Scurry.

Jag skulle svara när Scurrys assistent rusade in och visade honom en tid-ning.

Scurry läste tidningen och han rodnade medan han bett ihop tänderna. Han vände sig till mig och talade: "Åh, jag är ledsen för min felsägning. Vad jag tänkte göra var att erbjuda dig en befordran. "

Greg var på väg att säga något, men Scurry drog honom ut ur rummet och de smällde dörren bakom sig.

Jag tittade på tidningen. Rubriken var. "Hjälten Jared Pond räddar Aus-tralien från en utländsk narkotikasmugglingsoperation och förstör droger värda miljarder dollar. Läs allt om det på sidorna 2-7."

Jag log. Även om jag var en usel hemlig agent då hela landet kände till mi-na aktiviteter kändes det bra att få erkännande för en gångs skull. Dessutom skulle min nyfunna berömmelse göra underverk för min karriär som kvin-notjusare.

Det Tamilska Guruvalet.

'Möt mig vid hindutemplet i Parramatta klockan 10.'

Jag lade ner telefonen när jag lämnade bilen vid Tamil Hindu Center i Parramatta i västra Sydney. Det var högsommar och värmen var outhärdlig, så jag undrade varför min chef Greg Steele hade kallat mig till ett hinduiskt tempel.

När jag gick mot templets ingång reflekterade jag över om mitt nya professionella utseende var en förbättring. Att ha på sig en svart kostym på en 40-graders dag var en dum idé och jag utmärkte mig som en idiotisk regeringsagent i min klädsel.

När jag steg in i templet såg jag Greg Steele, iklädd en sarong, göra en nedåtvänd hundpose framför en hinduisk staty. Jag närmade mig honom och talade: "Jared Pond rapporterar för tjänst, sir."

Greg gick ut ur sin ställning, vände sig om, gav mig en ogillande blick, och talade. "Varför har du en svart kostym i ett hinduiskt tempel på en 40-graders dag. Alla kan se att du är statsanställd. Du är menad att vara en hemlig agent. "

"Umm, jag försöker följa klädkoden som nämns i mitt anställningsavtal för att undvika uppsägning igen," svarade jag.

"Kanske kan du sluta spränga utländska konsulat så har vi färre problem?" Hånade Greg.

Jag reflekterade över Gregs uttalande. Mitt senaste uppdrag hade varit konstigt. Jag hade samarbetat med Diah Raja, en excentrisk malaysisk agent för att undersöka den malaysiska konsulns död. På grund av en konstig händelsekedja hade jag råkat spränga det malaysiska konsulatet i Sydney. Ännu värre var att mitt samvete hade hindrat Pondtåget från att nå sin destination, eftersom Diah hade fått en hjärnskakning under uppdraget. När Diah hade lämnat sjukhuset hade hon vägrat att svara på mina samtal och hon hade lämnat landet utan att uppleva min legendariska talang som älskare.

"Ja, jag ska försöka undvika att spränga utländska konsulat," svarade jag sarkastiskt.

"Bra. Du kanske undrar varför du är här." Svarade Greg.

"Ja, det gör jag faktiskt. Varför befinner vi oss i ett hinduiskt tempel?" Frågade jag.

"Tamiliskt hinduiskt tempel," korrigerade Greg.

"Vad är skillnaden?" Frågade jag.

"Jag vet inte. Jag tror inte att någon i den australiensiska regeringen vet det. Det som är viktigt är uppdraget." Uppgav Greg.

"Så, vad är uppdraget?" Frågade jag.

Greg vände sig mot en färgstark guru som var mitt i rummet och skrek. "Aachman Unni, kan du snälla komma hit?"

Gurun tog farväl av sina elever, gick mot mig, och sa, "Namasté."

"Umm. Jag är här för att ta reda på mitt nästa uppdrag att inte delta i en yogasession. " Svarade jag och reflekterade över om jag behövde sträcka mig eller inte eftersom min rygg var öm. De saker jag gör för Australien!

Gurun log och svarade. "Jag vet, herr Pond. Namasté är en vanlig hälsning. Det betyder inte att vi ska ha en yogasession. Men om du genomför ditt uppdrag kommer jag att ge dig gratis yogasessioner för livet. "

"Noterat. Så, vad är uppdraget?" Frågade jag.

Aachman tog fram en telefon, visade mig en bild av en annan guru och talade. "Det här är min bror, Barna Unni. Jag vill att han ska bli nästa storguru för tamilerna i Sri Lanka. Om detta händer kommer jag att hjälpa Australien att få ett gynnsamt handelsavtal."

"Jag förstår. Vad har detta med mig att göra?" Frågade jag.

Greg gav mig sin telefon, visade mig ett foto av en vacker kvinna och talade: "Det här är Delphine Montblanc. Fransmännen har skickat henne för att blanda sig i det tamilska storguruvalet. Hon stöder kandidaten Kadhir Potti. Du måste stoppa henne utan att orsaka en diplomatisk kris med Frankrike. Med dina förmågor som älskare är du den bästa kandidaten för att stoppa Delphine på ett icke-våldsamt sätt. "

Jag log vid tanken på att förföra Delphine, men jag var fortfarande störd av en aspekt. Mitt uppdrag verkade inte viktigt för Australiens eller mänsklighetens framtid.

"Umm, ledsen att fråga, men vilken skillnad gör det om Barna eller Kadhir vinner valet?" Frågade jag.

"Den som blir storguru kommer att donera 10 ton av Sri Lankas premiumte till sin välgörare. Det skulle göra Scurry Morrisette upprörd om den australiensiska regeringen måste servera te av låg kvalite till utländska dignitärer. Detta blir konsekvensen om du misslyckas med ditt uppdrag." Varnade Greg.

Jag suckade då detta var det mest patetiska uppdraget jag hittills hade fått under min anställning för RAKI. Jag påminde mig själv om att en del av mitt uppdrag var att förföra den bedårande Delphine Montblanc, och om jag kunde göra det under en betald semester till Sri Lanka, spelade det ingen roll om uppdraget var meningslöst.

"Tack, Greg. Jag ser fram emot att göra min del när det gäller att säkra Barnas val. " Sa jag och lämnade templet.

Nästa stopp, Colombo, Sri Lanka.

NÄR JAG ANLÄNDE TILL Le Grand Hotell på Sri Lanka, blev mina ögon fängslade av Delphine Montblanc som hade på sig en tight röd klänning som förstärkte hennes fantastiska drag.

Delphine gick fram till mig, log och talade. "Monsieur Pond. Välkommen till Sri Lanka. Det är så trevligt att träffa dig. Du är en sådan legend på den internationella spionagescenen. "

"Likaså. Låt oss gå någonstans där dryckerna är kalla och allt annat är varmt." Förförde jag.

När hon hörde min raggreplik gjorde Delphine något oväntat. Hon bröt ut i brusande skratt och svarade. "Ha-ha-ha. Jag trodde aldrig på ryktena, men de är sanna. Du är den mest aningslösa agenten på den internationella spionagescenen. Jag kommer att inta mina drycker vid poolen där dryckerna är kalla och solen är varm. Au revoir, herr Pond. "

Jag stirrade på Delphines perfekt formade rumpa när hon vände sig om och gick mot poolen. Hur kunde detta hända mig? Diah Raja hade avvisat mina samtal, och Delphine Montblanc hånade mina förmågor som agent och hade avvisat mina framsteg på ett sårande sätt.

"Jag kan hjälpa dig med dina kärleksproblem."

Jag vände mig om och jag såg en gammal tamilsk man som hade ett långt vitt skägg. Det vita skägget påminde mig om jultomten, men mannens hudton och kroppsbyggnad var den diametrala motsatsen till jultomten som jag älskade som barn. Jag hade varit ett fan av jultomten innan min mamma avslöjade den skrämmande sanningen, att vår jultomte var brevbäraren som hon sporadiskt sex med.

”Jag har inget kärleksproblem. Jag tycker dock att det är frustrerande när kvinnor avvisar mina förföringsförsök. Särskilt när mitt jobb är att förföra en viss kvinna, för att hindra kandidaten hon stöder från att vinna storguru-valet.” Svarade jag.

"Wow! Det låter extremt invecklat." Svarade mannen.

”Ja verkligen,” svarade jag.

”Hursomhelst så kan jag hjälpa dig med ditt långsökta uppdrag. Jag är Guru Gowtham, och jag kan hjälpa dig att få kvinnor att bli kära i dig genom att du använder ditt sinne. ” Avslöjade Gowtham.

"Vad är haken?" Frågade jag skeptiskt.

“Haken är att Tauwara-kristallen, som bara kan hanteras av en man som har en stark sexuell mojo, ligger i en helgedom på toppen av Tauwara-berget. För att få kristallen måste du klättra uppför en brant klippa och hämta den. När du väl har Tauwara-kristallen kommer jag att lära dig hur du använder dess krafter." Avslöjade Gowtham.

Jag stirrade på gurun i misstro. Skulle jag vara dum nog att riskera mitt liv och klättra upp för ett berg för att hämta en värdelös kristall?

Jag försökte komma på ett annat sätt att slutföra mitt uppdrag nu när Delphine hade avvisat mig, men jag kom inte på någonting. 'Nåja, bäst att jag lyssnar på den tokiga gurun', tänkte jag och svarade: ”Tack, Guru Gowtham. Snälla ta mig till berget på en gång. Storguruvalet är i morgon och tiden är avgörande.”

"Bra. Jag leder dig på upplysningens väg. Snälla följ mig." Sa Gowtham.

Jag bad hotellpersonalen att lämna mina väskor vid mitt rum medan jag följde den galna karlen för att gå på bergsklättring. Nästa stopp, Tauwaraber-get.

JAG NÅDDE FOTEN AV berget en timme senare. När jag lämnade taxin frågade föraren gurun: ” Nāṉ uṉṉai malaiyiṉ ucciyil ōṭṭa vēṇṭāmā? (Ska jag inte köra er till toppen av berget?) ” ”Illai. Inta maṉitaṉ taṉatu takutiyai nirūpikka atai ēṟa vēṇṭum eṉṟu nāṉ virumpukiṟēṉ. (Nej. Jag vill att den här mannen ska klättra upp för att bevisa sitt värde.)" Sa gurun och vi steg ut ur taxin.

"Vad handlade det där om?" Frågade jag.

"Åh, han önskade dig god lycka med din klättring", sa Gowtham och flinade.

"Okej, var är min bergsklättringsutrustning?" Frågade jag.

"För att bevisa ditt värde måste du bestiga berget utan ett rep. Det är det enda sättet att aktivera kristallen." Uppgav Gowtham.

'De ansträngningar jag gör på för att ha sex!' Tänkte jag. Att bestiga berget var dock det enda sättet att få kristallen, som jag behövde för att förföra Delphine, och rädda min karriär.

"Jag är redo!" Utropade jag och jag började klättra i berget. Jag kom inte långt och efter 20 meter fastnade jag på en avsats och var för rädd för att klättra upp eller ner från. Efter att skrikit på hjälp i ett tag kom en brandbil och hjälpte mig ner från avsatsen. Pinsamt!

"VARFÖR FÖRSÖKTE DU bestiga Tauwara-berget utan utrustning?" Frågade en förbryllad brandkvinna.

Jag harklade mig och talade. "En gammal guru berättade för mig att det enda sättet att hitta Tauwara-kristaller för att läka min sexuella mojo var att bestiga berget och få kristallen från helgedomen."

"Var det Guru Gowtham?" Frågade brandkvinnan.

"Ja, hur visste du det?" Frågade jag.

"Han har dragit detta upptåg mot otaliga turister i flera år. Uppenbarligen finns det ett säkert sätt att komma till helgedomen, hur skulle vi annars ha byggt den?" Frågade Brandkvinnan retoriskt.

"Så, kan jag köpa kristallen vid helgedomen?" Frågade jag.

"Ja, du kan köpa den i turistbutiken. Jag kör dig dit så att vi slipper fler incidenter." Sa kvinnan.

"Tack så mycket, miss?" Svarade jag.

"Varsågod. Jag heter Aashni." Svarade Aashni.

"Pond. Jared Pond." Svarade jag.

"Trevligt att träffas. Jag kör dig till bergstoppen nu," sa Aashni.

När Aashni tog mig till bergstoppen skrev hon ett meddelande till sin vän i souvenirbutiken. "Nāṉ oru mōcamāṉa tōlviyaik koṇṭuvarukirēṉ . Ta au varā paṭikattiṟku $ 1000 vacūlikkavum . (Jag tar med mig en desperat förlorare. Begär $1000 för en Tauwara-kristall.)

Tyvärr var jag inte medveten om innebörden av hennes meddelande förrän jag lämnade Sri Lanka, så jag betalade en förmögenhet för en värdelös glasbit. Suck!

NÄSTA DAG VAKNADE JAG irriterad och frustrerad. Jag hade gnuggat Tauwara-kristallen hela natten och utropat det nonsens som Guru Gowtham hade sagt till mig. Detta hade inte hjälpt eftersom Delphine hade ignorerat mina telefonsamtal.

Jag möttes av Delphines självbelåtna flin när jag väntade på att storguruvalet skulle äga rum. Alla framstående tamilska guruer hade samlats i Gangaramaya-templet, som var Sri Lankas huvudtempel.

"Varför har du ett stort flin?" Frågade jag irriterat.

"Jag gjorde det. Jag förförde Barna Unni och filmade det hela. Eftersom en guru måste leva i celibat kommer detta att förstöra hans chanser att bli nästa storguru. Jag har banat väg för vår föredragna kandidat, Kadhir Potti." Skröt Delphine.

"Du borde skämmas. Du hade sex med en smutsig gammal man." Utbrast jag.

"Nej, jag lämnade honom sexuellt frustrerade," sa Delphine och visade mig en video där hur hon lämnade Barna i hans underkläder medan han hade en erektion under byxorna.

Jag suckade. Delphine hade besegrat mig och Frankrike skulle få en sändning av premiumte medan jag skulle rapportera ytterligare ett misslyckande till Greg och Scurry.

"Inte så snabbt, herrar. Kadhir bröt också sina celibatlöften. "

De samlade guruerna stirrade på Guru Gowtham som kom rusande in med en surfplatta.

"Vad pratar du om?" Utropade Delphine.

"Efter att du lämnade rummet hände följande," utropade Gowtham och visade en video hur Kadhir Potti fann Barna Unni med hans rasande erektion och började njuta av den.

Efter att ha visat videon talade Gowtham: "Som ni kan se, misslyckades båda våra kandidater med att ära sina löften om celibat. Således diskvalificeras de, vilket lämnar fältet öppet för en mer lämplig kandidat, jag. Min första order är att utvisa Jared och Delphine från vårt heliga tempel. "

När han sa detta vände sig de samlade guruerna mot oss och gav oss fientliga blickar. Vi skyndade oss att lämna templet.

När vi kom ut från templet vände Delphine sig till mig och talade. "Det verkar som om Guru Gowtham blåste oss båda. Vi borde ha samarbetat och delat premiumteet mellan våra länder."

"Jo. Men vad händer nu?" Frågade jag.

"Vi kommer att återvända till våra hemländer och våra chefer kommer att skrika på oss för att vi misslyckades med våra uppdrag." Svarade Delphine.

Jag suckade. Hur hade livet kommit till detta? Varför upplevde jag ständiga misslyckanden och obefintligt sexliv? Hur kunde detta hända mig?

Delphine talade igen, "Men innan vi återvänder hem, vad sägs om att vi åker tillbaka till vårt hotell och har sex? Jag har alltid velat uppleva Pondtåget."

"Och jag har alltid velat lyfta min flagga på franskt territorium", svarade jag och log.

När Delphine kysste mig kände jag mig bra igen. Vad brydde jag mig om misslyckandet med mitt meningslösa uppdrag och att Scurry var tvungen att dricka dåligt te, så länge jag kunde älska med detta franska bombnedslag? Tut-Tut

Snigelkonspirationen.

"Fyrtio procent alkohol."

Jag kände mig nervös när jag läste etiketten för den mycket dyra konjaken som den flamboyanta aristokraten Marcel de Villeneuve hällde upp till mig. Hur skulle jag reagera på denna dryck? Medan jag är expert på att dricka alkohol, hade jag inte studerat de adjektiv som är förknippade med dyra konjaker. Således svettade jag av utmaningen som låg framför mig.

"Berätta vad du tycker om smaken, herr Pond." Frågade den vältaliga Marcel med sin tydliga franska accent.

Jag tog en slurk av konjaken och lät den vila på tungan en stund i hopp om att hitta ett lämpligt adjektiv. Min första tanke var munvatten, eftersom drycken smakade fränt. Inget annat kom till sinnes förutom druvmust och alkohol. Jag behövde komma på något så att jag kunde infiltrera den franska aristokratin och avslöja deras planer på att döda den australiensiska ambassadören i Paris.

"Jag är ledsen, men jag har inte tränat mina smaklökar för konjak. Vi dricker inte mycket konjak i Australien." Erkände jag.

Jag tog ett djupt andetag. Skulle mitt svar avslöja att jag inte var en tredje generationens aristokrat, fördömd att leva bland de okultiverade australierna?

Marcel log mot mig och svarade: "Det är okej, herr Pond. Jag var orolig för att du var en spion, så jag hällde billig konjak i en flaska fin konjak. En ordentlig spion skulle ha kommit ihåg smakanteckningarna för Jules Robin Vintage Cognac och försökt smickra mig för konjakens utsökta smak."

Jag log. Medan jag kände mig sårad av Marcels implikation att jag var en oduglig agent, hade jag klarat hans initieringstest och därmed motbevisat hans påstående.

"Kanske är det dags att diskutera hur jag kan förbättra min förmögenhet?" Föreslog jag.

När Marcel hörde detta öppnade han en låda i sitt skrivbord och tog fram ett gammalt pergament, en fjäder, och en flaska bläck. "Skriv ditt namn och lösenord längst ner på sidan." Sa Marcel.

Jag grep fjädern och skrev: 'Jared Pond / l'escargot'.

Marcel log, nickade, och drog en falsk bok från en bokhylla. Detta avslöjade en hemlig gång till källaren. Jag följde Marcel och jag hoppades hitta en hemlig sexklubb fylld med vackra kvinnor. Det var dags för Jared Pond, den bästa agenten Australien någonsin hade skådat, att skina.

Till min bestörtning fanns där inget sådant. Istället kom vi till ett litet rum där några adelsmän i 1700-talskläder drack vin, spelade kort, och åt grodor.

Marcel pratade med sina medkonspiratörer. "L'escargot est arrivé. Voici le célèbre assassin Jared Pond. (Snigeln har anlänt. Se den berömda lönnmördaren, Jared Pond) "

Jag log och reflekterade över självmotsägelsen när Marcel kallade mig en berömd lönnmördare. Om jag var känd för att döda människor, varför hade inte myndigheterna arresterat mig?

En annan adelsman talade: "Monsieur Pond. Vi behöver att dig för att förgifta den australiensiska ambassadören Jack Grant."

"Varför är det så?" Frågade jag.

"Varför vill du veta?" Frågade Marcel.

"Det är en hobby för mig att hålla reda på varför jag mördar människor. Det ger monoton mening." Svarade jag.

"Putain Australien. (Jävla australier)" Mumlade Marcel. Han tittade på den andra adelsmannen och talade: "Phillippe. Berätta för Monsieur Pond varför Jack Grant behöver dö."

Phillippe nickade och svarade. "Jack Grant vill övertyga premiärminister Scurry Morrisette att ta bort de australiska tullarna på konjak. Men vi vill inte dela med oss av våra fina årgångar med er otrevliga barbarer. Så Jack måste dö."

"Så nära." Tänkte jag och försökte hålla ett seriöst och mördar-liknande ansikte. "När och hur vill du att jag dödar Jack Grant? Jag har olika priser för olika metoder." Sa jag

"Döda honom på vapenstilleståndsdagen den 11 november 2018. Använd en förgiftad kängurupaj som vapen." Instruerade Phillippe.

"Det kan ordnas. Min avgift är 500 000 dollar. Betala hälften i förskott till ett kryptovalutakonto." Svarade jag.

När Phillippe hörde mitt pris vände han sig till Marcel och talade. "C'est trop cher, nous devrions choisir un assassin Russe à la place. (Det är för dyrt, vi borde välja en rysk mördare istället.) "

Marcel svarade "Aucun prix n'est trop élevé pour sauver notre cognac des Australiens! (Inget pris är för högt när det gäller att rädda vår konjak från australierna!) "

Marcel vände sig mot mig och talade. "Vi godkänner dina villkor. Vänligen lämna nu. Vi kan inte njuta av vår klassiska musik och vår fina konjak i din närvaro. "

Jag reste mig upp och lämnade rummet.

"JARED POND DU ÄR MIN hjälte. Jag kan inte tro att en konspiration ville mörda mig för att behålla tullarna på fransk konjak." Sa Ambassadör Jack Grant och log mot mig när vi träffades i den australiska ambassaden i Paris.

"I denna värld går ingen god gärning ostraffad. Men åtminstone fångade vi konspiratörerna i tid." Svarade jag.

"Ja. Gud välsigne dig och Gud välsigna Australien." Sa Jack.

"Jag är inte en Guds man. Jag är världens man." Sa jag.

Jack log och tog fram en flaska Jules Robin Vintage Cognac och erbjöd mig ett glas. Jag kom ihåg hur illa drycken smakade under mitt möte med Marcel, så jag använde en vit lögn för att komma runt mitt problem. "Jag beklagar, Ambassadör Grant, men jag dricker inte medan jag är i tjänst."

"Tja, skyll dig själv." Svarade Ambassadör Grant, hällde sig ett glas, och drack några klunkar.

Jag hade en epifani, Jules Robin Vintage Cognac säljs för $21 000 per flaska, så hur hade ambassadören råd med flaskan? "Hmm, Ambassadör Grant, var fick du flaskan ifrån?" Frågade jag.

"Marcel Villeneuve gav mig flaskan i julas. Jag har sparat den tills ett bra tillfälle eftersom den är så dyr." Svarade Jack.

Jag insåg att om Marcel hade gett Jack Grant flaskan, fanns det troligtvis gift i den. Anledningen till att snigelkonspirationen hade anställt mig för att döda Jack måste ha varit för att han hade sparat flaskan istället för att dricka den. När Jack Grant kollapsade till golvet visste jag att min slutsats var korrekt. Jag hade misslyckats med mitt uppdrag och ambassadören var död. Sett från den ljusa sidan hade mitt val att hålla mig nykter på jobbet räddat mitt liv.

Princessräddningen.

"Pirater har kidnappat prinsessan Amani utanför Förenade Arabemiratens kust."

Jag drack kaffe när min befälhavare Greg Steele kom in på mitt kontor och utropade dessa ord. Greg har aldrig varit ett fan av subtilitet, men den här gången tog han priset. På grund av hans utfall, svalde jag kaffet i luftstrupen och hostade upp det över mitt skrivbord och Gregs kostym.

Greg glodde surt på mig och sa: "Jävla helvete. Varför spottade du kaffe över min kostym?"

Jag skakade på huvudet och svarade: "Greg, var uppmärksam på att jag lider av posttraumatisk stress efter de många gångerna jag nästan dog när jag skyddade vårt land. Höga ljud och plötsliga rörelser utlöser denna stress, så snälla knacka på min dörr nästa gång. "

Ett bra svar hade varit: 'Jag förstår. Det är bra att du lindrar din stress med vin och kvinnor istället för att ansöka om sjukersättning. Australien behöver dig. '

Greg Steele var en jävla idiot, så han svarade: "Håll käften och spotta inte på min dyra kostym, Jared. Scurry Morrissette är fortfarande upprörd över ambassadör Jack Grants död. Du måste bättra dig för att kompensera oss för det."

Jag var på väg att slita mitt hår i frustration. Jack Grants död var inte mitt fel. Jag hade stoppat en grupp med konspiratörer från att döda honom. Mot bättre omdöme hade dock Jack Grant valt att dricka en flaska cognac som Marcel Villeneuve hade gett honom i julklapp. Den cognacen hade förgiftats och alla mina ansträngningar hade varit förgäves.

Jag suckade. Det gick inte att argumentera med Greg, så jag svarade. "Okej, Greg. Vad vill du att jag ska göra åt prinsessan Amanis kidnappning? "

"Det här handlar inte om mig. Detta kommer från premiärminister Scurry Morrissette. Han lovade Dubais emir att skicka vår bästa man för att hitta och rädda prinsessan ... "sa Greg.

När jag hörde detta log jag och kände mig uppskattad. Även om Greg Steele aldrig hade sagt det förut, så var detta ett tyst godkännande att jag var den bästa agent som Australien någonsin skådat. Gregs nästa mening förstörde mitt humör. "Jag skulle vilja skicka James, David, Matthew eller Jordan. Tyvärr har de varit upptagna med att mörda muslimer och sprida islamofobisk propaganda, så de får inte besöka Dubai. Således är du den enda agenten som är tillgänglig." Avslöjade Greg.

Jag suckade. När skulle jag någonsin motta erkännande på denna arbetsplats?

"Okej, Greg. Så vad behöver jag göra?" Frågade jag.

"Jag har ordnat transport för att du ska komma till Dubai," svarade Greg.

"Ordnat transport? Menar du att smyga in som en spion? Jag trodde att emiren bjöd in mig?" Frågade jag.

"Det gjorde han, därför bokade jag en flygbiljett åt dig till Dubai. Du flyger denna eftermiddag." Sa Greg och gav mig en biljett.

Jag nickade och tittade på biljetterna. Det var dags att rädda Dubais prinsessa från pirater och återställa mitt rykte efter ambassadör Jack Grants död. Nästa stopp: Förenade Arabemiraten.

JAG VILADE PÅ MITT hotell i Dubai när det knackade på min dörr. När jag öppnade dörren skådade jag leendet från en hemsk tandlös varelse: "Hej Jared. Jag heter Bushra. Jag är den tredje drottningen och styvmor till prinsessan Amani. "

"Trevligt att träffa dig, Bushra." Ljög jag.

"Jag kommer att vara ärlig mot dig. Jared Pond, du har nått världsomspännande berömmelse för dina kärleksaffärer." Sa Bushra.

"Oroa dig inte. Min befälhavare informerade mig om de religiösa lagarna i Dubai. Mina byxor kommer att inte att tas av under min vistelse här." Svarade jag.

Bushra skakade på huvudet och svarade: "Nej, dina byxor måste tas av. Jag, Bushra al Shakeen, har drömt om att uppleva din manlighet i många år. "

Klunk

Det här var det sista jag ville höra. Jag skulle ha föredragit att möta en mördare på andra sidan dörren. I så fall skulle jag antingen överleva eller dö, men åtminstone skulle jag inte ha långvariga mardrömmar. Bushra hade planterat en fruktansvärd tanke i mitt sinne. Tanken på att ha sex med den hemska tandlösa damen skulle ge mig mardrömmar inom överskådlig framtid.

"Jag är ledsen, men jag är på ett diplomatiskt uppdrag och jag kommer att följa emirens lagar," svarade jag.

"Är det så? Även om det gör att uppdraget misslyckas och prinsessan dör? Jag kan hjälpa dig." Flinade Bushra.

"Du bluffar!" Svarade jag.

"Kanske, men är du villig att ta den risken? Älska med mig, herr Pond." Svarade Bushra.

Jag suckade, stängde dörren bakom oss och tog några piller. Detta skulle vara en natt att glömma. Som jag offrar mig för Australien!

JAG HITTADE PIRATSKEPPET följande dag. Det hade rest söderut och det var mitt i havet. Bushra hade hållit sitt löfte och gett mig en viktig ledtråd. När piraterna hade gått ombord på prinsessan Amanis fartyg hade Bushra smugit sig ombord på deras skepp och placerat sin telefon ansluten till en bärbar laddare. Efter vår nakna interaktion hade hon gett mig lösenordet till sin "hitta min telefon" applikation, och vi hade använt den här appen för att hitta fartyget.

Det var sent på kvällen och månen reflekterades i det lugna havet. Jag var på en liten jolle och tittade på det somaliska piratfartyget framför mig. Jag hoppades att de inte hade lagt märke till mig, men jag brydde mig inte vid denna tidpunkt. Jag hade haft mardrömmar om samlaget med den tandlösa Bushra, och om piraterna kunde göra slut på mitt lidande så var det ett acceptabelt resultat.

Ett bättre resultat vore att jag dödade piraterna och räddade prinsessan. I det scenariot skulle jag äntligen få mitt erkännande och jag kunde ha sex med någon vacker kvinna för att övervinna mina mardrömmar.

Jag slutade reflektera över möjliga framtida resultat och bestämde mig för att fokusera på nuet. Jag klädde mig i dykutrustning och placerade min ljuddämpade pistol i en vattentät dykarväska. Efter det hoppade jag i vattnet och simmade mot piratfartyget. Jag simmade förbi en stor vithaj, och till min lättnad var den inte hungrig. Några minuter senare nådde jag fartyget.

Jag dumpade min tank, mina vikter och mina simfötter och jag gick ombord på fartyget. På något sätt dödade jag piraterna på nolltid. Efter att ha tagit kål på piraterna gick jag in i rummet där piraterna hade hållit prinsessan Amani. Hon log mot mig med sina perfekta pärlvita tänder och lycka fyllde hennes vackra ögon.

"Jared Pond, jag visste att du skulle komma för att rädda mig", sa Amani med en mjuk ungdomlig röst.

"Hur vet du mitt namn?" Frågade jag.

"Bushra pratade alltid om dig. Hon hade ett mycket snuskigt sinne. Det var vårt oskyldiga lilla nöje eftersom min far, emiren, inte tillåter oss att hitta sexpartners. " Förklarade Amani.

"Jag förstår. Det är tur att jag räddade dig från piraterna. Varför kidnappade de dig?" Frågade jag.

"De ville sälja mig till en etiopisk prins som hoppades att ett kungligt tvångsäktenskap skulle hjälpa honom att återinföra monarkin i Etiopien," avslöjade Amani.

"Det verkar som en långsökt plan", svarade jag.

"Ja, men är det mer långsökt än en grupp franska adelsmän som planerar att döda den australiensiska ambassadören för att stoppa konjaksexporten till Australien?" Retades Amani.

"Du verkar veta mycket om mig?" Frågade jag förvirrat.

"Ja, men det finns en sak till som jag behöver veta. Är Pond-tåget redo för avgång?" Förförde Amani.

Jag tvekade ett ögonblick. Det skulle orsaka en diplomatisk kris om emiren fick reda på att jag hade sex med hans dotter. Å andra sidan behövde jag komma över min fruktansvärda natt med Bushra.

Jag bestämde mig. Även om jag inte hade tagit med mina piller eller kondomer så behövde jag dom inte, och det här skulle bli en natt att komma ihåg!

"JARED POND, HADE DU sex med prinsessan Amani?"

Jag satte inte kaffet i halsen när Greg Steele och Scurry Morrissette stormade in på mitt kontor för att skrika åt mig. Istället log jag medan jag tänkte tillbaka på den natten. Jag mindes hur jag hade räddat den vackra prinsessan från blodtörstiga pirater. Jag hade tagit hennes mödom och förvandlat henne till en sex-galen nymfoman under vår enda natt av obegränsad passion.

"Ja," svarade jag med ett stort flin.

"Varför?" Utropade Greg.

"Har du sett hennes bild? Hon är en absolut snygging." Svarade jag.

"Din jävla idiot. Om du hade räddat henne och behållit dina byxor på, skulle emiren ha gett australiska företag stora kontrakt. Men på grund av dig förbjöd han importen av australiensiska får istället." Ropade Scurry.

"Så jag räddade prinsessan från pirater och stoppade den grymma exporten av levande husdjur. Två vinster för humanismen på en dag." Svarade jag.

"Jag bryr mig inte om humanism. Jag bryr mig om vinst." Morrade Scurry.

"Men människor bryr sig. Eller ska du sparka mig för att jag hade sex i samtycke med en annan vuxen? Det skulle inte se så bra ut å dina vägnar." Svarade jag.

Scurry och Greg lämnade rummet och de smällde dörren bakom sig. Jag andades ut. Även om det var irriterande att de inte uppskattade mina ansträngningar, skulle jag alltid komma ihåg hur jag räddade en vacker prinsessa och åtnjöt en natt med ohämmade älskog.

De tadzjikistanska baggarna.

J ag kollade bilder av den vackra Delphine Montblanc, som jag hade upplevt en passionerad natt med under ett tidigare uppdrag. När jag kom ihåg vår underbara natt kände jag mig besviken över att jag var en kvinnotjusande mystisk man, eftersom jag gärna skulle vilja träffa henne igen. Tyvärr var de diplomatiska förhållandena med Frankrike frostiga efter att vi misslyckades med att manipulera det tamilska guruvalet, så jag kunde inte socialisera med fienden. Som jag offrar mig för Australien!

Det knackade på dörren. "Kom in," skrek jag, vilket fick Greg Steele och premiärministern Scurry Morrissette att komma in på mitt kontor med en bricka med kakor och te. Jag stirrade förvirrat på premiärministern. Hade inte nationens ledare viktigare saker för sig än att vara min butler?

"Snälla prova kakorna och teet och berätta vad du tycker," sa Scurry med ett bistert ansiktsuttryck.

Jag smakade på ett av bakverken och det fyllde min mun med en explosion av fantastiska smaker. Oj, var hittade premiärministern kakor som dessa? Jag smuttade på teet. Det smakade som det te man köper på snabbköpet.

"Bakelserna var utsökta och teet smakade som vilket te som helst," svarade jag.

"Exakt. Det är skillnaden mellan framgång och misslyckande. Matthew Warner fullbordade sitt uppdrag och räddade en toskansk konditor från ett gäng ukrainska kidnappare. Tacksam för räddningen erbjöd han sina tjänster och den australiska regeringen serverar nu de bästa bakverken i världen." Avslöjade Scurry.

'Varför bryr jag mig om det här?' Tänkte jag och insåg vart detta var på väg. Scurry skulle snart rasa om hur det var mitt fel att han inte mottog en bra televerans.

"Teet, som du noterade, smakar som vilket te som helst. Detta beror på att du misslyckades med ditt uppdrag att påverka guruvalet så jag var tvungen att köpa te från snabbköpet som en fattiglapp." Tjafsade Scurry.

"Varför bry sig om det här? Vem bryr sig så mycket om te?" Frågade jag.

"Englands drottning bryr sig. Hon är samväldets monark och min chef. Hon kommer på statsbesök nästa vecka. Jag har redan bett om ursäkt för bristen på gott te i Australien. Hon förväntar sig att vi serverar tadzjikiskt fårkött för att kompensera avsaknaden av gott te." Uppgav Scurry.

"Tadzjikiskt fårkött?" Frågade jag.

"En lammrätt gjord av en speciell fårras som bara finns i Tadzjikistan," förklarade Scurry.

"Tadzjikistan?" Frågade jag.

Scurry gav Greg en sur blick. Greg harklade sig och talade. "Tadzjikistan är ett land i Centralasien som gränsar till Afghanistan, Uzbekistan, Kirgizistan och Kina. Du borde minnas detta från vårt informationsmöte i går. "

Jag hade ingen aning om vad han pratade om. Jag hade befunnit mig på mötet, men jag hade varit för upptagen med att ordna onlinedejter för att bry mig om den politiska situationen i Centralasien.

"Självklart. Jag skojade bara. Jag vet allt som finns att veta om Tadzjikistan." Ljög jag.

"Bra. President Kokhir Ramon behöver vår hjälp med en inhemsk fråga. Om du hjälper honom kommer han att skicka några av sina värdefulla baggar till vårt avelsprogram för exotiska djur." Instruerade Greg.

"Visst. Jag hjälper Kokhir med det som krävs." Sa jag.

"En sak till. Ha inte sex med Kokhirs vackra dotter Madina Ramon. Vi vill inte upprepa det som hände i Dubai." Uppgav Scurry.

Ah, Dubai. Ljuva minnen från min passionerade natt med prinsessan Amani fyllde mitt sinne. Efter att ha tänkt på Amani ett tag hände något hemskt. Jag mindes natten med den hemska Bushra som föregick min natt med Amani. Usch!

"Tro mig, Scurry. Jag vill inte heller upprepa vad som hände i Dubai." Utropade jag.

"Bra. Skynda dig till flygplatsen. Emu-1-flygplanet tar dig till Dushanbe så snart som möjligt." Uppmanade Scurry.

'Dushanbe, var ligger det?' Tänkte jag men höll tyst. Som den främsta agenten Australien någonsin skådat, borde jag inte avslöja min okunskap om Centralasiatisk politik.

Nästa stopp, Tadzjikistan.

NÄR JAG ANLÄNDE MED det australiensiska regeringsflygplanet i Dushanbe, som var huvudstad i Tadzjikistan, fick jag ett pompöst välkomnande. En grupp soldater i paraduniformer stod vid landningsbanan och ett marschband spelade. Wow, tajikerna visste hur man välkomnade mig.

President Kokhir, iklädd en arméuniform med många medaljer och med en gyllene pistol, närmade sig och talade. "Vem är du? Var är premiärminister Scurry Morrissette? Säg inte att Australien har bytt premiärminister igen?"

"Nej, Scurry har fortfarande ansvaret för Australien. Jag är Jared Pond från RAKI." Svarade jag.

"RAKI, vad är det?" Frågade Kokhir.

"Royal Australian Kangaroo Intelligence," svarade jag.

"Åh, så samlade jag min ceremoniella vakt för att hälsa på en utländsk spion?" Sa Kokhir besviket.

Jag tänkte argumentera för att jag var en viktig man som var avgörande för min nations säkerhet. Jag bestämde mig för att låta bli. Det var bättre att fokusera på mitt uppdrag än att argumentera med en politiker som jag aldrig hade hört talas om förut.

"Jag beklagar missförståndet. Scurry skickade mig med regeringsplanet då mitt uppdrag är brådskande." Sa jag.

"Åh ja. De berömda tadzjikistanska baggarna. Jag kommer att donera fyra av dessa majestätiska varelser om du hjälper mig att avslöja den Demokratiska Tadzjikiska Frontens planer. Vi måste stoppa dom då DTF är en muslimsk terroristgrupp sponsrad av Kina." Svarade Kokhir.

"Jag hjälper gärna till," svarade jag.

"Bra. Mina män kommer att eskortera dig till ditt hotell och min minister för inrikes säkerhet informerar dig senare. Lycka till, herr Pond." Sa Kokhir, steg in i en skottsäker limousine och lämnade flygplatsen.

'NEJ, NEJ, NEJ.' TÄNKTE jag när jag öppnade min hotellrumsdörr och möttes av Madina Ramons vackra leende. Det var en förbannelse att vara en sådan brudmagnet, särskilt då min chef hade förbjudit mig att delta i nakenyoga med Madina efter min incident i Dubai.

"Jared Pond?" Frågade Madina och log.

"Ja det är jag. Du måste vara Madina Ramon?" Svarade jag.

"Åh, du smickrar mig med din kunskap, herr Pond. Få utlänningar känner till mig eller min nation." Svarade Madina.

"Jag har ett stort intresse för Centralasiatisk politik och kultur", sa jag medan jag undrade hur jag skulle hindra mig själv från att ha sex med Madina. Det var lustigt på ett sätt. Igår kände jag inte ens till Tadzjikistans existens och nu ville jag ligga med en av landets kvinnor.

Madina slutade le, tittade på mig med ett allvarligt ansikte och talade: "Som den australiensiska kommissionären för mänskliga rättigheter är du så klart medveten om de fruktansvärda grymheter som begås av min far och hans lakejer?"

Oj, det här var knepigt. Jag hade ingen aning om Kokhir Ramon hade begått några brott mot de mänskliga rättigheterna, eller om det var lämpligt att kritisera honom inför hans dotter.

"Ja, jag är här för att kontakta den demokratiska tadzjikiska fronten för att höra deras sida av historien," svarade jag.

"Bra. Om jag kan få en utlänning att bry sig om mitt folks situation, skulle det få bollen i rullning för att bygga ett bättre Tadzjikistan." Sa Madina och kramade mig.

"Håll dig nere, Pondtåget." Tänkte jag och vred mig ur Madinas kram. Jag tog ett steg tillbaka och uppmanade. "Det är bäst att vi sätter i gång. Som den australiensiska mänskliga rättighetskommissionären vill jag träffa dessa rebeller, ahem, demokratikämpar på en gång."

"Ja. Kom med mig." Sa Madina och skyndade sig att lämna rummet.

Jag suckade av lättnad. Jag skulle inte upprepa mitt misstag från Dubai och ha sex med den lokala despotens dotter. Jag skulle utföra mitt uppdrag och föra tillbaka de tadzjikistanska baggarna till Australien.

Jag följde Madina och hon pratade med en man, "TŪro ʙa nazdi professor Şeralī Firūz ʙared, vaj metavonad dar muqoʙili padari man ʙa mo kūmak kunad. " (Ta honom till professor Sherali Firuz, han kan hjälpa oss mot min far.")

Mannen vände sig mot mig och talade. "Stig in i bilen, herr Pond."

Jag nickade, satte mig i bilen och funderade över om det var värt att riskera mitt liv i detta avlägsna land så att Scurry kunde servera bättre mat. Varför bry sig, det var dags att arbeta mig tillbaka till toppen.

Nästa stopp: ett rebellgömställe i bergen som omger Dushanbe.

NÄR JAG ANLÄNDE VID en bondgård på den tadzjikistanska landsbygden märkte jag att mina värdar inte såg ut som muslimska terrorister. Kvinnorna var inte beslöjade och männen var inte skäggiga. 'Oj, dessa muslimska terrorister är hängivna. De ser inte alls ut som terrorister.' Reflekterade jag.

En man i en professorsdräkt närmade sig och talade: "Hej. Jag är professor Sherali Firuz från Dushanbes Universitet. Jag föreläste om mänskliga rättigheter tills Kokhir Ramon beslutade att förbjuda undervisningen om mänskliga rättigheter så att ingen skulle ifrågasätta hans styre. Jag har samlat bevis för hans brott sedan dess."

"Det är en ära att träffa dig. Jag är professor Jared Pond från Sydneys Universitet. Jag har ett stort intresse för de tadzjikistanska kränkningarna av de mänskliga rättigheterna." Ljög jag.

"Beröm Allah. Du kan rädda oss genom att avslöja Kokhirs brott till omvärlden." Utropade Sherali och gav mig en tjock dossier med dokument.

Jag log. Jag hade tvivlat på mitt uppdrags rättfärdighet, men när jag hörde hur Sherali berömde Allah visste jag att Kokhir var korrekt. Sherali var en terrorist som låtsades vara en demokratikämpe.

"Kan jag snälla använda badrummet?" Frågade jag.

"Ja, det är i skjulet på andra sidan gården," svarade Sherali.

När jag steg in i uthuset, irriterade det mig att jag skulle behöva lida av denna stank tills den lokala polisen arresterade den galna muslimska ivraren. Jag skickade koordinaterna till Kokhir, höll för näsan och väntade på att kavalleriet skulle komma fram. I väntan på polisen tog jag bilder av Sheralis dokument och lade upp dem vid ett konspirationsforum. Jag hade aldrig sett en konspirationsteori om Tadzjikistan tidigare, och det skulle vara kul att starta en ny trend!

* KABOOM *

Som det visade sig trodde Kokhir Ramon inte på att skicka polisen för att arrestera sina motståndare, han föredrog att skicka kryssningsmissiler. När jag tittade på den brinnande ruinen som en gång var gömstället för den demokratiska tadzjikiska fronten, ifrågasatte jag mitt val. Men då jag hade utfört mitt uppdrag, så skulle drottningen åtminstone få äta utsökt fårkött.

Medan jag reflekterade över mina livsval så kom en grupp soldater och förde mig tillbaka till huvudstaden.

NÄSTA DAG TRÄFFADE jag president Kokhir Ramon på hans gård. Kokhir var på ett gott humör och han berättade om de olika baggarna på gården. Det verkade som att fåruppfödning var en konstform som krävde samma hängivenhet som uppfödning av tävlingshästar. Vem kunde ha anat?

Efter att ha lyssnat på Kokhirs genomgång av varenda bagge i Tadzjikistans historia så talade jag: "Herr president. Nu när jag hjälpte dig mot rebellerna och avstod från att ha sex med din dotter, skulle jag kunna få de fyra baggarna så att jag kan resa hem? Drottningen kommer snart till Australien, och tiden är avgörande."

Kokhir tittade på mig och svarade: "Varför hade du inte sex med min dotter? Är hon inte tillräckligt bra för dig? Jävla australier. Ta dina baggar och lämna mitt land på en gång."

Jag skyndade mig att samla ihop baggarna på en lastbil och jag körde till flygplatsen. Jag hade aldrig föreställt mig att jag skulle göra en man upprörd genom att inte ha sex med hans dotter, men så var det. Förhoppningsvis hade jag inte orsakat en diplomatisk kris den här gången.

Nästa stopp, Sydney.

NÄR JAG ANLÄNDE TILL Sydney gick officerare från biosäkerhetsavdelningen ombord på mitt plan. Efter några minuters överläggningar närmade sig en kvinna i skyddsdräkt och talade: "Herr Pond. Varför finns det sjuka och döende djur i regeringsplanets lastutrymme?"

"Sjuka och döende? De såg friska ut när jag lämnade Tadzjikistan." Svarade jag.

"Tadzjikistan?" Frågade kvinnan.

"Det är en obskyr nation i Centralasien," svarade jag.

" Hur som helst, varför finns det levande djur i flygets lastutrymme?" Snäste kvinnan.

"Jag hämtade dem på premiärministern order. Han håller på att inrätta ett avelsprogram så att Australien kan servera världens bästa fårkött. Det handlar om att imponera på drottningen." Förklarade jag.

Mitt svar imponerade inte på kvinnan. Hon vände sig till sina män och talade: "Vakter, ta Herr Pond i förvar tills vi har undersökt hans påstående."

Efter detta handfängslades jag av några maskerade verkställare och de förde bort mig. Vilket olämpligt sätt att välkomna Australiens hjälte!

EFTER ATT HA TILLBRINGAT hela natten i polisförvar, undrade jag var Scurry och Greg var. Jag hade räknat med att de skulle dyka upp eftersom jag hade slutfört uppdraget och hämtat baggarna, men här var jag. Så otacksamt att fick jag lida i tystnad. När Scurry och Greg slutligen anlände verkade de missnöjda.

"Jared, Vad har du gjort!" Utbröt Scurry.

"Jag utförde uppdraget till punkt och pricka. Jag avstod från att ha sex med Madina Ramon och jag hjälpte Kokhir så att han gav oss sina bästa baggar."

Greg gav mig en tidning. Rubriken löd: 'Australisk agent hjälper den tadzjikiska diktatorn Kokhir Ramon att mörda Tadzjikistans demokratiska opposition. Premiärminister Scurry Morrissette vägrar att kommentera situationen. "

"Tja, jag antar att det är ett sätt att uttrycka det," kommenterade jag.

"Är du inte klok? Trodde du att detta var ditt uppdrag?" Skällde Greg.

"Jag utförde uppdraget till punkt och pricka och åtminstone har ni baggarna nu," svarade jag.

”Vi har fyra döende baggar i en biosäkerhetsanläggning som vi inte längre behöver eftersom drottningen avbröt sitt statsbesök på grund av denna skandal. Dessutom utvisade president Ramon vår konsul från Tadzjikistan eftersom du förolämpade hans dotter.” Avslöjade Scurry.

”Tja, oavsett så utförde jag uppdraget du gav mig. Du borde belöna mig.” Svarade jag.

”Jag kommer att belöna dig med ett nytt uppdrag. Ditt nästa uppdrag är att hålla käft och förbli häktad tills vi har tystat ner ditt biosäkerhetsfall. Som det visar sig får jag beordra dig att utföra mord utomlands, men jag får inte beordra något i strid med biosäkerhetslagen. Således måste du ta skulden för detta.” Svarade Scurry.

Med detta sagt utsåg Scurry och Greg mig till syndabock för att smugglat in baggarna. Sådan otacksamhet efter allt mitt fantastiska arbete med att skydda Australien!

Den Gregorianska konfrontationen

När jag vaknade tittade jag ut genom panoramafönstren som vette mot en lugn park vid Yuanyangfälten i södra Kina. Jag hade allt jag behövde i livet. Jag levde i rikedom, hade en vacker fru, var världsberömd, och ändå saknades något i mitt liv. Så mycket som jag älskade min fru, den kinesiska presidenten Eileen Lu, älskade jag mitt tidigare liv som hemlig agent ännu mer.

Jag suckade och skakade på huvudet. Det fanns ingen väg tillbaka till mitt tidigare liv. Jag var gift med den kinesiska presidenten och jag hade nått världsberömmelse för att ha dräpt tyrannen Jing Xi. År 2021 hade Jing plågat världen med biovapenattacker mot FN-toppmötet i New York samt attackerat kinesiska städer som motsatte sig hans styre.

Det lustiga med min berömmelse var att jag inte förtjänade beröm för att ha dödat Jing Xi. Eileen och jag hade varit Jings fångar när världsbankens agenter Biyu Sang och Vladimir Kravchenko hade mördat honom. Efter mordet hade de befriat oss från kinesisk fångenskap i en actionfylld sekvens, som jag till denna dag inte kunde förstå.

I slutändan hade Eileen och jag fått beröm för att ha sänkt Jing Xi och det Kinesiska Kolumnistpartiet. Eileen hade också fått FN: s välsignelse att bli Kinas tillfälliga president. Så mycket som jag älskade min berömmelse var jag besviken över att jag fick den av fel skäl. Det var inte jag som stoppade Jing Xi!

Det knackade på dörren, och en tjänare steg in med ett meddelande, "Herr Pond. Det har kommit en budbärare från Världsbanken."

"Ning Wee, är du säker på att de kom för att träffa mig? Eileen är Kinas president. Jag är hennes man."

"Ja. Miss Biyu Sang bad om att träffa dig." Svarade Ning.

Nings besked förvånade mig. Det var intressant att Biyu, som stoppade Jing Xi, besökte mig ögonblick efter att jag reflekterat över min oförtjänta berömmelse.

"Jag förstår. Berätta för henne att jag möter henne vid receptionen om en halvtimme," sa jag och tog en dusch, så jag skulle vara fräsch när jag träffade kvinnan som räddade mitt liv.

JAG TRÄFFADE BIYU SANG vid receptionen för att dricka lite örtte en halvtimme senare. Medan jag inte hade något emot en flytande frukost, befann jag mig under Eileens piska, vilket var bra i sovrummet, men mindre bra utanför.

När jag tittade på Biyu kunde jag fortfarande inte tro att hon var en dödlig mördare, eftersom hon såg blyg, alldaglig, och svag ut. Hon såg inte alls ut som några av de sexiga kvinnliga agenter jag hade arbetat med under åren!

Biyu närmade sig mig med styva rörelser och talade: "Jared Pond, det var ett tag sedan."

"Ja. Så trevligt av dig att besöka mig. Hur känns din axel." Frågade jag.

"Min axel känns inte särskilt bra. Vladimirs skott bröt mitt nyckelben och orsakade permanenta skador. Sett från den ljusa sidan dödade det två soldater bakom oss och räddade våra liv." Svarade Biyu.

Jag nickade. Jag hade aldrig sett något liknande vår flykt från Kina. Vladimir hade mejat ner kolumnistpartiets lakejer när vi flydde från Kina år 2021. Monokeln som han hade på sig måste ha gett honom övermänskliga förmågor.

"Ja, tack för att du räddade mig och Eileen," sa jag.

"Det var mitt nöje." Svarade Biyu.

"Så, vad för dig till Kina?" Frågade jag.

"Jag har några saker att diskutera med Eileen på Pierre Beaumonts vägnar. Jag ville också förmedla några detaljer som du kanske tycker är intressanta." Svarade Biyu.

"Jag lyssnar," svarade jag.

Biyu räckte över några foton och flinade. Jag tittade på bilderna och jag kände igen min tidigare chef, kukhuvudet Greg Steele som hade svikit mig och sålt mig till kinesisk fångenskap.

"Är det en vän till dig," sa jag och försökte låta cool, trots att mitt blod kokade av att se förrädarens ansikte.

"Åh, jag trodde att han var din vän. Greg Steele, mannen som sålde dig till kinesisk fångenskap." Sa Biyu och flinade.

"Var är han?" Morrade jag.

"Han är på Marina Bay Sands Hotell i Singapore. Jag misstänker att han planer jävulskap. Du kan bli en hjälte genom att stoppa honom." Sa Biyu och flinade.

Jag blev irriterad över Biyus anmärkning. Det störde mig att min största framgång var mitt största misslyckande. Genom att stoppa Greg Steele kunde jag hämnas för hans svek och vinna berömmelse för mina egna prestationer.

"Jag förstår. Jag måste diskutera mina alternativ med Eileen," sa jag.

"Är det så? Jag trodde att du var Jared Pond; den främsta agenten Australien någonsin har skådat. Visst behöver du inte din frus tillstånd för att hantera situationen?" Hånade Biyu.

"Lyssna inte på ditt ego, det är bättre att diskutera detta med Eileen," viskade mitt förnuft. Tyvärr skrek mitt ego. 'Var inte en fegis, Jared. Det är dags att hantera Greg och visa världen dina talanger.'

"Du har rätt. Jag måste ta itu med Greg på en gång. Det är det enda sättet att rätta till saker." Sa jag.

"Bra. Jag har ett privat jetplan i närheten. Ombord på planet finns all utrustning du behöver för att hantera Greg." Sa Biyu.

Jag nickade, tog mitt pass och utropade. "Låt oss åka på en gång,"

Med detta sagt rusade jag till Biyus limousine och skyndade mig till flygplatsen för mitt flyg till Singapore.

NÄR JAG ÅTNJÖT DYR fransk champagne i det privata jetplanet fick jag ett samtal som försvårade mina hämndplaner. Eileen hade ringt mig och hon verkade inte tillfreds.

"Jared, jag hörde att du lämnade Kina. Vad står på?" Sa Eileen.

"Åh ja, ett lustigt sammanträffande. Biyu Sang berättade för mig att Greg Steele var i Singapore, så jag är på väg dit för att konfrontera honom." Svarade jag.

Ett ögonblick av tystnad följde. Jag hoppades att Eileen skulle stödja mitt förslag. Som det visade sig gjorde hon inte det.

"Jared, lyssna väldigt noga. Beväpna dig inte och konfrontera inte Greg Steele. Jag är Kinas president. Jag kan inte låta min man engagera sig i stridigheter i Singapore. Stanna på flygplatsen. Jag ringer den singaporianska premiärministern och ber honom arrestera och utlämna Greg." Beordrade Eileen.

Jag gillade inte Eileens ton. Hon hade förändrats efter att hon blev marionettpresident i Kina. Innan hon kom till makten, var hon en idealistisk och vacker sexmaskin, och nu hade hon förvandlats till en kontrollfascist. Men jag skulle delvis följa hennes kommando.

"Okej, jag lämnar vapnen och prylarna på flygplanet, och jag åker Marina Sands för en lunch. Jag har hört att de har världens bästa mjukskalskrabba i Singapore." Svarade jag.

"Ljug inte, Jared. Du bryr dig inte ens om mat. Du ska spela poker, eller hur?" Svarade Eileen.

"Ja, du har rätt. Jag vill spela poker." Svarade jag och utelämnade mitt sanna motiv, att jag skulle leta efter Greg på hotellet.

"Okej, men var snäll och kom hem till middag och orsaka ingen uppståndelse," svarade Eileen.

"Ja," svarade jag och lade på.

Efter det drack jag lite mer champagne och blundade för en tupplur.

NÄR PLANET LANDADE i Singapore ställdes jag inför ett problem. Jag hade lovat att inte ta med vapen eller prylar, men jag hade aldrig lovat att inte konfrontera Greg Steele. För att hålla mitt löfte, behövde jag således konfrontera en farlig flykting obeväpnad. De saker som jag gör för Eileen!

Efter att ha passerat tullen steg jag in i en limousine som tog mig till Marina Sands för lunch och poker.

EFTER ATT HA BETALAT 300 dollar för singaporiansk krabba på en lyxig Marina Sands-restaurang insåg jag att jag borde ha ätit snabbmatsmat istället. Eileen hade rätt, jag brydde mig inte om mat och de extra pengar som spenderades var bortslösade.

Mer irriterande än att betala $ 300 för lunch var faktumet att jag inte hade sett Greg Steele på restaurangen. Eftersom jag bara hade några timmar till innan jag behövde återvända till Kina, bestämde jag mig för att bege mig till kasinot. Även om det var osannolikt att Greg skulle vara där ville jag förbättra mina oöverträffade pokerkunskaper.

Jag satte mig vid ett pokerbord och jag var på väg att vinna storkovan när jag kände en pistol mot mina revben. "Jared, kom med mig."

Jag vände mig och jag såg Greg Steele, iklädd en röd kardinaldräkt. Vad i helvete stod på?

"Greg, varför är du klädd så där?" Frågade jag.

"Följ mig så förklarar jag. Åh, och jag riktar en pistol mot dig." Viskade Greg.

Jag nickade. Jag var i trubbel eftersom Greg var en psykopat och jag antog att hans nyfunna religiösa iver inte hade förändrat hans kärlek till våld. Hursomhelst så hade jag kommit hit för att konfrontera Greg, och det skulle jag göra, även om det var han som höll i pistolen.

Jag följde Gregs instruktioner och vi lämnade kasinot tillsammans.

"JARED POND, DU ÄR SKYLDIG mig 20 miljoner dollar."

Greg och två av hans medbrottslingar omringade mig i en skum gränd nära kasinot. Jag tittade förvirrat på mina antagonister. De klädde sig som vapenfixerade katolska präster, vilket gav uppgörelsen en surrealistisk känsla.

"Vad pratar du om? Varför är ni klädda som katolska präster?" Frågade jag.

"Våra förklädnader beror på att vi planerar ett rån mot den katolska katedralen i Singapore. Jag antar att du kom för att stoppa oss?" Spekulerade Greg.

"Nej. Jag bryr mig inte om katolska kyrkans skatter. Men jag bryr mig att du sålde mig till kinesisk fångenskap, Greg." Svarade jag.

"Jag kallar mig inte längre Greg. Mitt nya alias är Gregorius och jag är en katolsk kardinal." Avslöjade Greg.

"Va? Det är den dummaste täckmanteln någonsin. Kardinaler är iögonfallande och halvkända eftersom det bara finns 213 av dem i världen." Hånade jag.

"Jag är fortfarande inte lika dum som du är. Du är den kinesiska presidentens make. Alla i Singapore vet vem du är. Ändå kom du hit för att söka hämnd. Du har nästan tur att jag hittade dig först." Hånade Greg.

Gregs ord skadade mitt ego. Eileen hade rätt. Jag borde inte ha kommit hit för att hämnas; Jag borde ha lämnat det till den singaporianska polisen.

"Jag förstår fortfarande inte varför du vill döda mig eller varför jag är skyldig dig pengar?" Frågade jag.

"Du är skyldig mig pengar för att du mördade Jing Xi och bröt dig ut från Kina innan jag fick betalt. Inser du hur svårt det är att få betalt av diktatorer när de redan är döda?" Skrek Greg.

"Uhm, jag dödade faktiskt inte Jing Xi. Jag var i trubbel när Biyu Sang och Vladimir Kravchenko räddade mig. De krediterade mig för mordet eftersom de ville fortsätta att agera i det fördolda." Förklarade jag.

"Varför ska jag tro dig?" Frågade Greg.

"Kom igen, Greg. Du var min chef i fem år. Var jag tillräckligt kompetent för att genomföra en sådan flykt?" Frågade jag retoriskt.

"Nej. du var värdelös. Jag borde ha insett att den officiella versionen var skitsnack." Skrek Greg.

Jag kände mig bedrövad över Gregs diss av min prestation på RAKI, men jag viftade undan det. Jag hade tre brottslingar som riktade vapnen mot mig, så Gregs utvärdering av mina prestationer var mitt minsta problem.

* Kaboom, stänk, klink, stänk, klink, stänk *

Jag bevittnade ett sant mirakel när en krypskytt dräpte mina tre motståndare med en enda kula. Kulan träffade den första präst i huvudet, studsade mot en container, gick genom hjärtat hos den andra prästen, studsade mot ett dräneringsrör, och träffade Greg Steele i ögat.

"Argh, jag kommer att hämnas för det här, Jared," mumlade Greg och kollapsade till marken. Kort därefter ankom den singaporianska polisen och förde bort mig.

"JARED, JAG SA TILL dig att inte följa Greg Steele. Jag var tvungen att ändra mitt schema för att komma och hämta dig."

När jag tittade på Eileen kom jag ihåg de många gånger min mamma var tvungen att hämta mig från kvarsittning efter mina upptåg på Maroubra Bay Public School. Men lyckligtvis orsakade mina gymnasieskämt aldrig några dödsfall.

"Jag är ledsen att du var tvungen att komma till Singapore. Jag spelade poker på kasinot när Greg förde bort mig under pistolhot." Sa jag.

"Ja, jag såg övervakningsbilderna från kasinot. De verifierar din historia." Sa Eileen.

"Så, är allt okej?" Frågade jag.

"Nej, det är inte okej. Du lämnade Kina för att förfölja Greg Steele mot min önskan. Du dog nästan. Du kan inte behandla mig så här." Snyftade Eileen.

När jag såg Eileen gråta kände jag mig skyldig. Mitt ego hade ersatt mitt sunda förnuft och jag hade inte tänkt efter. Jag hade riskerat mitt liv och Eileens drömmar i onödan.

"Jag är ledsen, Eileen," sa jag.

"Det är vad det är. Vem räddade dig från Gregs gäng?" Frågade Eileen.

"Det finns bara en man i världen som kan avfyra ett sådant skott," svarade jag.

"Vladimir Kravchenko?" Viskade Eileen.

"Ja. Men berätta inte för någon. Han är inte en man du vill förarga." Varnade jag.

"Jag vet. Det är synd att jag måste vara livrädd för Pierre Beaumonts attackhund." Reflekterade Eileen.

"Ja, men det finns inget vi kan göra åt det. Låt oss hoppas att singaporianerna inte läcker den här berättelsen till pressen." Sa jag.

"Du har rätt. Var försiktig, Jared. Jag älskar dig." Sa Eileen och kysste mig.

När jag kysste henne tillbaka, insåg jag att ikväll var alla hjärtans dag. Jag hade varit för upptagen med att planera min hämnd för att komma upp med planer, men på ett sätt var det bäst så. Jag tittade på Eileen, log och kvittrade:

"Hallå. Vad sägs om att fira alla hjärtans dag här i Singapore? Bara vi två för en gångs skull." Sa jag.

"Är du galen? Vi är för kända. Alla kommer att känna igen oss." Invände Eileen men log samtidigt.

"Nej, det gör de inte. Om vi bär peruker och använder falska namn kommer ingen att reflektera över vem vi är. Dessutom känner jag mig trygg i vetskapen om att världens farligaste mördare håller mig under uppsikt." Svarade jag.

"Jared, du är galen, men låt oss göra det," utropade Eileen och bad sina assistenter att införskaffa lämpliga peruker åt oss.

EFTER ATT EILEENS ASSISTENTER återvände med lämpliga peruker och en sedelbunt tillbringade vi en otrolig dag i Singapore och njöt av all lyx staden hade att erbjuda. Efter den underbara dagen var Pondtåget redo för avgång. Tut-Tut

Och det var så jag stoppade Greg Steele och tillbringade alla hjärtans dag med Kinas president utan att någon visste.

Guaneshamanen och trolldrycken.

Kasinot var fyllt av förväntan när jag mötte min motståndare, Caihong Bi. Jag spelade poker på Crown Casino i Sydney. Jag dold min glädje, men mina nerver var också i hög beredskap. Jag höll 2 och 7 off-suite och bordet visade 2,5,7,2 och K. Detta verkade som en vinnande hand, men jag kunde fortfarande förlora, och med den stora summan i spel skulle en förlust vara katastrofal för mig och skulle tvinga mig att spela på mindre arenor under lång tid för att bygga upp mina finanser. Jag spelade mot Caihong Bi, en före detta kolumnistparti-tjänsteman som hade flytt till Australien efter kolumnistpartiets fall.

"Jag satsar 100 000 dollar, herr Pond. Förbered dig för att straffas för dina brott mot vår nation." Uttalade Caihong och gav mig en dödsblick.

"Miss Bi, jag synar dig. Förbered dig på att förlora 100 000 dollar. " Sa jag, flinade och satte in pokermarkörerna.

"Spelare, visa era kort." Instruerade croupiern och Caihong visade sin hand, 2 och 5 hjärter.

"Miss Bi, Kåk. Femmor över tvåor. " Uppgav croupiern.

"Jag fick dig nu, Guay -lo!" Väste Caihong.

"Nej, det gjorde du inte," svarade jag och visade min hand.

"Kåk. Sjuor över tvåor. Herr Pond vinner." Sa Croupiern.

"Argh. Din australiensiska jävel. Varför spelade du en så svag hand till att börja med? " Väste Caihong.

"För att slå dig, förstås. Jag vann 100 000 dollar från dig. God natt, fröken Bi." Sa jag, blinkade, tog mina marker och lämnade bordet.

Jag gick till kassan, satte in mina marker, och gick upp till baren. Det var dags att dricka lite sprit och lugna mina nerver. Jag hade låtsats vara cool vid pokerbordet tidigare, men jag hade skitit tegelstenar. 100 000 dollar var mycket pengar för mig, särskilt som jag inte längre var en fältagent för RAKI.

Efter att ha stoppat den skurkaktiga Jing Xi hade jag äntligen nått den berömmelse jag alltid hade drömt om, men inte av den anledningen som jag ville. Jag var känd för att varit make till president Eileen Lu i Kina. När vårt förhållande gick om stöpet hade jag försökt få tillbaka min anställning hos RAKI, men de hade avvisat mig eftersom jag var för känd för att vara en värdefull fältagent.

Nåväl, med fräscha 100 000 dollar på kontot var det dags att hitta kvinnligt sällskap för den kalla och ensamma natten. Jag såg en söt brunett och jag gick till henne för att presentera mig själv. "Namnet är Pond, Jared Pond." Sa jag med min bästa röst, som jag hade gjort så många gånger tidigare.

"Jag vet ditt namn. Alla på kasinot vet ditt namn. Jag hörde att Pond-tåget har spårat ur och inte längre når sina destinationer. Hejdå, Jared." Svarade brunetten.

Jag gick förvirrat bort från brunetten. Detta var konstigt. Även om inte alla kvinnor i världen föll för min charm, så viftar de aldrig bort mig så här. Dessutom, vad menade hon med att "Pond-tåget har spårat ur?" Tåget var fortfarande i drift och gick enligt schema.

Jag ignorerade interaktionen med brunetten. Det var något fel med henne, och jag skulle inte låta hennes konstiga beteende förstöra min natt. Jag gick upp till en grupp libanesiska kvinnor för ett andra försök att göra mål. Jag hade inte varit med någon från Mellanöstern sedan min natt med prinsessan Amani fem år tidigare, och det var en upplevelse som jag var intresserad av att återuppleva.

Innan jag fick chansen att presentera mig, utropade en av tjejerna: "Titta! Det är Jared Pond, den minsta kuk som Australien någonsin har sett!" När hon utbrast detta fnissade hela gruppen. Vad hände?

SVARET PÅ MITT PROBLEM uppdagades när jag sökte efter mitt namn online. Toppresultatet var en artikel från Girly Gossip Magazine med rubriken "Jared Pond, den värsta älskare som Australien någonsin har sett."

Jag hade en hemsk flashback. Några veckor tidigare hade en rival spetsat min drink med ett kemiskt kastreringsläkemedel och jag hade hamnat på sjukhus. Hade jag på något sätt raggat upp en journalist från skvallerpressen i detta drogade tillstånd? Om så vore fallet, skulle denna händelse förstöra mitt rykte som en makalös älskare?

Jag såg en länk med texten. "Betala för X-klassificerat innehåll." Efter att ha använt mitt kreditkort för att betala för åtkomst insåg jag den fruktansvärda sanningen. Jag hade fotograferats naken med min lilla och mycket slappa penis på grund av läkemedlets effekter. Jävla kemiska kastreringsläkemedel! Det fanns bara en sak att göra. Jag behövde filma mig själv när jag har sex, för att visa att Pond-tåget var på rätt spår och redo att avgå. Det fanns dock ett problem. Hur skulle jag hitta en villig deltagare för sovrumsgymnastik under den aktuella smutskastningskampanjen mot mig?

"Jared Pond. Jag känner till dina problem. Jag kan hjälpa dig." Utbröt en raspande röst.

Jag vände mig mot rösten, och till min bestörtning tillhörde den en gammal sydamerikansk shaman. Jag tittade på den nittioåriga kvinnan. Medan en sexinspelning med henne skulle bevisa min virilitet, skulle det också få mig att verka desperat, så det skulle inte förbättra mitt rykte.

"Hmm. Även om jag uppskattar din oro är jag inte säker på att du kan hjälpa mig." Svarade jag.

"Ja det kan jag." Sa den kvinnliga shamanen och visade ett tandlöst leende. Usch!

"Nej. Jag är helt säker på att du inte kan det!" Svarade jag.

"Jo det kan jag. Denna forntida feromondryck av Guane-folket kan göra dig oemotståndlig för kvinnor." Hävdade shamanen.

Jag drog en djup suck av lättnad. Jag hade fruktat att den gamla haggan ville ha sex med mig, men som det visade sig ville hon bara sälja lite vidskeplig ormolja till mig.

"Okej. Jag accepterar ditt erbjudande. Fröken...?" Frågade jag.

"Isabella Ruiz. Jag är en shaman från Guane-folket." Svarade Isabella.

"Okej, så hur mycket vill du ha för din dryck?" Frågade jag.

"Jag är gammal och mina dagar är räknade, så pengar intresserar mig inte. Jag behöver en tjänst istället." Svarade Isabella.

"Snälla, fråga inte om sex!" Tänkte jag och svarade: "Hur kan jag hjälpa dig?"

"Drogherren Andres Castro har ett lager i Botany Bay som är fyllt med kokain. Jag vill att du ska förstöra hans operation för vad han gjorde mot ett av våra heliga tempel." Avslöjade Isabella.

"Okej, varför berättar du inte för den australiska federala polisen om platsen?" Frågade jag.

"Eftersom allt de kommer att göra är att konfiskera kokainet, och konfiskering av kokain hindrar inte Andres Castro från att bedriva sin verksamhet igen. För att stoppa honom måste vi förstöra efterfrågan på hans produkt. För att göra det behöver du förorena kokainet med en Guane-avvisande dryck, annorlunda än den som gör dig oemotståndlig. När kokainet har blivit kontaminerat med detta avstötningsmedel kommer alla som använder den förorenade kokainet att bli avskräckta av kokain för resten av sina liv." Avslöjade Isabella.

Jag funderade på Isabellas förslag. Även om jag inte trodde på guane-folkets vidskepliga magiska drycker, njöt jag av utsikten att leva farligt igen. Jag hade levt ett säkert och tråkigt liv ett tag och jag behövde någon typ av fara för att leva livet tillfullo.

"Jag accepterar ditt uppdrag, miss Ruiz," sa jag.

"Bra. Här är två drycker åt dig. Den jag håller i min högra hand är dryck-en som gör dig oemotståndlig. Den i min vänstra hand kommer att få folk att hata kokain mer än någonting annat när du har förorenat satsen. Blanda inte dryckerna." Uppmanade Isabella.

"Jag fattar. Höger är bra, vänster är dåligt." Svarade jag.

"Ja. Lagret ligger vid 1600 Botany Road, Botany. Hämnas förstörelsen av vårt tempel. Du är den utvalda!" Utbrast Isabella.

"Javisst, frun. Jag åker dit direkt." Sa jag, tog de två flaskorna och lämnade kasinot.

NÄR JAG KOM TILL LAGRET mitt i natten så märkte jag att platsen såg ut som alla gamla lager. Det var en ful och enkel byggnad, och det fanns inga beväpnade hantlangare med maskinpistoler i närheten. På ett sätt var det vettigt. Att ha beväpnade män som bevakar byggnaden skulle locka grannklagomål och polisens uppmärksamhet. Det var mycket vettigare att la-gret inte var starkt bevakat.

Jag använde en radiofrekvensgenerator, som jag hade sedan jag var anställd hos RAKI, för att åsidosätta byggnadens elektroniska lås. När jag kom in i lagret snokade jag runt och jag hittade kokaingömman under några påsar cement.

Jag tog fram flaskorna med de magiska guanedryckerna och jag kom till en fruktansvärd insikt. Jag hade glömt vilken flaska jag skulle använda för att förorena kokainet!

'Hmm, den högra kan inte gå fel', mumlade jag och jag hällde drycken på kokainhögen.

Jag skulle lämna lagret, men något stoppade mig. Jag kände mig manad att lukta lite på det fina pulvret som var förpackat och tillgängligt för mig. Jag snortade en lina och kände att jag var i himlen. Om det inte var för faktumet att colombianska brottslingar ägde detta lager, skulle jag ha stannat hela natten och avslutat hela kokaingömman själv. 'Det är bättre att jag tar attraktivitetsdrycken för att bevisa att Pond-tåget fortfarande går på rätt spår!" Tänkte jag, lämnade lagret och tog en självkörande taxi tillbaka till staden så att jag kunde hitta en villig dam på nattklubben att spela in min sexvideo med.

"EEEEK ! GÅ IVÄG, JARED. Du stinker som en död mus! "

Min resa till nattklubben tog en oväntad vändning när jag kom dit. Alla på diskoteket gav mig avvisande blickar och svor åt mig att lämna platsen omedelbart. Jag insåg att jag inte skulle göra mig själv någon tjänst genom att tvinga mig in på klubben, så jag gjorde ett sista försök att ha sex. Jag beställde en taxi till 'Morphine Skanky Hoes' bordellen. Det var dit hemlösa gick för att få ett ligg när socialbidraget kom in. Visst kunde jag inte misslyckas med att ligga vid en sådan anrättning.

Som det visade sig kunde jag misslyckas. När jag steg in i lokalelen sa den neddrogade receptionisten. "Åk hem och bada, Jared. Du luktar hemskt. "

Jag åkte hem och hade ett långt bad med mycket tvål för att skrubba bort stanken.

SOM DET VISADE SIG var det inte lätt att bli av med stanken från den magiska drycken eftersom min kropp hade absorberat den ner till cellnivå. För att rädda mitt rykte och resten Sydneys befolkning från min hemska stank, så begav jag mig av för ensam överlevnadsträning i vildmarken.

Efter tre veckor anlände en grupp helikoptrar och omringade mig. He-likoptrarna tillhörde Castro-kartellen, och jag suckade att jag inte hade tagit med min lilla men supereffektiva pistol för att bekämpa brottslingarna.

Helikoptrarna landade och Andres Castro närmade sig mig medan han hade en kopia av Girly Gossip Magazine. På framsidan av tidningen stod det. "Den stinkande Jared Pond misslyckas med att ligga i en bordell för hemlösa."

Jag suckade och svarade: " Har du tagit med den här tidningen för att förödmjuka mig innan du dödar mig?"

Andres gav mig en förbryllad blick och svarade: "Varför skulle jag döda dig, herr Pond? Oavsett vad du gjorde med vårt kokain så är det bättre än någonsin! Människor köar utanför vårt lager för att få tag på våra varor. Till och med polisen köar och betalar för vårt kokain. Det är fantastiskt."

"Så varför kom du hit då?" Frågade jag förvirrat.

"Jag kom hit för att tacka dig och för att presentera dig för min syster," sa Andres, vände sig till en vacker kvinna med en näsprotes och ropade. "Mariana, kom hit."

Mariana närmade sig mig, log och talade: "Hej Jared. Det är så trevligt att äntligen träffa dig. Är Pond-tåget redo för avgång?"

"Jo. Men jag måste fråga, varför bryr du dig inte om min djävulska stank? " Frågade jag förvirrat.

"Åh, min näsa föll av på grund av min överanvändning av kokain. Jag kan inte lukta någonting med min näsprotes." Avslöjade Mariana medan hon för-föriskt blinkade till mig.

Jag log besvärligt, samtidigt som jag kände mig lite äcklad. Men bortsett från hennes falska protesnos var Mariana bedårande, och jag var redo för många omgångar av obehindrad passion. Och det var så jag hade sex med sys-tern till en colombiansk drogbaron, med hans välsignelse!

Humörskomplikationen.

Jag drack öl och njöt av vibbarna när jag deltog i en poolfest i en hyrd her-rgård i Brasilien. Stanken från Guane-drycken hade äntligen avtagit, vilket gjorde att jag kunde umgås med andra människor igen. Jag var här för att arbeta som livvakt åt den australiensiska tennisspelaren Alexander Snapovic.

Jag suckade när jag gick fram till Alex för att hindra honom från att dricka tequila med en brasiliansk snygging. Att hindra en ung man från att njuta av livet var inte den jag är. Mitt kontrakt med Alex manager var dock att hindra Alex från att bli full så att han kunde fokusera på att vinna Sao Paolo Open.

"Ledsen, Alex. Men jag kan inte tillåta dig att dricka alkohol. Du kan få en vatten med kaktussmak." Sa jag när jag avbröt Alex från hans interaktion med den brasilianska skönheten.

"Quem é esse velho? Por que está impedindo você de festejar? (Vem är den här mannen? Varför hindrar han dig från att festa?) "Frågade den brasilianska skönheten.

"Jag är ledsen. Han är en före detta australisk agent och min nuvarande barnvakt. Jag har en viktig tennismatch imorgon. Vill du följa med mig i mitt rum för en alkoholfri öl?" Svarade Alex.

"Não passo tempo com homens bebendo cerveja sem álcool. Adeus, Alex. (Jag tillbringar inte tid med män som dricker alkoholfri öl. Hejdå, Alex)" Svarade bruden och lämnade Alex.

När snyggingen gått vände sig Alex till mig och talade: "Varför var du tvungen att göra det, Jared? Varför kunde du inte låta mig ta en dryck?"

"Eftersom en dryck aldrig slutar med bara en dryck," svarade jag.

"Men tyckte du inte om att festa när du var 22 innan du blev en gammal man?" Gnällde Alex.

Jag reflekterade över Alex fråga. När jag var 22 år hade jag varit en skicklig pokerspelare, surfare och brudmagnet. Vid den åldern hade jag ännu inte påverkats av posttraumatisk stress från att vara en RAKI-fältagent. Mm, bra tider!

"När jag var 22 år så festade jag som om det inte fanns någon morgondag. Titta vad som hände med mig. Jag är nu din barnvakt och hindrar dig från att göra samma misstag som jag gjorde." Sa jag.

"Okej, Jared. Jag antar att du har rätt. Låt oss gå till sängs." Sa Alex och suckade.

Jag tog ett djupt andetag av lättnad. Alex var känd för att tappa humöret och jag hade fruktat en konfrontation eftersom jag förstörde hans chanser med den brasilianska bruden. Min lättnad var kortvarig när några poliser närmade sig oss.

"Herrar. Vi har fått ett bullerklagomål. Vänligen ge oss 5000 brasilianska Reals så lämnar vi er i fred." Sade en polis.

"Visst, tar du kreditkort?" Frågade jag.

"Mycket roligt, Gringo. Ge oss pengarna annars låter vi din tennisstjärna övernatta i fängelset, så han missar sin match." Uppgav polisen.

När han hörde detta tappade Alex fattningen och utbrast. "Dra åt helvete, fascistgrisar. Ni får inget av mig. Vi ses i domstol!"

Alex förolämpning av de korrupta poliser en negativ effekt. Några minuter senare hade poliserna handfängslat Alex och tagit honom till häktet. Samma polis talade igen. "Jag är rädd att priset har stigit, herr Pond. Betala oss 10 000 reals i kontanter i morgon annars kommer Alex att missa sin match. Boa Noite, Sr. Pond"

När poliserna gått, visste jag vad jag behövde göra. Jag var tvungen att gå till en bankomat och ta ut 10 000 Reals så att jag kunde muta poliserna för att släppa Alex...

"DIN DAGLIGA UTTAGSGRÄNS är 5000 BRL."

Jag svor när jag fick ihop den måttliga summan som bankomaten tillät mig att ta ut. Medan uttagsbegränsningar var användbara för att undvika kreditkortsbedrägerier, var de värdelösa när jag behövde kontanter för att muta de korrupta poliserna.

Jag tvekade om mitt nästa drag. Skulle jag: A: gå till polisstationen och pruta med poliser eller skulle B: gå till en olaglig spelhåla som ägdes av Castrokartellen och fördubbla mina pengar? Inget av alternativen verkade idealiskt, men jag var inte en snåljåp, så jag bestämde mig för att gå till spelhallen.

När jag närmade mig spelhallen, sa dörrmannen. "Herr Pond. Mariana Castro undrar varför du inte har svarat på hennes samtal? "

"Umm, jag har varit upptagen", ljög jag när jag försökte glömma mitt ex med protesnosen.

"Okej, gör inte något dumt här inne. Kom ihåg att alla tittar på dig." Sa dörrmannen.

Jag nickade, steg in och gick mot pokerborden så att jag kunde tjäna tillräckligt med pengar för att betala de korrupta poliserna.

JAG HADE VUNNIT TILLRÄCKLIGT med pengar för att betala de korrupta poliserna när ett oväntat möte inträffade. Den brasilianska bruden som avvisade Alex tidigare under natten, närmade sig och förförde mig. "Åh, tänk att se dig här, herr Pond. Kom och ta en drink med mig vid baren."

Jag kan inte minnas någon gång i mitt liv när det var mindre lämpligt att ta en drink med en vacker kvinna. Jag var i ett olagligt spelrum som ägdes av mitt ex, jag behövde få ut min klient från fängelset, och det var samma tjej som jag hade sagt till Alex att hålla sig borta från. Jag borde avvisa drycken och springa så fort jag kunde. Logik är dock inte det som driver en man när en snygging som är hälften av hans ålder närmar sig honom, så jag svarade. "Jag skulle älska en drink, miss?"

"Silva, Serena Silva," svarade Serena.

Jag älskade elegansen med vilken hon presenterade sig och jag svarade. "Pond, Jared Pond."

Vi tog några drinkar, en sak ledde till en annan, och några timmar senare var Pondtåget redo för avgång. Tut, tut!

ALEX SÅG SURT PÅ MIG när jag hämtade honom på polisstationen. "Jag har tillbringat hela natten i det här skithålet. Hur ska jag vinna en match efter en natt som den här," gnällde Alex.

"Jag beklagar, Alex. Jag kunde inte ta ut tillräckligt med pengar för att betala mutorna på grund av uttagsgränsen på mitt kreditkort. Jag var tvungen att vinna tillräckligt med pengar för att få ut dig." Svarade jag och utelämnade de många timmarna jag hade tillbringat med att pokulera och kopulera med den vackra Serena Silva.

"Men är du inte den främsta agenten som Australien någonsin har sett. Varför har du inte mer än ett kort för att kringgå uttagsgränser?" Protesterade Alex.

Alex hade rätt. Varför hade jag inte en sedelbunt eller några kort så att jag kunde muta människor om behovet uppstod? Hade jag tappat stinget? Jag ville inte fundera på det här ämnet så jag svarade: "Det du bör fokusera på är att kontrollera din ilska. Om du inte hade bråkat med polisen så hade jag inte behövt rädda dig ur fängelset."

Alex nickade och svarade: "Du har rätt. Jag borde kanalisera min energi på att vinna tennismatcher istället för att bli arg och slåss mot poliser. Låt oss gå till arenan och vinna den här matchen."

Jag nickade och vi åkte till stadion så att Alex kunde vinna sin match.

"MATCHBOLL, SNAPOVIC."

Jag insåg meningslösheten i mina handlingar föregående kväll när jag såg hur lätt Alexander Snapovic besegrade sin motståndare, den knubbiga colombianska spelaren Sebastian Santiago. Om jag hade låtit Alexander dricka och ha kul med Serena Silva, skulle han fortfarande ha vunnit matchen mot den här usla motståndaren. 6-0, 5-0 och en poäng kvar. Med lite tur skulle Alex hålla sig nykter resten av turneringen och vår tid i Sao Paolo skulle passera utan incidenter.

"Åh, det är så trevligt att se dig här, Jared!"

Jag stirrade i vördnad när den sexiga Serena Silva gick fram till mig i logen och kysste mig. En annan person stirrade också, Alexander Snapovic. "För helvete, Jared. Du låg med min tjej medan jag var i polisförvar. Jag ska döda dig för det här!" Brusade Alex.

Efter att ha ropat detta slog Alex en boll mot mig, krossade sitt racket, hoppade över staketet, slog mig i ansiktet och blev diskvalificerad.

JAG VAKNADE I EN SJUKHUSSÄNG några timmar senare. Jag hade aldrig förutspått att detta skulle hända, och jag hade fått ett ordentligt kok stryk av Snapovic. Som det visade sig skulle Snapovic ha bättre utsikter i MMA än han hade i tennis.

Min näslösa exflickvän Mariana Castro närmade sig mig, log och talade: "Tack, Jared. På grund av dig vann jag en stor summa på sportspel. "

"Jag förstår inte", svarade jag.

"Jag mutade arrangörerna för att låta den hopplösa tennisspelaren Sebastian Santiago delta i den första omgången av Sao Paolo Open. Sedan satsade jag en stor summa på att han skulle vinna matchen mot Snapovic mot alla odds. När Snapovic fick frispel och blev diskvalificerad för att ha attackerat dig tjänade jag en förmögenhet. " Avslöjade Mariana.

"Så du är inte arg över min kärleksaffär med Serena Silva?" Frågade jag.

"Man ligger inte med manshoran Jared Pond i tron att man är hans enda kvinna. Dessutom, vem tror du betalade Serena för att ta kontakt med dig? " Svarade Mariana.

Jag suckade. Mitt ex hade använt mig som en schackpjäs för att vinna ett sportspel. Ännu värre, hennes uppenbarelse om att hon betalat Serena för att ha sex med mig tog ifrån mig prestationskänslan jag hade känt av att lägra en sådan skönhet.

Jag hostade och mina brutna revben värkte. Vilket trist sätt att misslyckas med ett uppdrag!

Kiribatikonfrontationen.

Jag försökte avnjuta en drink på Star Casino när mina känslor tog över. Jag hade förlorat allt. Jag hade förstört mitt förhållande med Eileen Lu och jag var för välkänd för att vara en hemlig agent. Medan min berömmelse hade gett mig några extraknäck som kändisvakt, hade mitt gräl med Alexander Snapovic också stoppat den inkomstkällan. Alexander hade gett mig en 1-stjärnig recension och spöat mig efter att jag låg med hans flickvän när jag var avsedd att rädda honom från fängelset. Jag visste inte vad som var värst, att jag inte kunde behålla byxorna på, eller att Alex spöade mig, men jag visste en sak, jag var nära botten.

'Jared, tänk inte så. Du har pengar, berömmelse och bra utseende för din ålder. Saker kunde vara värre.' Sa min inre mojo. Jag instämde med min mojo, saker kunde vara värre.

Jag närmade mig en snygging som satt själv och smuttade på en Martini. Även om det fanns en risk att hon var prostituerad skulle det inte skada att presentera mig själv.

”Mitt namn är Pond, Jared Pond,” sa jag och log.

”Jag vet vem du är, herr Pond. Det gör de flesta i Australien.” Svarade kvinnan.

"Jo, men jag behöver veta om det är bra eller dåligt.” Svarade jag.

"Det är inte så illa. Jag heter Natalie,” sa Natalie och log.

'Wow, vilket leende. Det här kan bli en trevlig kväll, tänkte jag och log tillbaka.

"Så det finns en sak jag behöver veta ..." sa Natalie.

”Jag svarar gärna på dina frågor,” svarade jag.

”Varför förstörde du din relation med Eileen Lu? Ni var perfekta för varandra.” Svarade Natalie.

”Ojdå. Varför frågar mitt potentiella ragg om mitt ex,” tänkte jag. Jag ville inte prata om ämnet och jag visste inte hur jag skulle vända det något positivt.

Flimmer

Det flimrade framför mina ögon och den framgångsrika advokaten Geoffrey Wang dök upp. Han såg ut som om han hade tagit en stor mängd LSD. Så märkligt.

”Jared Pond, jag behöver din hjälp,” ropade Geoffrey.

”Wow, han har definitivt tagit droger. Varför skriker han mig i ansiktet,” tänkte jag och svarade: ”Ledsen, men Natalie behöver också min hjälp. Och jag måste prioritera en jungfru i nöd.”

”Nej, jag mår bra. Du kan prata med Geoffrey. ” Sa Natalie och gick iväg.

”Helvete också. Varför händer detta? Varför dyker en knarkare upp för att förstöra min dejt? Vad står på?” Tänkte jag och bestämde mig för att konfrontera Geoffrey, ”Hej, din raggsabbare. Varför gjorde du så där?"

"Jag behöver din hjälp. Jag måste hitta Martin Orchard. Om du hjälper mig kan du bli erkänd som den främsta agenten Australien någonsin har skådat.” Sa Geoffrey.

"Jag arbetar inte längre för RAKI. Då jag är ex-partner till president Eileen Lu är jag för känd för att vara en hemlig agent. Dessutom kidnappade min tidigare chef mig och sålde mig till kinesisk fångenskap. Den här händelsen har förstört min önskan att skydda Australien." Skrek jag.

"Men jag måste hitta Martin Orchard. Jag är säker på att du kan vill göra det rätta." Svarade Geoffrey.

"Martin Orchard..." Namnet lät bekant. Han var en medarbetare till Vladimir Kravchenko och Pierre Beaumont. Troligtvis var han också en monokelbärande mordisk galning.

Susning

'Vad fan var i min dryck', tänkte jag när det flimrade framför mina ögon och Geoffrey gick upp i rök. Jag drog slutsatsen att en mängd personer skulle vara motiverade att droga mig, och att mitt bästa alternativ var att åka hem och sova ruset av mig. Jag beställde en självkörande taxi och åkte till min ungkarlslya i Bondi.

"AVGIFT FÖR BILSTÄDNING: $ 500"

När jag vaknade i badrummet insåg jag att kvällen innan hade varit en katastrof. Inte nog med att jag fick jag en städavgift, men jag fruktade att det skulle bli värre i media. När jag öppnade mitt nyhetsflöde fick jag min oro bekräftad, då den översta rubriken löd. 'Kändisagenten Jared Pond blir utkastad och gör bort sig på Star Casino.' Aj då!

Jag insåg att jag behövde lämna Australien ett tag, men vart skulle jag åka? Tidigare hade jag alltid ett uppdrag någonstans, men nu stod jag inför en paradox. Jag hade för många alternativ och jag kunde inte bestämma mig.

'Hmm, Martin Orchard ...' mumlade jag för mig själv.

I mitt delirium från kasinot hade Geoffrey Wang dykt upp från ingenstans och bett om hjälp att hitta Martin. Även om detta troligtvis inte var på riktigt, behövde jag veta mer om Vladimirs och Pierres medkonspiratör. Om inget annat så gav det mig något att göra.

När jag kollade efter flygbiljetter så upptäckte jag att jag var tvungen att ta tre flyg och spendera 28 timmar för att komma till Kiribati. Jävla helvete, det var inte ens så långt borta, om jag hade råd med privatflyg. Det hade jag inte, så jag surade och betalade mina flygbiljetter. Det var dags att besöka Martin Orchard.

NÄR JAG ANLÄNDE TILL Kiribati märkte jag hur nergånget det var. Jag hade hoppats att jag skulle bo vid en lyxig resort, men det här landet var för avlägset för massturism. Men jag var inte här för att leva i lyx, jag var här för att konfrontera Martin Orchard. Jag behövde veta varför Geoffrey Wang letade efter honom.

Jag visste inte Martins exakta adress, men han inte skulle bli svår att hitta. När allt kommer omkring, hur många vapenviftande nordmän med konstiga monokler kunde det finnas här?

Jag gick till en båtuthyrningsplats och talade: "Hej. Jag letar efter Martin Orchard. Vet du var jag kan hitta honom?"

"Hur liten tror du att den här ön är? Jag kan inte namnet på alla som bor här." Svarade båtvaktaren.

"Han är en lång nordman med en konstig monokel," svarade jag.

"Aha, pratar du om aliʻi papaʻe valea? Varför sa du inte det?" svarade båtvakten.

"Hur skulle jag kunna veta hans lokala smeknamn?" Frågade jag.

"Jag vet inte. Varför är du ens här?" Frågade båtvakten.

"Som sagt så letar jag efter Martin Orchard," svarade jag.

"Det är lätt. Han är på Abaiang Island, en kort båttur norrut. Du kan hyra en båt av mig om du vill." Svarade båtvakten.

"Visst, det låter bra. Hur mycket kostar det?" Frågade jag.

"Hyran är $ 100 om dagen. Depositionen är $ 9900." Svarade båtvakten.

"Va? En deposition på $ 9900? Hur är det rimligt?" Frågade jag.

"Jag tror inte att du återkommer med båten. Inte dit du är på väg att åka." Svarade båtvakten.

"Varför skulle jag stjäla båten?" Frågade jag.

"Jag påstod aldrig att du stjäla båten. Jag sa att du aldrig kommer att återvända." Svarade båtvakten.

Båtvaktens uttalande uppmuntrande mig inte. Men skulle förlusten av 10 000 dollar vara ett problem om Martin Orchard dräpte mig? Nej, förlusten av mitt liv skulle vara problemet.

"Okej, jag betalar. Tar du kort?" Frågade jag.

"Självklart. Jag förväntar mig inte att folk går runt med 10 000 USD i fickan." Sa båtvakten och flinade.

Jag sa inget när jag drog mitt kort för att betala för den mycket dyra båtuthyrningen i hopp om att få tillbaka det mesta när jag kom tillbaka.

Nästa stopp. Abaiang Island.

NÄR JAG NÄRMADE MIG Martin Orchards privata ö dubbelkollade jag mina hölstrade pistoler. Även om jag inte planerade att använda våld, skulle jag helst inte besöka en massmördare obeväpnad. Jag kollade min utrustning. Jag hade en skottsäker väst under min jacka, som var obekväm i värmen. Jag hade också en pistol hölstrad under min jacka och en annan vid min fotled. Australiens främsta agent var redo för allt.

När jag ankrade vid bryggan såg jag en skylt. 'Privat egendom. Lämna dina vapen på din båt.'

"Så fan heller," tänkte jag och gick förbi skylten.

* Pow, Pow, Pow *

Jag fick panik när jag hörde tre skott i snabb följd. Martin var ogästvänlig, men jag hade tur då han inte var en skicklig skytt.

* kling, klang, klung *

Jag stirrade förvånat när min skottsäkra väst, mitt brösthölster och mitt fotledshölster föll till marken. Vad i helvete händer?

"Kan du inte läsa skylten, Jared? Jag är den enda som får bära vapen på denna ö." Skrek Martin med sin tvivelaktiga svenska dialekt.

"Vad gör du, din galning. Du kunde ha dödat mig!" Utropade jag.

"Det var en risk jag var villig att ta. Välkommen till min ö. Snälla kom och drick med mig på altanen. Vi har så mycket att diskutera." Svarade Martin.

Jag bestämde mig för att acceptera Martins inbjudan och fejka tacksamhet. Mot en man som hade tillräckligt med precision för att skjuta av remmarna till min skyddsväst och mina pistolhölster vore jag en dåre om jag visade fientlighet. Dessutom ville jag få tillbaka min båtdeposition!

Jag gick upp för en trappa och kom till en terrass med utsikt över havet. Martin satt i skuggan och drack öl.

"God dag, herr Pond. Det är så trevligt att träffa dig. Du är en levande legend och dina ändlösa misslyckanden har inspirerat mig att skriva en komediserie." Sa Martin och skrattade.

Jag blev irriterad av Martins ton. Varför hävdade han att jag alltid misslyckades? Jag var en av de främsta agenterna Australien någonsin hade skådat tills min chef förrådde mig.

"Om du fortsätter att håna mig, så åker jag hem," sa jag.

Martin ryckte på axlarna och svarade: "Gör som du vill, herr Pond. Det var du som tillbringade 28 timmar för att komma hit."

"Hur vet du om detta?" Frågade jag.

"Jag är en rik man, och jag betalade flygplatspersonalen för att hålla koll. När den världsberömda agenten Jared Pond anlände till Kiribati visste jag att något var på gång." Svarade Martin.

"Okej, du har rätt. Jag stannar. Ta det lugnt med pikarna. Jag har genomlidit mycket." Vädjade jag.

"Okej. Ta en öl ur kylen och berätta varför du är här." Svarade Martin.

Jag nickade, gick till kylen och tog en öl. När jag drack en klunk insåg jag att ölen var avslagen. Det verkade som att folk inte var angelägna om att leverera saker till Martins herrgård.

Jag satte mig mittemot Martin och talade: "För att vara ärlig vet jag inte varför jag är här. Jag hade ett fylleslag där jag skämde ut mig. I mina suddiga minnen dök Geoffrey Wang upp, stal min tjej och frågade var du befann dig."

"Geoffrey Wang. Är det en asiatisk kille?" Frågade Martin.

"Ja," svarade jag.

"En asiatisk man dök upp för några dagar sedan. Han tog med flytande LSD och hävdade att kejsarinnan Rangda Kaliankan skulle ge mig ett nytt uppdrag om jag drack det. När jag vaknade nästa dag var Geoffrey borta och Rangda hade inte gett mig något nytt uppdrag." Avslöjade Martin.

"Vem är kejsarinnan Rangda Kaliankan?" Frågade jag

"Kejsarinnan Rangda Kaliankan är en utomjordisk häxa som lever i en annan dimension. Att hitta henne och tillhandahålla en magisk artefakt är det enda sättet att stoppa gammastrålning från att förstöra jorden år 2131." Förklarade Martin.

'För helvete. Han är inte riktigt klok. Geoffrey måste ha gett honom mycket stark LSD,' tänkte jag och svarade, "Jag förstår. Har du någon aning om var Geoffrey är nu?"

"Nej. Men eftersom du är här nu så har jag ett förslag." Svarade Martin.

Ville jag höra Martins förslag? Svaret var ett klart nej. Jag ville emellertid inte förolämpa den farliga galningen jag råkade dela en ö med, så jag svarade. "Snälla berätta, Martin."

"Så, min chef, kejsarinnan Rangda Kaliankan, skickar mig på uppdrag runt om i världen för att leta efter utomjordiska artefakter och döda människor. Tyvärr är jag väldigt ensam, eftersom människor tenderar att dö till höger och vänster, ibland dör jag till och med själv. Vill du följa med mig i strävan att hitta den ursprungliga Zeto Crystal?"

Detta förslag intresserade mig inte minsta. Medan jag hade varit på många dumma uppdrag när jag tjänade Australien tyckte jag inte om utsikten att möta nästan säker död när jag tjänade en galning.

"Uhm. Jag har några andra jobberbjudanden också. Kan jag åka hem och fundera på ditt erbjudande?" Sa jag och reste mig upp.

"Vänta, du kan inte åka ännu," utropade Martin och lyfte sin pistol.

"Martin, vi kommer inte att arbeta bra tillsammans om du insisterar på att pistolhota mig." Svarade jag.

Martin lade ner pistolen, suckade och talade: "Jag antar att du har rätt. Men kan du snälla berätta om dina bedrifter som agent? Det skulle inspirera mitt skrivande."

Jag nickade. Medan jag hellre skulle vara någon annanstans var det bra att ha någon som lyssnade på mig för en gångs skull. Martin startade en inspelningsenhet och jag berättade för honom om mina bedrifter som den Australiens främsta agent.

"OJ, JAG TRODDE INTE att jag skulle behöva återbetala den depositionen," sa båtvakten när jag lämnade tillbaka båten dagen därpå.

"Jag beklagar att jag gör dig besviken," svarade jag.

"Det är lugnt. Så är den galna vita mannen död?" Frågade båtvakten.

"Nej, han lever och har det bra. Han avväpnade mig och tvingade mig att berätta om alla mina uppdrag. Han kommer att skriva fiktionshistorier som hånar mig," svarade jag och suckade.

"Oj, du är en väldigt lyckosam man. Njut av din semester i Kiribati." Svarade båtvakten.

Jag lämnade kajen och reflekterade över mitt liv. Medan jag hade turen att leva, efter att ha överlevt oöverstigliga odds vid flera tillfällen, var jag samtidigt ensam, arbetslös och hjärtekrossad efter mitt uppbrott med Eileen Lu. Till råga på allt så skulle en galning skriva fiktion som hånade mitt liv. Kunde saker och ting bli värre?

Jakten efter piratskatten.

Jag log när jag studerade min rynkiga kropp i spegeln. Idag var min födelsedag enligt mitt falska pass, och jag hade fyllt 82. Jag var nöjd med min livslängd, och jag var redo att checka ut för gott, efter att ha tillbringat de senaste 27 åren med Eileen här jag på Bahamas. Vad vi en gång förlorade på grund av ungdomens galenskap, återfann vi när vi stoppade Pierre Beaumonts hantlangare Jesus Ortega från att starta ett inbördeskrig i Mexiko.

Efter händelserna i Mexiko hade vi fått nya identiteter och nya utseenden. Det var en kompromiss som vi var tvungna att göra med en agent från det kinesiska kolumnistpartiet för att undvika att bli dödade. Li Jing, som var dottern till tyrannen Jing Xi, hade lovat att döda oss för att hämnas sin fader, men samtidigt var hon var glad att vi gjorde det. Således erbjöd hon oss plastikkirurgi och nya identiteter. I den officiella berättelsen dog Jared Pond och Eileen Lu som hjältar när de stoppade Jesus Ortega i det mexikanska inbördeskriget.

Våra nya namn var Jakob och Ellie Bond, och ingen kände till våra förflutna. På ett sätt var det synd. Vi hade räddat världen vid flera tillfällen, men vi kunde inte berätta för någon om det. Men å andra sidan, hade mitt ego förstört mitt första äktenskap med Eileen, så åtminstone höll min tvångssekretess mig jordad och lycklig.

Jag tittade på Eileen när hon sov i vår säng. Hon var lika vacker som någonsin, och det var synd att hon inte längre var lika äventyrslysten som jag. För att öka mitt adrenalin, bestämde jag mig för att åka vattenskoter. Om ångorna från motorn inte hade dödat mig vid 82 års ålder, kunde de inte skada mig längre.

"Hej älskling, jag åker en sväng på vattenskotern." Kvittrade jag.

"Okej, ha det så kul," mumlade Eileen.

Jag satte mig på min vattenskoter, och jag åkte till en närliggande strand. När jag körde förbi några fräscha brudar kände jag att det ryckte till i

Pondtåget. Vilken välsignelse att ha kvar min virilitet vid en så hög ålder. Jag stannade vid Pepes Bar, som var min favoritbar. Min hustru var långt borta, och det var dags för några kalla öl som min flytande frukost.

EFTER ATT HA DRUCKIT några öl, såg jag några skumma karaktärer. Kunde de vara pirater? Jag visste att om de var pirater skulle det vara farligt att korsa dem. Med vid min ålder, fanns det ingen anledning att frukta döden. Om min död inte kom idag, skulle den komma från en snuva om några år. Av dessa alternativ, var det bättre att dö från ett piratmöte. Jag lade en RA-KI-avlyssnare i örat så att jag kunde lyssna på piraternas samtal utan att dra till mig uppmärksamhet.

"Hej Pedro, har du hört något om skattgömman ikväll." Sa en sydamerikansk man.

"Ja, Juan. Vi kommer att gömma 20 miljoner dollar i guldmynt på Caracca Island," svarade Pedro.

"Vilka andra vet om det här?" Frågade Juan.

"Bara den vanliga besättningen. Det är legitimt." Svarade Pedro.

"Vi måste gå. Jag tror att någon lyssnar," svarade Juan och reste sig upp.

Utan att säga ett ord, ställde sig Pedro upp och gick i motsatt riktning.

Jag funderade på att följa efter någon av sydamerikanerna, men jag bestämde mig för att stanna kvar. Om de misstänkte att någon tjuvlyssnade, skulle jag vara en idiot om jag bestämde mig för att förfölja dem. Dessutom visste jag vart de var på väg, Caracca Island, och jag skulle åka dit ikväll.

Innan jag lämnade baren beställde jag mintte för att dölja min öl-stinkande andedräkt, och sedan körde jag hem med min vattenskoter.

"JARED, OM DU INTE VORE så gammal så skulle jag säga att ölfrukostar är dåliga för dig!"

Eileen verkade inte glad när jag kom hem. Det verkade som att mintteet misslyckades med att täcka lukten av min ölfrukost.

"Var inte upprörd. Jag drack bara flytande bröd. Dessutom är jag uppe med tuppen medan du sover halva dagen." Retade Jag.

"Jag antar att du har rätt. Hände något spännande på Pepes Pub idag?" Frågade Eileen.

Jag tvekade. Jag ville berätta om piratskatten som skulle vara på Caracca Island ikväll. Men jag visste att hon skulle försöka stoppa mig om jag berättade för henne. Ett tufft beslut.

"Varför ler du så fräckt? Såg du några heta kvinnor på stranden?" Sa Eileen och log.

Jag visste att denna fråga var baslinjen för Eileens medfödda lögndetektor, så jag bestämde mig för att vara ärlig. "Ja, en hel del faktiskt, men ingen av dom hade din charm," sa jag och log.

"Wow, du har fortfarande din charm. Är Pondtåget redo för avgång?" Förförde Eileen.

"Tut, tut," svarade jag och blinkade.

Medan vi sysselsatte oss med en runda kopulation reflekterade jag över vilken underbar dag det var. Dagen innehöll vackert väder, vackra babes, en flytande frukost, sex med Eileen och en hemlig piratskatt. Om jag dog idag skulle jag dö lycklig.

SOLEN VAR PÅ VÄG NER när jag vaknade från en tupplur. 'Jösses, varför sov jag hela dagen', tänkte jag och jag skyndade mig att förbereda min dykutrustning. Jag var på väg att ta mina saker till min jolle när en tanke slog mig. Var befann sig Eileen? Jag hade kämpat för att komma på en bra förklaring till varför jag ville dyka nattetid, men om hon inte var hemma skulle jag inte behöva ljuga.

Jag skrev en lapp till Eileen och fäste den på dörrhandtaget. "Jag kör nattdykning vid Caracca Island. Med lite tur kommer jag tillbaka med en piratskatt."

'Hmm, med lite otur, kommer jag inte hem alls", tänkte jag, och konstaterade att det skulle vara ett godtagbart resultat. Jag vet att det är en kliché att sluta när man är på topp, men att vara 82 år gammal och toppa i livet skulle vara ett fantastiskt slut.

Efter att ha skrivit lappen tog jag min dykutrustning och styrde min lilla båt i riktning mot Caracca Island för att vänta på att piraterna skulle gömma sin skatt.

DET VAR EN STJÄRNKLAR natt och fullmånen lös med ett svagt vitt ljus. Jag darrade. Trots att temperaturen var över 20 grader så rös jag. Jag insåg att detta var känslan av fara, som nu när jag mötte den under mina skymningsår inte var så angenäm.

'Jag vill inte dö ikväll, jag vill inte längre dö medan jag är på topp', tänkte jag och jag insåg att jag var som alla andra. Så häftigt som det lät att dö på toppen av ens liv, så skulle jag hellre nå botten först.

Jag var på väg att lämna ön när jag hörde röster. Jag gömde mig bakom en buske och såg hur två pirater grävde en grop. En skattkista låg bredvid dem. På ett sätt var det surrealistiskt att detta ägde rum. Året var 2067, och idén att gräva ner guld i en skattkista var ytterst anakronistisk.

Efter att ha grävt ett tag sänkte piraterna ner kistan, täckte hålet och lämnade gläntan. Jag upplevde blandade känslor. Jag ville återvända till mitt mysiga hus och lösa korsord med Eileen, men jag ville också ta reda på vad piraterna gömde i skattkistan.

Till slut tog min nyfikenhet överhand, och jag började gräva med händerna. Efter en stor ansträngning nådde jag skatten. Men hur skulle jag få upp kistan? Den hade sett tung ut när piraterna hissade ned den i hålet. Jag grep tag i lådan, och till min förvåning var den inte särskilt tung. Var jag starkare än jag trodde?

När jag öppnade kistan, stirrade jag förundrat. Skattkistan var full av guldmynt. Jag hade hittat en riktig piratskatt! Jag plockade upp ett av mynten och det var mycket lättare än jag hade trott. Jag vände på myntet, och jag såg en text i nedre hörnet av myntet, 'Detta rekvisitamynt tillhör Piratäventyr AB.'

"Grattis på födelsedagen, Jakob!"

Jag vände mig om och jag såg Eileen, piraterna och ett gäng av våra vänner le mot mig. Jag insåg två saker. 1: Att jag borde ha kommit ihåg att detta var min falska födelsedag, och 2: att jag aldrig skulle kunna arbeta som hemlig agent igen. Om jag föll för detta upptåg och inte märkte de många människorna som följde mig, skulle jag inte klara en dag i den tuffa spionvärlden.

Sett från den ljusa sidan så skulle jag fira min falska födelsedag det med mina vänner och mitt livs kärlek.

Slut

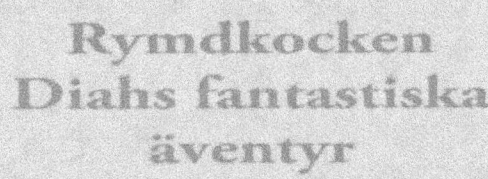

Rymdkocken
Diahs fantastiska
äventyr

Med hjälp av en bärbar maskhålgenerator reser Diah Lubis genom tid och rum
för att tillaga den läckraste måltiden som någonsin tillagats. Kommer Diah att
uppnå sina magiska drömmar?

Martin Lundqvist

Gyllenankmiddagen.

Den malaysiska kocken Diah Lubis tittade på sin senaste skapelse, Bebek Emas, även känd som gyllene anka. Det var en utmanande maträtt att laga eftersom ingredienserna var dyra och svåra att få tag på. Men bara det bästa var tillräckligt bra för att tjäna prinsen och prinsessan i kungafamiljen Ramahandran. Ankans guldplätering var billig och riklig, men var skulle hon hitta en levande anka medan hon var på rymdkolonin på Europamånen som kretsade kring Jupiter?

Diah suckade. Medan hon kunde be portalmästaren att transportera henne tillbaka till jorden, så skulle han inte gå med på att öppna ett maskhål så att hon kunde imponera på kungafamiljen med sin kulinariska expertis. Men tänk om hon kunde förgifta befälhavaren för basen så att de var tvungna att öppna en portal för att få tag på motgiftet? Amiral Nik Teugus liv skulle vara tillräckligt viktigt för att öppna maskhålet. När portalen var öppen kunde hon smyga igenom den och hitta en lämplig anka innan de stängde portalen igen.

Diah tittade på ett äpple. Om hon lämnade det utanför strålskölden skulle Jupiter bestråla den med kol-14 på grund av Europa-månens närhet till planeten. När hon väl hade fått det radioaktiva äpplet kunde hon ge det till Nik och förgifta honom och orsaka behovet av att hämta ett motgift från jorden. Detta skulle vara hennes chans att åka till jorden och hämta ankan som skulle göra henne till galaxens mest kända kock.

Diah bestämde sig för att följa sin plan. Ingen hade någonsin lagat en gyllene ankmiddag på Europamånen, och det var värt risken. Hon tog på sig en rymddräkt, gick ut och lade äpplet i en del av basen som inte var skyddad mot Jupiters strålning. När äpplet bestrålades med kol-14 blev det ljusrött. Detta fick äpplet att se väldigt tilltalande ut, men Diah visste den mörka hemligheten; att äpplet var dödligt att inta. Hon tog upp äpplet och gick tillbaka till rymdstationen för nästa steg av hennes plan.

DIAH VAR OROLIG NÄR hon bar äpplet på en bricka till amiral Nik Teugus kontor. Hon tyckte inte om att bära ett radioaktivt äpple utan att ha på sig skyddsutrustning. Men det skulle komma frågor om hon steg in på amiralens kontor iklädd skyddsdräkt, och amiralen skulle inte äta äpplet i det scenariot. Diah påminde sig själv om att det kol-14-inducerade äpplet var en Beta-utstrålare och inte radioaktivt nog för att skada henne om hon inte åt av det.

Hon närmade sig amiralen och talade: "Amiral Nik Teugu. Jag tog med dig ett speciellt äpple. Det är en maträtt från min hemstad. "

"Det låter intressant. Varför är det så ljust och rött? Jag har aldrig sett ett äpple skimra så här förut. Vad gott det ser ut!" Svarade Nik.

"Det är mitt hemliga recept. Snälla ta en tugga, jag vill veta om det är tillräckligt bra för kungafamiljen. Bortsett från vår kungliga familj, så kommer du från den ädlaste familjen i Malaysia." Lismade Diah.

Nik log, tog en tugga av äpplet och svarade: "Tack så mycket, fröken Lubis. Detta äpple är verkligen utsökt. Jag är säker på att kungafamiljen kommer att uppskatta dess arom."

"Tack, amiral. Jag måste återvända till köket nu. Jag är glad att du gillade mitt äpple." Svarade Diah och lämnade kontoret.

Diah log när hon lämnade Niks rum. Hennes plan började genomföras. Om några timmar skulle soldaterna behöva öppna maskhålet till jorden för att hämta motgift mot amiralens plötsliga sjukdom.

* BEEP, BEEP, BEEP *

Diah vaknade när hon hörde alarmet gå för att varna för det förestående öppnandet av en portal. Hon stirrade misstroget på sina kastruller och köksredskap.

Hennes kollega Aisha sprang fram till henne och utropade: "Diah. De öppnar portalen. Detta var inte planerat. Något dåligt måste ha hänt. Vi måste evakuera. "

Diah nickade och svarade: "Du kan gå först, jag måste säkra köket innan jag går."

Aisha gav henne en konstig blick när Diah gick mot portalen, men hon vågade inte ingripa. Istället sprang Aisha tillbaka till skyddsrummet och lämnade Diah att gå som hon ville.

När Diah nådde portalrummet gömde hon sig bakom en låda medan några soldater iklädda skyddskläder rusade in i portalen. Diah tvekade. Hon hade aldrig rest via en portal förut, den enda rymdresan hon någonsin hade gjort var när hon började sin anställning på denna rymdkoloni. Vid den tiden hade hon rest med en rymdfärja, vilket var det säkra och långsamma sättet att nå sin destination.

Diah tryckte bort sin tveksamhet. Hon hade utmanat ödet, och det enda sättet för henne att undvika att bli fängslad för att ha förgiftat amiral Nik Teugu var att få en kunglig benådning. Det enda sättet att bli förlåten var att tillaga den bästa gyllene ankmaträtten någonsin!

När Diah var redo att hoppa in i portalen såg hon en märklig pistol med en skylt som sa "DKP-19 pistol. Detta är ett prototypvapen; hantera med försiktighet."

Hon tog upp pistolen och hoppade in i portalen. Portalens vita ljus bländade henne och hon svävade viktlöst i rymden tills hon kraschade på marken och slogs ut.

NÄR DIAH ÖPPNADE ÖGONEN såg hon något mycket märkligt. Fjärilar med skrivna texter på vingarna. En av dem landade på hennes finger och hon läste texten. "Idag är den första dagen i resten av ditt liv."

Diah hade inte tid att reflektera över texten på fjärilen. En antropomorf anka med en peruk närmade sig henne och kvackade: "Hej människa, du är inte avsedd att vara här. Varför kom du till vår planet?"

Diah reflekterade över sitt svar. Hon hade tänkt att resa till jorden för att hitta en stor anka så att hon kunde servera den som middag till kungafamiljen. Hon hade aldrig tänkt att landa i en surrealistisk fantasivärld. Hon kände sig dock säker på en sak: att avslöja sitt verkliga syfte skulle inte vara populärt hos den pratande ankan av mänsklig storlek.

"Jag tänkte åka tillbaka till jorden och besöka min sjuka mamma, men portalen tog mig till fel plats," sa Diah.

"Den där jävla fen. Varför fortsätter hon att göra mitt liv eländigt? " Utropade ankan.

"Fe?" Frågade Diah.

"Ja, fen som skickade dig. Eller är du en illegal invandrare? " Frågade ankan.

Diah svarade inte på andens fråga eftersom hon inte var säker på vilket alternativ som var att föredra. Ankan reflekterade inte över Diahs tystnad och talade igen. "Jag heter Trumpy den trumpna ankan och jag är president för Surrealia. Jag är den största anka som Surrealia någonsin har sett, och min mur, som förresten är så bra, håller alla oönskade ute. Om du följer mig visar jag dig den."

Diah nickade men sa inget. Trumpy den trumpna ankan blev inte avskräckt av detta, så han bjöd in henne till sin golfbil för att visa henne sina domäner. Efter att ha skrutit om sin förträfflighet i 20 minuter nådde Trumpy och Diah Trumpys stora mur, som hade kollapsat.

Murens kollaps gjorde Trumpy väldigt arg och hade en lång monolog. "Detta här var droppen. Jag måste straffa Morgor den röda draken för vad han gjort. Denna stora mur, byggd av mina fina arbetare, har ännu en gång förstörts av hans ruttna andedräkt. "

"Är du säker på att du vill slåss mot en drake?" Frågade Diah.

"Jag är Trumpy the trumpna ankan. Jag är miljardär och mästare på affärer. Jag ger honom ett erbjudande som han inte kan avvisa." Skröt Trumpy.

Diah funderade på att invända, men sedan hade hon en uppenbarelse och tänkte på hur Trumpy skulle bli den bästa gyllene ankmatsrätten hon någonsin hade serverat till den malaysiska kungafamiljen. Allt hon behövde göra var att uppmuntra den narcissistiska ankan att konfrontera draken medan hon gömde sig. "Bra idé, Trumpy. Att konfrontera Morgor är det största mod som jag någonsin har sett hos en anka. Du kan rädda oss alla." Sa Diah entusiastiskt.

Trumpy närmade sig Morgor den röda draken och skröt om sin förträfflighet. Som väntat var detta tillvägagångssätt oklokt, och ögonblick senare hade Morgors andedräkt grillat Trumpy till perfekt krispighet. Mmm, så läckert!

Diahs tillfredsställelse var kortvarig när Morgor talade: "Jag är Morgor, den röda draken. Varför har du kommit in i mina domäner, din skamliga människa? "

"Jag tog med dig den här dumma ankan så att du kunde grilla honom åt mig. Vad sägs om att vi delar hans kött? " Svarade Diah.

"Vad sägs om att jag grillar dig också och sedan äter er båda?" Hånade Morgor.

"Nej, håll dig borta! Jag är beväpnad och farlig. " Sa Diah och drog fram sin pistol.

När han såg Diahs lilla pistol bröt Morgor ut i skratt. "Muahaha. Hotar du mig, en 30 meter lång drake, med den där ynkliga pistolen?"

Diah kände sig dum när hon hörde Morgors hån, men det var för sent att dra sig tillbaka. "Det är nu eller aldrig!" Tänkte hon och tryckte på avtryckaren på pistolen.

* Kaboom!!!*

Rekylen från den lilla pistolen skickade Diah bakåt och vred hennes axel ur led. Hon kände sig yr och kunde inte röra sig. Var det här slutet för henne? Hon blundade och föreställde sig den fruktansvärda smärtan från att bli bränd levande av Morgor.

Detta skedde inte. Istället kände hon en kittlande känsla och hon hörde en fes mjuka röst. "Vakna, Diah. Du har räddat Surrealia, vårt gudomliga rike i Fantasivärlden."

Diah öppnade ögonen och såg en gammal moderlig fe. Hade hon dött och kommit till himlen? "Vad hände?" mumlade Diah.

"Du har räddat Surrealia. Du dödade Morgor med ditt muskedunder, men innan han dog dödade han Trumpy den trumpna ankan. Detta kommer att bli en guldålder för vårt rike. Inga fler murar och inga fler mordiska drakar." Sade fen.

"Umm, det är fantastiskt," mumlade Diah.

"Det är det. Jag heter Finkerbelle Moderfen. Vad heter du, människa?" Frågade Finkerbelle.

"Jag heter Diah Lubis, den malaysiska kocken från Jupiters Europamåne," svarade Diah.

"Bra. Jag kommer att läka dina sår. Finns det något annat jag kan hjälpa dig med? " Frågade Finkerbelle.

"Jag måste åka hem och jag skulle gärna vilja servera Trumpy Anka som en kunglig middag för prins Firalus och prinsessan Irulan Ramahandran. Bara det bästa är tillräckligt bra för hans och hennes kungliga höghet." Svarade Diah.

"Din önskan är min lag," sa Finkerbelle och kastade en förtrollning som transporterade Diah genom tid och rum, tillbaka till hennes ödmjuka och söta kanelbulleluktande kök.

"SKYNDA DIG, DIAH. PRINS och prinsessa Ramahandran väntar på sin middag. Servera dem den stekte gyllene ankan." Sa en man.

Diah öppnade ögonen och hon insåg att hon var tillbaka i sitt kök. Framför henne låg en tallrik med en enorm och utsökt guldtäckt rostad anka med smaskiga persikor och valnötter. Hur hade detta hänt på ett ögonblick?

"Åh, ankan är redo," sa Diah och försökte låta som om hon inte blev förvånad.

"Så vad väntar du på? Ta ankan till den kungliga matsalen och servera den till våra kungliga högheter." Uppmanade mannen.

Diah nickade och hon bar den tunga brickan till matsalen. Hon ställde tallriken på det majestätiska bordet och var på väg att gå iväg när prinsessan närmade sig henne och talade:

"Diah, snälla sätt dig."

Diah kände sig förvirrad men hon såg inget annat alternativ än att göra som prinsessan befallde, så hon knäböjde lydigt mot monarken. Prinsessan Irulan talade. "Diah, jag vet hur mycket det betyder för dig att servera denna gyllene ankmiddag, men jag kan inte acceptera den."

"Är det något fel, ers höghet?" Frågade Diah.

"Ja. Du förgiftade amiral Nik Teugu med ett radioaktivt äpple. Under sådana omständigheter skulle det inte vara klokt av mig att äta mat som du tillagar." Svarade prinsessan Irulan.

Diah tittade räddhågset på prinsessan. Om prinsessan visste om hur hon förgiftade Nik Teugu, skulle hon avrättas för förräderi. Men varför var hon inte redan inlåst och varför fanns där inga vakter?

"Jag förstår inte, min prinsessa. Vad vill du att jag ska göra?" Vädjade Diah.

"Jag vill att du ska äta den gyllene ankan som du förberedde åt mig. Jag kommer att förkunna att din maträtt var utsökt." Svarade prinsessan Irulan.

"Varför ber du mig göra det här?" Frågade Diah.

"Varför vill du veta? Vill du hellre avrättas för förräderi?" Tillrättavisade prinsessan Irulan.

"Nej! Förlåt mig, ers höghet." vädjade Diah.

"Oroa dig inte, Diah. Du har faktiskt räddat det malaysiska riket. Efter att du förgiftade amiral Nik Teugu fick vi reda på att han konspirerade för att avsätta kungafamiljen. Dina handlingar räddade min familj. Du är en hjälte. Det är därför jag hjälper dig." Avslöjade prinsessan Irulan.

"Tack, prinsessan Irulan." Sa Diah.

"Njut av din gyllene ankmiddag. Du förtjänar det." Sa prinsessan Irulan vänligt och lämnade rummet.

Diah nickade och började äta det rostade gulddoppade köttet av Trumpy den trumpna ankan. När hon avnjöt hans feta kött drog hon slutsatsen att Trumpy Anka verkligen var den största ankan någonsin. Han var åtminstone den bästa smakande ankan hon någonsin hade ätit.

Frukten av ditt eget hårda arbete är verkligen den sötaste!

Jakten på den perfekta korven.

Diah Lubis hade en långtråkig dag i köket i den malaysiska rymdkolonin, på Europa-månen som kretsar kring Jupiter. Efter att ha misslyckats med att övertyga prinsessan Irulan att smaka på hennes Gyllene ankmiddag hade Diahs längtan efter kulinarisk perfektion vacklat. Diah visste att hon borde vara tacksam för att hennes liv blev skonat. I hennes önskan att laga den perfekta Gyllene Ankmiddagen hade hon gett ett giftigt radioaktivt äpple till sin befälhavare Nik Teugu. Det var ren tur att prinsessan Irulan fick reda på Nik Teugus förrädiska planer, annars kunde Diah ha blivit avrättad för sitt upptåg.

"Diah Lubis. Jag behöver dig. Jag vill att du lagar den bästa Biala Kielbasa som någonsin har förberetts vid denna rymdstation. "

Diah vände sig till källan till den auktoritativa rösten och böjde sig frenetiskt mot prinsessan Irulan. Varför hade härskaren över det malaysiska imperiet tagit sig till Diahs kök?

Diah knäböjde för prinsessan Irulan och stod i tystnad. Inte av respekt, men av rädsla för att avslöja sin kulinariska okunnighet. Hon hade ingen aning om vad Biala Kielbasa var.

"Oroa dig inte för kungligt protokoll, Diah. Du räddade mitt liv och detta är inte ett officiellt möte. Vi kan prata som vänner. " Sa prinsessan Irulan.

Diah tvekade. Skulle hon vara ärlig och erkänna att hon inte hade någon aning om vilken typ av maträtt som prinsessan hade bett henne att tillaga?

"Jag är ledsen, ers höghet. Jag vet inte vad Biala Kielbasa är?" Erkände Diah skamset.

"Åh, så är det därför du plötsligt är så tyst. Du borde ha frågat mig, för då du skulle ha sparat mig tid. Jag är härskare för malaysiska imperiet trots allt." Svarade Prinsessan Irulan strängt.

"Jag är ledsen, min prinsessa," Ursäktade Diah.

"Oroa dig inte för det. Biala Kielbasa är en typ av polsk korv. Jag talade om din utmärkta kulinariska expertis när jag träffade den polska presidenten tidigare idag. Jag hävdade att du kan laga bättre polska korv än hans kockar kunde. Jag äter middag med honom ikväll. Gör mig stolt, Diah min lilla älskling."

"Jag ska göra mitt bästa, prinsessan Irulan," svarade Diah.

"Jag vet att du kommer att göra det. Här är ett kungligt brev som ger dig rätt att använda maskhålgeneratorn för att leta efter ingredienser. Även om jag älskar din entusiasm så kan du inte förgifta den nuvarande befälhavaren för basen. Det är en arbetshälso- och säkerhetsfråga." Sa prinsessan Irulan, gav Diah ett kungligt dekret, och lämnade köket.

Diah stirrade tomt på prinsessan Irulan när hon gick. Vilken möjlighet som låg framför henne. Hon kunde äntligen få sitt erkännande som den ultimata rymdkocken. Det var bara ett litet problem. Hur skulle hon lära sig och behärska en helt ny maträtt på bara några timmar?

DIAH FUNDERADE PÅ SINA alternativ när en bra idé plötsligt slog till. Hon kunde lära sig skapandet av Kielbasa korv, genom att resa tillbaka i tiden och träffa korvens uppfinnare! Om hon reste tillbaka i tiden skulle hon ha gott om tid att lära sig och hon kunde återvända till nuet med tillräckligt med kunskap för att laga den perfekta korven!

Diah gjorde en del efterforskningar på nätet, och hon fick reda på att kocken Sigismund hade uppfunnit Kielbasa korven på 1300-talet, cirka 800 år tidigare. Om hon kunde övertyga Sigismund att lära henne receptet, skulle hon kunna laga den perfekta Biala Kielbasa. Ja!

Diah var orolig för att kocken Sigismund skulle vägra att lära henne tekniken att laga den perfekta korven. Hon insåg att hon kunde köpa hans expertis med ett sällsynt föremål. Guld var sällsynt på 1300-talet, så att ge honom receptet till gyllene anka skulle inte vara ett populärt alternativ. Det fanns dock ett objekt som skulle vara mycket populärt. Malaysiska forskare hade utvecklat en typ av chili som kunde bota smittkoppor. Även om detta var en värdelös uppfinning under 2100-talet när ingen hade smittkoppor, skulle det vara en mycket populär uppfinning på 1300-talet när sjukdomen dödade människor till höger och vänster.

Efter att ha beslutat om sitt byteshandelsobjekt tog Diah en chiliplanta från köket och gick till portalen för sin första tidsresa.

* SNIFF!! SNIFF!! URK!!!

Diah anlände i Warszawa år 1392, och hon inte gillade stanken. På 1300-talet hade människor inte uppfunnit korrekt VVS, och hela staden luktade av avloppsvatten. Hur skulle hon hitta tekniken för att tillverka den bästa Kielbasa-korven under denna barbariska tid?

En stadsvakt närmade sig Diah och talade. "Kim jesteś? Skąd się tu wziąłeś? Czy jesteś czarownicą? " (Vem är du? Var kom du ifrån? Är du en häxa?)

Vaktens tal förvirrade Diah. Varför översatta inte det universella översättarimplantatet i hennes huvud vaktens nonsens till svenska?

Diah svarade. "Nama saya Diah Lubis. Saya di sini bertemu dengan Chef Sigismund. Saya ingin belajar membuat sosis Kielbasa. " (Jag heter Diah Lubis. Jag är här för att träffa kocken Sigismund. Jag vill lära mig att göra Kielbasa korv.)

Ett meddelande dök upp på Diahs universella översättare. '1300-tals polska stöds inte av denna prenumeration. Logga in på vår webbplats och uppgradera din prenumeration. '

"Jäklar, varför har jag ingen internetanslutning när jag behöver det?" Mumlade Diah när vakten drog sitt svärd.

Diah insåg att det var fruktlöst att argumentera med vakten på malajiska, eftersom översättaren inte fungerade, så hon öppnade ett maskhål och återvände till framtiden. Ziiing!

EN HALVTIMME SENARE var Diah återigen i den illaluktande staden Warszawa från 1392. Det hade tagit evighet att uppdatera sin universella översättare med 1300-tals polska, och det hade kostat en vacker slant. Men det skulle vara värt det. Hon kunde fortfarande rädda dagen genom att servera prinsessan Irulan den bästa Kielbasa-korven som någon någonsin hade serverat på Europamånen.

Samma vakt närmade sig Diah igen. "Vem är du? Var kommer du ifrån? Är du en häxa?"

Diah log när hon insåg att hennes programuppdatering hade fungerat och hon svarade. "Jag heter Diah Lubis. Jag är här för att träffa kock Sigismund. Jag vill lära mig att göra Kielbasa-korv."

Vakten tittade snabbt på henne och svarade. "Okej. Kocken Sigismund bor i tredje huset till vänster. Gå vidare, medborgare. "-

'Jösses, det var nära.' Tänkte Diah och hon gick till kock Sigismunds hus och bankade på dörren. En stark lukt av korv och vitlök nådde hennes näsborrar, och en robust man tittade strängt på henne.

"Hej, främling. Var kommer du ifrån och vad vill du!" Sade kock Sigismund med en irriterad röst.

"Jag heter Diah Lubis, och jag kom från den malaysiska kolonin på Europa-månen. Jag vill lära mig att göra Kielbasa-korv." Svarade Diah.

"Sluta prata nonsens. Jag delar inte mitt hemliga recept med en utlänning." Hånade Sigismund.

"Okej, vad sägs om byteshandel, från en kock till en annan. Jag är villig att byta ditt hemliga recept med denna magiska chiliplanta som botar smittkoppor. Är det okej med dig." Föreslog Diah.

"Det låter som en toppenaffär! Kuren mot smittkoppor kommer att göra mig rikare och mer känd än denna korv någonsin skulle kunna göra mig. Följ mig." Svarade Sigismund.

Diah följde Sigismund till hans kök och de tillbringade de följande 100 timmarna med finslipa Diahs korvtillverkningsteknik.

När Diah var övertygad om att hon kunde göra en fantastisk Kielbasakorv öppnade hon ett maskhål för att resa tillbaka till år 2192. Ziiing !!

"DIAH, DU HAR ÄNDRAT historien och stoppat dig själv från att födas. Tur att jag hittade dig." När Diah öppnade ögonen var hon i Surrealia. I Ion lyssnade på Finkerbelle moderfen, som hon hade träffat efter att ha besegrat Morgor den röda draken under ett tidigare äventyr.

" Uh... vad har hänt?" Mumlade Diah och kände sig förvirrad att hon ännu en gång hade kommit till Surrealia istället för Europamånen.

"Du förändrade mänsklighetens öde genom att ändra det förflutna, så tidens bana har förändrats," avslöjade Finkerbelle.

"Va? Jag förstår inte," svarade Diah förvirrat.

"När du gav Sigismund den smittkoppsbotande chiliplantan, så ändrade du allt som händer efteråt. När polska människor slutade dö av smittkoppor blev Polen den mäktigaste nationen i Europa. De reste till Amerika och allierade sig med aztekerna, som skulle ha utrotats på grund av smittkoppor. Den aztek-polska alliansen var ostoppbar och de erövrade världen, så ditt malaysiska imperium har aldrig funnits." Avslöjade Finkerbelle.

"Uhm, jag förstår fortfarande inte riktigt vad jag har gjort?" Frågade Diah och kände sig förvirrad.

"I framtiden som du skapade kom varken du eller prinsessan Irulan att existera," svarade Finkerbelle.

"Å nej! Det är dåligt! Så hur stoppar jag det?" Frågade Diah frenetiskt.

"Du måste resa tillbaka till 1392 igen, och stjäla chilifröerna från Sigismund innan han kan odla dem och göra Polen till en mäktig nation," svarade Finkerbelle.

"Säg inget mer, Diah Lubis kommer att rädda världen från sina egna misstag!" Sa Diah, öppnade ett maskhål och reste tillbaka till Warszawa igen för den tredje gången.

"JAG ÄR LEDSEN, SIGISMUND. Men jag behöver ta tillbaka den magiska chiliplantan."

Sigismund stirrade förvirrat på Diah och svarade. "Men varför, Diah? Jag har odlat dessa chilis i ett år och de är jättebra! Jag räddade just min första smittkoppspatient."

Diah svor för sig själv. Varför hade den dumma fen skickat tillbaka henne efter att Sigismund hade planterat det lilla chiliträdet? Vad skulle hända om chilifröerna redan hade spridit sig över hela Polen? Vad skulle då hända med framtiden, det malaysiska imperiet och Diah själv?

"Jag är ledsen, Sigismund. Men världen är inte redo för dig att bota och eliminera smittkoppor." Sade Diah.

"Hur kan du säga så? Om jag börjar ge sjuka chili kan jag rädda tusentals liv." Invände Sigismund.

"Du skulle rädda miljontals liv, men ännu fler människor kommer att dö, om aztekerna får tag på chilin och erövrar världen," förklarade Diah.

"Aztekerna?" Frågade Sigismund.

"Aztekerna är en krigisk ras som gillar att skära ut människors slående hjärtan att blidka sina gudar, och de kommer att slå sig ihop med den polska monarkin för att erövra världen efter att de fått chiliplantan." Förklarade Diah.

"Jag förstår. Jag är ledsen att du berättar detta för mig. Men jag antar att jag borde lita på dig. Du kommer trots allt från framtiden. Åtminstone en bra sak kom ur detta. Mitt livs kärlek överlevde sin smittkoppsinfektion. Vänligen träffa min fru Kasia och vår dotter Anna." Sade Sigismund.

Diah tittade på kvinnan och barnet och fick en insikt. Det var nästan middagstid på Europamånen år 2192 och hon var tvungen att skynda sig för att få maträtten klar i tid. "Jag beklagar, Sigismund. Jag måste åka. Men all lycka till dig, Kasia och Anna." Sa Diah och öppnade maskhålet som tog henne tillbaka till hennes lilla söta kök.

"WOW. JAG GJORDE DET!" Utropade Diah för sig själv när hon pläterade Kielbasa korvar som hon hade lovat att servera prinsessan Irulan till middag. Korvarna luktade och smakade utsökt, och de hade den perfekta balansen mellan kryddad köttfärs, salt och vitlökssmak. Det var en maträtt som var värdig kungligheter.

Diah gick in i matsalen och placerade den läckra tallriken med polsk korv, skivade päron och blåmögelost framför prinsessan Irulan och den polska presidenten. Prinsessan Irulan gav henne en förvirrad blick och utbrast. "Diah Lubis. Varför serverar du oss polska korvar när jag sa till dig att laga din berömda gyllene ank-maträtt? Du måste sluta dagdrömma på jobbet!"

Diah kände sig väldigt förvirrad och hon lämnade matsalen efter att ha bett om ursäkt till prinsessan. Medan hon hade räddat världen från polsk och aztekisk dominans, så hade hennes tidsresor orsakat åtminstone en förändring i tidslinjen. Prinsessan Irulan hade inte beställt den polska korven i den nya tidslinjen; hon hade beordrat Diah att tillaga gyllene anka istället.

Berättelsens moral är att inte fästa sig vid det förflutna, för du vet inte vad framtiden skulle innehålla om du ändrade det förflutna!

Slut.

Trollet och grottryfflarna.

Diah Lubis förberedde malaysiskt rostbiff till middag när prinsessan Irulan närmade sig henne i köket. De täta besöken av monarken förvirrade Diah; hade inte prinsessan ett imperium att sköta?

Prinsessan Irulan log och talade: "God dag, Diah. Hur går det med middagen?"

"Det går bra! Jag kan inte vänta med att servera den till dig och dina ärade besökare. " Svarade Diah glatt.

"Åh, jag glömde att säga något. Som det visar sig har den australiensiska kungafamiljen blivit veganer. Detta är besvärligt, men du kan inte servera kött till våra besökare. " Sa prinsessan Irulan.

"Det är inget problem. Jag har inget emot att laga veganska måltider. Har du någon speciell maträtt i åtanke?" Frågade Diah.

"Ja. Du behöver laga kanderade tryfflar till vår kungliga middag. De växer i våra guldgruvor här vid Europa-månen. De borde vara lätta att förvärva." Svarade prinsessan Irulan.

"Förstått. Jag ska prata med guldgruvledaren Alvin och se om han kan skaffa mig några tryfflar." Svarade Diah glatt.

"Bra. Jag tror på dig. Men servera inte fel mat, som du gjorde förra veckan när jag bad om gyllene anka och du serverade mig Kielbasa-korv. " Sa prinsessan Irulan, tittade hårt på Diah och lämnade köket.

Diah suckade. Förra veckan hade varit ett konstigt äventyr. Hon hade nästan förändrat mänsklighetens framtid när hon reste tillbaka i tiden för att hitta det perfekta Kielbasa-receptet. Hon hade fixat sina misstag, men i den nya tidslinjen som hennes tidsresa skapade hade prinsessan Irulan inte längre bett om korv.

Jaja. Det var meningslöst att grubbla på det förflutna, tänkte Diah. Hon klädde sig i sin rymddräkt så att hon kunde resa till guldgruvan och be förmannen Alvin Tanny om några utsökta tryfflar.

NÄR DIAH NÅDDE GRUVORNA såg hon en stor skylt som sa: 'Denna gruva är stängd på grund av säkerhetsproblem. Se Alvin Tanny för mer information. '

Diah såg förvirrat på skylten. Prinsessan Irulan hade inte nämnt att gruvorna var stängda. Hur skulle Diah få grottryfflarna om hon inte ens kunde komma in i gruvan?

Hon bankade på Alvins kontorsrumsdörr, och han kom ut medan han höll ett gevär. "Diah Lubis, vad gör du vid vår guldgruva?"

”God dag, Alvin. Prinsessan Irulan skickade mig.” Svarade Diah.

”Varför skickade hon dig? Vad kan du göra åt trollet som åt en av våra anställda igår?” Frågade Alvin irriterat.

”Jag dödade en drake för inte så länge sedan. Om jag hjälper dig att döda trollet, kan du lova att hjälpa mig att leta efter grottryfflar? Prinsessan vill servera den australiensiska kungafamiljen kanderade tryfflar ikväll, och tiden är avgörande.” Svarade Diah.

"Jag lovar. Om du dödar monstret skulle mina män och jag gärna hitta några tryfflar åt dig." Svarade Alvin.

"Då har vi en överenskommelse!" Sa Diah glatt, öppnade ett maskhål och återvände till basen för att plocka upp sin lilla men mycket kraftfulla DMP-AK19-pistol.

SNIFF!! SNIFF!! USCH!!

Diah märkte en otäck stank när hon kom in i guldgruvan medan hon letade efter grottrollet. Diah var van vid att stanker, men inget liknande. Ibland bröts isen på Europa-månen och släppte enorma gejsrar av metangas. När detta hände luktade basen som om någon hade släppt en brakfis. Lukten i tunneln var dock tio gånger värre än så. Diah fortsatte modigt. I slutet av tunneln såg hon källan till lukten, ett dreglande stort och tjockt grönt troll som slickade på en tryffel.

“Grawwl! Jag är Grashdung det gröna trollet. Har du kommit för att bli uppäten, veka människa? Jag måste varna dig, att äta människor orsakar mig svåra matsmältningsbesvär, vilket är orsaken till den fruktansvärda lukten här inne. ” Avslöjade Grashdung.

”Jag är den malaysiska kocken Diah Lubis, från rymdkolonin vid Europamånen. Jag har kommit för att döda dig, ondskefulla troll! ” Svarade Diah.

"Vänta? Varför har människorna skickat en liten kock istället för en armé för att bekämpa mig? Jag är lite förolämpad, för att vara ärlig. " Sa Grashdung medan han rapade ut illaluktande gaser.

"Jag kom för att hämta några grottryfflar. Jag fick i uppdrag att döda dig för att hjälpa min vän Alvin." Svarade Diah medan hon höll för näsan.

"Jaja. Lycka till med det!" Hånade Grashdung, skrattade och rapade igen.

Diah hörde detta och drog ut sin lilla DMP-AK19 pistol. När han såg pistolen bröt Grashdung ut i ett brusande skratt och sa. "Haha. Hotar du mig med en drakmördarpistol-AK19? De desperata människorna måste ha skickat sin värsta krigare för att bekämpa mig. "

Diah rodnade av ilska när trollet hånade henne. Hon hade dödat den röda draken Morgor med den här pistolen, trollet skulle ångra att hon underskattade henne. Hon riktade sin pistol mot trollet och avfyrade ett skott. Tyvärr skickade rekylen från pistolen henne bakåt in i en vägg och hon tuppade av.

"HELVETE. VARFÖR HAR jag inte en pistol som jag kan skjuta utan att slås ut?" Mumlade Diah ilsket för sig själv. Sedan insåg hon att hon var kock, inte en soldat. Den enda anledningen till att hon hade pistolen i första hand var att ingen annan ville ha den eftersom den var skräp.

Ett mer akut problem uppstod. DMP-AK19-pistolen hade inte dödat trollet. Istället levde trollet, och han bar en stor haklapp medan han slickade sina läppar i väntan på sin kommande måltid, Diah.

"Hej älskling. Hur vill du bli uppäten? Vill du bli Kokt, grillad eller äten rå?" Hånade Grashdung.

"Vänta. Varför dödade inte min pistol dig? " Frågade Diah.

"Varför skulle en drakemördare-AK19-pistol döda ett troll? DMP-AK19-pistolen fungerar mot en drake som andas eld. Pistolen antänder drakbränslet och orsakar en massiv explosion. Min kropp innehåller inget bränsle! Så din pinsamma pistol gjorde ingenting mot mig. Muahaha! " Ropade Grashdung.

Aj då, vilken situation hon nu befann sig i. Diah hade vridit axeln ur led, och ett människoätande troll var på väg att äta upp henne. Hur skulle hon komma ur det här levande? Diah bestämde sig för att smickra trollet i hopp om att hitta ett sätt att döda det. "Hej, Grashdung. Jag erkänner mitt nederlag och jag hoppas att jag kommer att bli en utsökt måltid. Jag har bara en fråga? Hur dödar man ett troll?"

Grashdung skrattade och svarade: "Haha, jag kan berätta, så att du kan reflektera över ditt misslyckande medan jag kokar dig i min gryta. Troll är känsliga för UV-strålning från solen. Det är därför jag bor i en grotta på Europamånen, långt ifrån solen och dess otäcka strålar."

"Så, en solbränna kan döda dig?" Frågade Diah.

"Ja, men jag kommer inte att bli solbränd i den här trevliga lilla grottan", grinade det gröna trollet Grashdung hotfullt.

Diah hade en idé. Om hon kunde teleportera sig själv och Grashdung till Saharaöknen på jorden, kunde hon besegra sin fiende. När det gröna trollet tog upp henne med svansen aktiverade hon maskhålsgeneratorn på handleden och teleporterade sig själv och trollet till öknen. Ziing !!!

DIAH INSÅG ATT HENNES plan fungerade när Grashdung, det gröna trollet, blev ljusrött, när de kraftiga strålarna från ökensolen mötte hans slemmiga hud. Grashdung ryste av smärta: "Aj! Jävla människa, jag hatar solen! Jag ska äta dig levande för detta! "

Tiden var avgörande, när Grashdung lyfte Diah i riktning mot munnen med sina mycket skarpa huggtänder. Hon behövde komma på något där och då.

"Ekvatorn på planeten Merkurius har den högsta UV-värdena i solsystemet. Teleportera dit." viskade Finkerbelle moderfen. Diah reflekterade inte över hur Finkerbelle kunde prata med henne i den verkliga världen. Istället aktiverade hon maskhålsgeneratorn som förde henne till Merkurius ekvators brännande värme.

DIAH KÄNDE SIG BÅDE lättad och upphetsad när hon och Grashdung anlände till planeten Merkurius. Planeten var definitionen av helvetet, och solljuset på Merkurius förvandlade Grashdung till sten, eftersom troll var överkänsliga för UV-strålning. En nackdel var att solljuset också brände Diahs hud, men det sårade henne inte lika snabbt.

'Maskhålgeneratorn laddar, försök igen om tio sekunder.' Läste Diah på skärmen på sin bärbara teleporteringsenhet. Hon kom ihåg råden om solskydd från rymdskolan. "Titta alltid bort från solen för att undvika att skada dina ögon," erinrade Diah. Hon vände sig bort från den heta solen medan hon hoppade upprepade gånger för att markens värme brände hennes fötter. Aj!

"Maskhålsgeneratorn fulladdad" dök upp på Diahs enhet och hon aktiverade maskhålstransportören som tog henne tillbaka till Europa-månen.

DIAH LÅG I ETT ISBAD och hoppades på att hennes fruktansvärda solbränna skulle avta. Hon hade varit i isbadet länge och hon hade misslyckats med sitt uppdrag att servera prinsessan Irulan och den australiensiska kungafamiljens grottryffel, eftersom hon var skadad efter att hon hade dödat trollet. Sett från den ljusa sidan så hade hon hjälpt gruvarbetarna att övervinna det fruktansvärda trollet som terroriserade dem. Bortom Diahs vetande så hade gruvarbetarna hållit sitt löfte och de hade levererat en stor mängd grottryfflar till det malaysiska kungliga palatset.

TRE DAGAR SENARE, KOM prinsessan Irulan till Diahs sjukhussovrum och talade: "Hälsningar, Diah. Tack för att du dödade trollet och räddade vår guldbrytning."

"Men jag misslyckades med uppdraget. Jag kunde inte servera dig eller de australiska monarkerna kanderade tryfflar." Svarade Diah och höll tillbaka sina tårar.

"Jo, men det var en lycklig tillfällighet. Vi tog emot tryfflarna från guldgruvearbetarna och kocken Jana serverade de kanderade tryfflarna i din frånvaro. Men mina gäster började spy av tryfflarna. Det visade sig att grottryfflarna hade absorberat de illaluktande gaserna från trollet. Jag var tvungen att sparka Jana för hans misstag, eftersom han inte borde ha serverat något sådant till utländska dignitärer." Avslöjade Prinsessan Irulan.

"Jag förstår. Tack för att du besökte mig på sjukhuset och jag ser fram emot att laga nya rätter åt dig så snart som jag har återhämtat mig!" Svarade Diah glatt.

"Det låter bra, Diah. För framtida referens, när du är i solen, kom ihåg att ha på dig en hatt, solkräm och solglasögon." Sa Prinsessan Irulan och lämnade sjukhusrummet.

Slut

Mötet med minotauren.

Diah Lubis hade en ledig dag och hon övade pistolskytte vid skjutbanan på Europamånen. Efter mötena med Morgor den röda draken och Grashdung det gröna trollet hade hon insett att hon behövde träna sin kroppsbyggnad och sitt pistolskytte. Att vara den kungliga kocken i det malaysiska rymdimperiet var ett farligt jobb, och för att överleva var hon tvungen att vara den bästa i världen på vad hon gjorde.

Diah stirrade i vördnad när prinsessan Irulan Ramahandran gick upp bredvid henne och började skjuta på målen. Till Diahs förskräckelse var prinsessan Irulan en bättre skytt än hon var.

Prinsessan lade ner sin pistol, tog av sig öronpropparna och talade: "Diah Lubis, jag har ett nytt jobb åt dig. Detta kommer att bli en utmanande. "

Diah tittade på prinsessan och svarade: "Jag lyssnar, prinsessan Irulan."

"Erik Buckerzerg, som är grundaren av Spacebook, kommer förbi på middag ikväll. Jag vill att du ska servera honom grillad minotaurfilé. " Sa prinsessan Irulan.

"Minotaurfilé?" Frågade Diah förvirrat.

"Ja. En minotaur är en mytologisk varelse som bodde på Kreta i det antika Grekland." Svarade prinsessan Irulan.

"Om jag får fråga; varför vill du servera minotaurfilé till Erik Buckerzerg?" Frågade Diah.

"Eftersom jag vill servera honom en unik maträtt. Han serverade mig det bästa Kobe-nötköttet i solsystemet när jag besökte honom. Jag vill höja insatserna en nivå. Det skulle vara en enorm prestige för det malaysiska imperiet att servera Minotaur-filé till våra gäster." Förklarade Prinsessan Irulan.

"Okej, ers höghet. Jag kommer att göra dig stolt." Sa Diah, bugade, och lämnade skjutbanan.

DIAH VAR BEKYMRAD ÖVER uppdraget hon hade framför sig. Var hon menad att resa tillbaka i tiden för att döda Kretas minotaur under antiken? Hon mindes de katastrofala effekterna som inträffade när hon gav den polska kocken Sigismund smittkoppsbotande chilifrön. I den tidslinjen hade aztekerna erövrat världen, och hon hade slutat existera. Vad skulle hände om dödandet av Minotauren orsakade ett liknande resultat?

Diah ville dock inte argumentera med sin monark, så hon behövde komma på ett sätt att döda minotauren utan att ändra historien. Hon studerade minotaurens historia och hon fick reda på att den atenska prinsen Theseus var den som dödade monstret. Enligt legenden hade Theseus lämnat minotaurens labyrint medan han bar med varelsens huvud. Men vad hände med resten av kroppen? Den kunde vara den perfekta middagen för prinsessan Irulan att imponera på Erik Buckerzerg.

Diah bestämde sig. Hon skulle resa tillbaka i tiden och göra en överenskommelse med Theseus. Hon skulle döda minotauren med sin pistol, och han fick berömmelse för att döda odjuret. Vilka negativa konsekvenser kunde någonsin uppstå av en sådan plan?

För att förbereda sig för sitt uppdrag uppdaterade Diah sin universella översättare med det antika atenska grekiska språkpaketet. Hon klädde sig i en toga, hölstrade sin pistol och packade några guldmynt. Efter det aktiverade hon sin bärbara maskhålgenerator för att resa tillbaka genom tid och rum.

NÄR DIAH LANDADE FRAMFÖR minotaurens labyrint blev hon dränkt av ett kraftigt regn. Datumet var 15 februari 812 före Kristus och hon hade landat i ett iskallt vinterregn. 'Brr. Jag borde ha packat en regnrock, tänkte Diah. Hennes kropp blev varm när hon såg en mycket stilig ung man med ett svärd i handen. 'Det måste vara Theseus!' Tänkte Diah och närmade sig mannen. "Hej, Theseus. Jag är Diah Lubis från det malaysiska imperiet. Har du också kommit för att döda minotauren?"

Mannen gav Diah en nyfiken blick och svarade. "Ja, jag är Theseus, Atens kronprins. Varför bär du en toga mitt i vintern, min vackra dam?"

Diah blev glad av att höra den stiliga mannens komplimang. Hon fick sällan komplimanger för sitt utseende och Theseus komplimang var höjdpunkten i hennes vecka.

Diah viftade bort det. Hon visste att dåliga saker kunde hända om hon ändrade historian. Såvitt hon visste innebar den ursprungliga tidslinjen aldrig en romans mellan en grekisk prins och en malaysisk kock.

"Den fruktansvärda minotauren slet itu mina andra kläder. Jag är så glad att du kom så att vi kan hantera odjuret tillsammans." Sa Diah.

"Var inte rädd, min dam, jag kommer att döda odjuret i ditt namn," svarade Theseus.

"Umm, jag tänkte att vi kunde vända rollerna, i jämställdhetens namn. Jag dödar odjuret så får du äran," Svarade Diah.

"Men hur ska du döda odjuret? Du flydde från det och du bär inte ens ett vapen?" Invände Theseus.

"Jag bär på det här muskedundret," sa Diah och sköt på ett närliggande träd.

Theseus stirrade på Diah med en blandning av vördnad och beundran. Så småningom svarade han. "Detta är ett mycket imponerande vapen. Led vägen, Diah från det malaysiska imperiet."

Diah nickade och duon kom in i minotaurens labyrint.

"SNÄLLA, SKJUT INTE." Bönföll Minotauren när han stod framför sin fru och sitt nyfödda barn.

Diah reflekterade över minotaurens uppmaning. Hon skulle inte ha några problem att döda ett blodtörstigt djur och servera köttet till sin prinsessa. Men hon ville inte döda en mild far till ett nyfött barn. Kanske kunde hon låta minotauren leva i fred och berätta för sin monark att hon inte kunde skaffa köttet. Det värsta som kunde hända var att prinsessan Irulan skulle bli arg på henne. Hon kunde dock hitta en annan prinsessa att arbeta för som inte skulle be henne att resa tillbaka i tiden för att döda oskyldiga mytologiska varelser.

"Okej. Du fick mig att ändra mig. Men jag måste veta; varför pratar du grekiska?" Frågade Diah minotauren.

"Vilket annat språk skulle jag tala? Skulle det vara vettigt för min familj att skapa ett eget språk? Självklart inte! Det är därför vi talar samma språk som lokalbefolkningen." Förklarade Minotauren.

"Okej, vi låter dig leva i fred i din labyrint", sa Diah.

"Vänta!" Avbröt Theseus. "Vi kan inte släppa ut detta monster. Han dödar sju atenska ungdomar och sju atenska jungfrur varje år!" Utropade Theseus.

"Jag trodde att de var villiga offer i er religiösa ritual för att tillbe mig. Jag lämnar gladeligen denna labyrint och slutar döda människor om det är ditt önskemål. " Svarade minotauren.

"Okej. Jag har hört nog. Var snäll och argumentera inte, Theseus. " Sa Diah och aktiverade sin maskhålgenerator för att resa tillbaka till framtiden på Europamånen.

DIAH VISSTE ATT HON hade trasslat till det när hon vaknade i Surrealia istället för i sitt rum på den malaysiska rymdkolonin på Europamånen.

Finkerbelle, moderfen, närmade sig henne och talade: "Diah Lubis, varför fortsätter du att störa tidslinjen med dina maskhålsresor?"

"Jag är ledsen, Finkerbelle. Jag borde ha avvisat prinsessan Irulans begäran om att skaffa minotaurfilé." Sa Diah ursäktande.

"Nej! Det var inte ditt misstag." Utropade Finkerbelle.

"Jag förstår inte", svarade Diah.

"Ditt misstag var att inte döda människotjuren. Efter att du lämnade labyrinten så dödade minotauren Theseus. När det inte fanns någon kvar för att stoppa honom erövrade minotaurerna Kreta och så småningom hela världen." Avslöjade Finkerbelle.

"Okej. Jag antar att det inte är läge för att bli vegetarian. Skicka tillbaka mig så tar jag hand om minotauren." Svarade Diah.

Finkerbelle nickade, knäppte fingrarna, och skickade Diah tillbaka genom tid och rum.

THESEUS VAR PÅ MARKEN, och minotauren skulle hugga honom med sin yxa när Diah återvände till labyrinten. På ett sätt var detta en lättnad för Diah. Hon hade hatat utsikten att döda ett oskyldigt mytologiskt väsen. Men när hon såg hur aggressiv minotauren blev så fort hon inte var där med sitt muskedunder, så kände hon sig mindre skyldig. Hon sköt minotauren mellan ögonen, precis i tid för att rädda Theseus liv.

Efter att ha skjutit minotauren i huvudet riktade Diah sin pistol mot den kvinnliga minotauren som höll barnet. Den kvinnliga minotauren vädjade. "Benåda mig snälla. Jag är ett fridfullt nötkreatur. Det är inte mitt fel att min man, Minos, hade ett sådant humör. "

Diah pausade en stund för att tänka. Om hon skonade den kvinnliga minotauren och förstörde tidslinjen skulle Finkerbelle förmodligen rädda henne igen. Hon bestämde sig för att ge det en chans eftersom hon fortfarande trodde på att ge människor och mytologiska varelser en chans att bättra sig själva.

"Du kan inte samexistera med människor, så jag tar dig till en annan plats. Det kommer inte att leva några människor i Nya Zeeland på ytterligare 2000 år. Detta ger dig chansen att leva dina dagar i fred." Sa Diah.

"Tack så mycket, människa. Vad heter du?" Frågade den kvinnliga minotauren.

"Jag heter Diah Lubis," svarade Diah.

"Jag heter Sara, och det här är min dotter Helen," svarade Sara.

Diah vände sig till Theseus och talade. "Theseus. Du kan inte berätta för någon vad som hände här. Berätta för alla att du dödade minotauren. Därefter seglar du tillbaka till Aten med svarta segel. Du kommer att bli stadens kung och ditt namn kommer att bli förevigat."

"Jag ska göra det. Tack, Diah från det malaysiska riket. " Svarade Theseus och kramade Diah.

Diah kramade Theseus länge innan hon släppte taget. Hon samlade minotaurerna i sin närhet. Efter det teleporterade hon till Nya Zeeland, tog farväl av Sara och Helen och teleporterade tillbaka till Europamånen med Minos kropp.

PRINSESSAN IRULAN STIRRADE chockat på Diah när hon steg in i den kungliga matsalen medan hon bar en stor tallrik med grillat minotaurfilé. Efter några sekunders tystnad utropade hon. "Diah Lubis, vad är det hemska som du serverar?"

"Umm, du bad mig att servera minotaurfilé åt dig och Erik Buckerzerg." Protesterade Diah.

"Det gjorde jag verkligen inte. Jag bad dig laga regnbågslax. Att äta nötkött har förbjudits över hela världen i hundratals år. Som kock borde du veta detta." Tillrättavisade Prinsessan Irulan.

"Jag är ledsen för min olämpliga humor, prinsessan Irulan. Det här är sojabaserat kött eftersom jag inte kunde hitta någon bra lax. " Ljög Diah.

"Lämna genast, Diah. Du måste ta en kurs i hovetikett innan du tjänar mig igen. " Sa prinsessan Irulan med en kall röst och Diah skyndade sig att lämna matsalen.

När hon gick tillbaka till sitt rum kollade Diah Spacenet för att ta reda på vilka förändringar i tidslinjen hennes handlingar hade orsakat. Tydligen hade hon förändrat världen till det bättre. Eftersom de var mytologiska varelser hade Sara och Helen inte åldrats och de bodde fortfarande i en fristad i Nya Zeeland. Mor och dotter hade predikat kärlek och förståelse, och de respekterades över hela världen. För att hedra Sara och Helen hade mänskligheten slutat döda och äta kor.

En barmhärtighetshandling kan ha en krusningseffekt som förändrar framtiden.

Slut.

Fadersräddningen

Diah Lubis hade en händelselös dag på Europa-månen. Prinsessan Irulan var på statsbesök utomlands, så det fanns inga svåra kulinariska utmaningar för henne inom köksverksamheten. "Hmm, nu skulle det vara en bra tid att ta semester," reflekterade Diah. Hon visste var hon ville åka. Hon ville besöka sin mor på jorden och lära sig sin mors recept på Apam Balik-pannkakor. Medan Diah var en bättre kock än sin mamma, fanns det fortfarande något magiskt med maten hon hade ätit när hon växte upp.

Diah gick till basens befälhavare, amiral Awang Engku. Han såg surt på Diah och snäste: "Diah Lubis, tycker du det är lämpligt att gå in på mitt kontor utan att boka tid?"

"Jag är ledsen, amiral Engku. Nu när prinsessan Irulan är på statsbesök skulle det vara lämpligt att jag tar ledigt och besöker min mamma på jorden." Svarade Diah.

"Förfrågan nekad. Ansökningar om semester måste lämnas in minst en månad i förväg. Dessutom är detta en HR fråga. Stör mig inte med dessa oviktiga detaljer." Svarade Awang.

Diah tittade på den strikta amiralen och hon kände sig ledsen. Det fanns två saker hon ville i livet, att laga mat till prinsessan och att träffa sin mamma. Om hon tog sin semester om en månad, skulle någon annan laga mat för prinsessan i hennes frånvaro. Detta kunde vara slutet på hennes tid som kunglig kock för det malaysiska rymdriket. Diah hade en idé. Om hon beskrev sin resa till jorden som ett arbetsbesök skulle hon inte behöva ansöka en månad i förväg.

"Umm, prinsessan Irulan bad mig att lära mig ett nytt pannkakerecept för Apam Balik," sade Diah.

"Det har ingenting med mig att göra. Lär dig det genom att titta på videor på Spacenet." Svarade Awang avvisande.

"Jag lär mig bättre personligen. En kock i Kuala Lumpur har det bästa Apam Balik-receptet i världen," förklarade Diah.

"Den här kocken råkar inte var din mamma?" Muttrade Awang.

"Det är irrelevant. Prinsessan Irulan vill att jag tillagar de bästa måltiderna i världen åt henne. Jag behöver den bärbara maskhålgeneratorn för mina resor." Sade Diah.

När han hörde detta, var Awang tvungen att motstå lusten att dra sitt hår i frustration. Det gjorde honom upprörd att härskaren var mer intresserad av att prova olika livsmedel än hon var att leda imperiet. Oavsett så skulle han lyda. Awang tog ut den bärbara maskhålgeneratorn från ett kassaskåp, lämnade den till Diah och talade. "Begäran beviljad. Vänligen avstå från att vidta åtgärder som ändrar historien den här gången. "

"Tack, amiral Engku. Det betyder mycket för mig. " Sa Diah, öppnade en portal till jorden och lämnade rymdstationen.

susning

NÄR DIAH VAKNADE I sin lägenhet i Kuala Lumpur insåg hon varför hon inte tyckte om att åka hem. Lägenheten var kvav på grund av den omgivande tropiska värmen, och snuskig eftersom hon inte hade rengjort den på länge. 'Usch, jag städar efter att jag har besökt min mamma,' tänkte Diah. Men det fick vänta; även om det var viktigt med renlighet kunde hon inte vänta längre med att smaka på sin mors pannkakor.

Det regnade ute och Diah var tvungen att gå genom regnet för att komma till sin mors hus. Även om det var bekvämare att teleportera sig, så var den bärbara maskhålgeneratorn en hemlig teknik så hon borde inte teleportera sig om det inte var nödvändigt. Dessutom skulle det vara oförskämt att överraska sin mamma utan att knacka på dörren.

Det tropiska regnet hade gjort Diah dyngsur när hon nådde sin mors villa. Efter att ha knackat på dörren under lång tid öppnade hennes mor, Indeela Lubis, dörren. Diah märkte att hennes mamma hade gråtit.

"Diah, vad gör du här?" Frågade Indeela.

"Jag kom för att besöka dig, mamma. Jag saknade din matlagning. " Svarade Diah.

"Men hur kom du hit så snabbt? Vi hade en videochatt för några dagar sedan, och då var du fortfarande på Europamånen. Det tar längre tid att resa därifrån." protesterade Indeela.

Hennes mors fråga gav Diah ett dilemma. Hon ville inte ljuga för sin mamma, men hon kunde inte avslöja den hemliga maskhålsteknologin heller. Diah log mot sin mamma och svarade. "Jag har rest några veckor, mamma.

Jag använde min lägenhet på Europamånen som bakgrundsbild för våra samtal. Jag ville överraska dig. "

"Åh, jag önskar att du hade sagt till mig, så jag kunde ha förberett en måltid åt dig. I stället var du tvungen att se mig gråta." Svarade Indeela.

"Det är okej, mamma. Men snälla säg mig, varför gråter du? Har något hänt?" Frågade Diah.

"Din far dog idag för 25 år sedan." Svarade Indeela.

Diah reflekterade över sin mors uttalande. Hon hade aldrig känt sin far som hade dött i ett krig innan hon föddes. Men under sin uppväxt hade hon aldrig sett sin mamma gråta den 21 juni. Tvärtom. Den 21juni hade alltid varit en dag av glädje, och detta var hennes främsta skäl för att besöka.

"Jag förstår inte. Jag har aldrig sett dig ledsen den 21 juni tidigare." Invände Diah.

"Det var för att jag inte ville påverka dig med min sorg. Jag visade en glad fasad för att göra din barndom lycklig. När du somnade grät jag många nätter medan jag saknade din far." Svarade Indeela.

När Diah såg sin mamma gråta blev hon känslosam och började sörja sin far som hon aldrig kände. Även om hon visste att hon inte borde förändra det förflutna kunde hon inte låta det här förbli oförändrat. Hennes mamma hade lidit i tystnad i många år för att hålla henne lycklig, det var dags att återgälda tjänsten.

"Oroa dig inte. Jag tar tillbaka honom till dig." Sa Diah.

"Vad menar du, Diah?" Svarade Indeela.

"Jag ska se till att min far, Bisaam Lubis, inte dör den 21juni 2168," angav Diah och öppnade ett maskhål för att resa tillbaka i tiden och stoppa sin far från att dö.

Susning

DIAH KÄNDE GENAST IGEN löjtnant Bisaam Lubis när hon närmade sig honom i ett arméläger vid gränsen till Vietnam. Om hon inte förändrade historien skulle han dö i offensiven mot Vietnam, dagen därpå. Bisaam och några soldater närmade sig Diah, och han ropade på henne. "Vad gör du här, civilperson? Detta är en militärbas. Identifiera dig själv."

"Jag heter Diah Lubis och jag tillhör den malaysiska rymdkåren. Det här är mitt ID." Sa Diah och överlämnade sitt rymd-marin-ID.

Bisaam tittade på Diahs ID, skakade på huvudet, och svarade. "Detta är inte ett giltigt ID, och du finns inte i vår databas."

"Lyssna på mig, Bisaam. Om du slåss i kriget imorgon dör du. Jag är din dotter; Jag vill att du ska leva så att Indeela kan vara lycklig." Vädjade Diah.

"Blanda inte in min fru i detta," sade Bisaam och vände sig till sina soldater. "Män, ta inkräktaren till en cell. Vi måste fastställa identiteten på denna bedragare. "

Efter att Bisaam hade sagt detta grep soldaterna tag i Diah och förde bort henne. Ett så olyckligt förstamöte med sin pappa!

DIAH SATT I EN CELL när Bisaam närmade sig henne på natten. Han såg svettig ut, som om han hade vaknat av en mardröm. Han gick fram till Diah och talade: "Vem är du? Du ser ut som min gravida hustru, Indeela. "

"Jag har redan sagt att jag är Diah Lubis. Släng inte bort ditt liv i onödan. Kriget mot Vietnam kommer inte att medföra något bra." Sa Diah.

"Okej, jag kommer att fejka sjukdom, så att jag behöver inte slåss i morgon. Löjtnant Ramet Indah kan ta min plats." Sa Bisaam.

"Bra. Lycka till, pappa. Vi ses på andra sidan." Sa Diah, öppnade ett maskhål, och lämnade armélägret år 2168.

'INTE NU IGEN', TÄNKTE Diah när hon vaknade i Surrealia.

Hon visste vad som skulle hända härnäst. Moderfen Finkerbelle skulle skälla på henne för att hon hade förändrat tidens bana.

"Diah Lubis, vad har du gjort?" Utropade Finkerbelle när hon närmade sig Diah.

"Jag är ledsen, Finkerbelle. Jag visste aldrig hur mycket min mamma saknade min far. När jag såg henne gråta visste jag att jag var tvungen att ge henne det goda liv hon förtjänade." Svarade Diah.

"Men du gjorde allt mycket värre. När du räddade din far från kriget kände han sig övertygad om att en skyddsängel vakade över honom. Detta gjorde honom slarvig, och därför dog både din far och din mor dog i en bilolycka. Således växte du upp som föräldralös. "

När hon hörde detta började Diah gråta. Hon hade försökt göra sin mamma lycklig genom att rädda sin far, och i stället hade hon fördömt dem båda. När skulle hon lära sig farorna med tidsresor?

"Snälla förlåt mig. Det måste finnas något jag kan göra för att rätta till saker?" Vädjade Diah.

"Jag är inte säker på att jag vill ge dig den makten. Du har visat sig självisk och oansvarig." Svarade Finkerbelle.

"Snälla Finkerbelle. Jag vet att jag gjorde fel, men jag gjorde det för kärlek. Skulle du inte göra allt du kunde för att se din mamma lycklig?" Svarade Diah.

"Åh, Diah, jag kan inte vara arg på dig. Jag ger dig en chans att övertyga dina föräldrar att vara försiktiga. Om du inte kan rädda dem kan jag inte rädda dig." Uppmanade Finkerbelle.

"Tack, Finkerbelle." Kvittrade Diah.

"Lycka till," svarade Finkerbelle, knäppte fingrarna, och skickade Diah genom tid och rum.

DIAH ÅTERVÄNDE TILL Kuala Lumpur 2172. Det var dagen då hennes föräldrar skulle falla offer för en trafikolycka, men hon skulle rädda dem. Hon var tvungen att rädda dem. Hon kunde inte låta sin mamma dö en för tidig död.

Diah såg sin gravida mamma, sin far, och sig själv som en 3-årig rusa mot en bil. 'Så konstigt att jag inte kan minnas något av detta,' reflekterade Diah och insåg att det aldrig hade hänt i den ursprungliga tidslinjen. Genom att rädda sin far hade hon också sett till att hennes mamma blev gravid igen. Om hon räddade sina föräldrar skulle hon få ett syskon i sitt nuvarande liv. Så spännande.

"Bisaam och Indeela. Idag är inte bra att köra." Skrek Diah till sina föräldrar.

Indeela såg surt på henne och svarade: "Vem är du? Känner du den här kvinnan, Bisaam?"

Bisaam rodnade och svarade: "Hon är min skyddsängel. Hon dök upp i en av mina drömmar och varnade mig för att delta i kriget. Jag fejkade sjukdom och alla i min trupp dog följande dag, inklusive min bästa vän, Ramet Indah."

När hon hörde detta började Diah gråta. Ramet Indah var far till en av hennes bästa vänner från skolan, Munah Indah. Genom att rädda sin far hade hon orsakat sin väns faders död eller ännu värre, orsakat att hennes vän aldrig existerade.

"Diah, varför gråter du," frågade Bisaam.

"Hur vet du vad hon heter?" Väste Indeela.

"Jag är din dotter från framtiden. Jag räddade pappa från att dö i kriget eftersom jag inte ville att du skulle lida, mamma." Utropade Diah.

"Den här kvinnan är galen. Ta mig till förlossningsavdelningen nu." Ropade Indeela.

"Jag kan köra," sa Diah.

"Nej det kan hon inte. Be henne att lämna oss i fred, Bisaam." Utropade Indeela.

Bisaam skakade på huvudet och svarade: "Nej. Vi kommer att lyssna på Diah. Jag är säker på att hon är här för att skydda oss. "

"Kör mig nu!" Stönade Indeela.

Diah satte sig in i bilens förarsäte och hon körde sin familj till sjukhuset. När hon var där barnvaktade hon sitt yngre jag medan hon väntade på att hennes yngre syster skulle födas. När hennes uppdrag år 2172 var klart, använde hon maskhålsgeneratorn för att åka tillbaka till sin egen tid.

DIAH VAKNADE I SURREALIA och visste att hon hade trasslat till det igen. Tidsresor och förändring av det förflutna var en komplicerad företeelse, och oavsett vad hon gjorde, kämpade hon för att få allt rätt.

"Diah Lubis. Att du träffade en yngre version av dig själv har orsakat irreversibla förändringar i tidslinjen." Sa Finkerbelle.

"Å nej, vad kan vi göra åt det?" Utropade Diah.

"Ingenting. Men sett från den ljusa sidan blev det inte värre. Det blev bara annorlunda." Avslöjade Finkerbelle

"Annorlunda på vilket sätt?" Sa Diah.

"Du får reda på det när du når din destination. Se till att inte fatta några förhastade beslut. Din nya tidslinje kommer att verka väldigt konstig i början, men allt kommer att bli okej. Åk nu och göra en gammal dam stolt." Sa Finkerbelle.

"Vem är du?" Frågade Diah.

"Det vet du redan," svarade Finkerbelle, knäppte fingrarna, och skickade Diah till Europamånbasen, år 2193.

Susning

NÄR DIAH KOM FRAM, fann hon sig själv förvirrad och desorienterad i köket. Hon tänkte tillaga gyllenanka åt prinsessan Irulan, men något var fel. Hon hade glömt receptet och det kändes som att hon aldrig hade tillagat det förut.

"Chefsforskare Diah Lubis, vad gör du i köket?"

Diah stirrade när amiral Nik Teugu närmade sig henne, log och kysste henne.

'Usch. Varför kysser den förrädaren mig.' Tänkte Diah, men hon kom ihåg vad Finkerbelle hade sagt. Kunde hon och Nik vara ett par i den här nya tidslinjen, och vad skulle hon göra åt det?

"Jag försöker tillaga gyllenanka. Det är min favoriträtt, men jag har glömt receptet." Svarade Diah.

"Åh, jag visste inte att du gillar att laga mat. Jag lär mig något nytt om dig varje dag." Sa Nik och skrattade.

"Jag är en mångfacetterad kvinna," svarade Diah.

"Ja, men lämna matlagningen åt tjänarna. Vi måste skynda oss, byta kläder och bege oss till den kungliga matsalen. Det är en kunglig mottagning idag, och vi vill inte komma sent.

Diah följde Nik till hans snygga lägenhet som hade en klädkammare full av fina balklänningar åt henne. När Diah klädde sig i en grön sidenklänning och diamanthalsband log hon i förväntan. Hennes tidsresor hade skapat ett nytt liv åt henne och hon kunde inte vänta på att se hur detta äventyr skulle utvecklas.

Mötet med den romerska guden.

Diah Lubis fick en manikyr när hennes syster, prinsessan Puteri Rama-handran, kom in i nagelsalongen på Europamånen. Diah tittade på sin lil-lasyster, som var en spegelbild av henne själv, och som hon inte kom ihåg att hon växte upp med. I den ursprungliga tidslinjen hade Diah vuxit upp syskonlös och hennes far hade dött innan hon föddes. I den ändrade tidslin-jen levde hennes far och hon hade en lillasyster som visade sig vara imperiets regent. Men eftersom Diah aldrig hade upplevt sin uppväxt med Puteri, var hennes syster en främling för henne.

Puteri log mot sin syster och talade: "Chefsforskare Diah Lubis, Prins Firulus Ramahandran kallar dig."

"Jag förstår. Är det inte bättre att du berättar vad du vill ha gjort?" Frå-gade Diah.

"Var inte löjlig. En fru kan aldrig tala för sin konung. Du borde inse det-ta." Svarade Puteri.

Puteris uttalande förvirrade Diah. I den ursprungliga tidslinjen hade prinsessan Irulan varit de facto härskaren över imperiet medan Firulus hade fördrivit sin tid med sina hobbyer. Varför var det annorlunda när hennes sys-ter satt på tronen?

"Okej. Hälsa att jag kommer snart." Svarade Diah.

"Tack syster. Jag är så lättad att du är villig att hjälpa till. Det malaysiska rymdriket är i fara." Sa Puteri och lämnade salongen.

Diah kände sig förvirrad när hennes syster lämnade salongen. Det verkade som att hon var menad för stora äventyr.

'Nåja, äventyret kan vänta, jag vill att mina naglar ska bli vackra först.' Tänkte Diah och stirrade chockat på sin spegelbild. Hur hade hon blivit så här fåfäng? Diah skakade av sin fåfänga och tog sig till tronrummet med sina halvmålade naglar.

NÄR DIAH ANLÄNDE TILL tronrummet såg hon kungen, hennes syster och hennes man Nik Teugu. Att se Nik var jobbigt, eftersom han hade varit hennes fiende under den ursprungliga tidslinjen. Hur skulle hon anpassa sig till detta?

Puteri fnissade och sa, "Diah, du måste hitta en ny manikyrist. Dina naglar ser hemska ut."

"Jag lämnade innan de målade färdigt mina naglar. Du sa att imperiet var i fara." Sa Diah medan hon hämtade andan då hon hade rusat från nagelsalongen.

"Jaså. Sa du det, Puteri? Jag har varnat dig för att överdriva." Sa Firulus.

"Så, vad är det som står på?" Frågade Diah.

Firulus tryckte på en knapp och en hologramvideo visades mitt i rummet. Videon visade prinsessan Irulan och en mycket stilig italiensk man.

"Min ex-fru har hittat en ny älskare och jag misstänker att han är Jupiter, åskguden i romersk mytologi. Du behöver säkerställa att hon inte är ett hot mot riket." Sa Firulus.

"Va? Den romerska åskguden? Hur hände det här?" Frågade Diah.

"Spela inte oskyldig, syster. Det var du som öppnade portalen till det olympiska riket. Nu måste du reda ut din röra." Utropade Puteri.

Diah var tvungen att dölja sitt leende när hennes syster skällde på henne. Det verkade som att hon var en mästare på hyss i den här tidslinjen också, och det bådade gott för hennes framtida äventyr.

"Okej, jag ordnar det här," sa Diah och skyndade sig att lämna.

DIAH KÄNDE SIG FÖRVIRRAD när hon arbetade med en apparat i vetenskapslaboratoriet. Hon visste inget om portalen hon hade öppnat till det olympiska riket, eller vad hon skulle göra åt det. Hon undrade också hur hon skulle förhålla sig till Irulan. Medan Irulan hade varit hennes vän i den ursprungliga tidslinjen visste hon inte vad hon kunde förvänta sig nu.

"Du måste ställa in kvantfältstyrkan till 7 istället för 5."

Diah vände sig om och såg amiral Nik Teugu le mot henne. Diah tittade bort. Hon kunde inte förlika sig med tanken att hennes tidigare fiende nu var hennes man och att hon borde älska honom. Diah frossade när Nik kramade henne.

"Vad står på, Diah? Efter att jag hittade dig i köket förra veckan har du varit så annorlunda. Är det något jag har gjort?" Frågade Nik.

Diah tvekade. Skulle hon berätta för Nik om sina tidsresor, och skulle han tro henne? Hon bestämde sig för att berätta. Det fanns inga vinnande alternativ, men hon kunde inte ljuga för sin make.

"Vi var fiender i en annan dimension. Jag skapade en splittring i rymdstidskontinuum genom att resa tillbaka i tiden och ändra saker. Jag minns inget som har hänt i den här versionen av mitt liv." Avslöjade Diah.

Nik såg oroligt på henne och svarade: "Vad pratar du om? Lider du av minnesförlust?"

"Det är värre än så. Jag har alla mina minnen, men ingen av dem ägde rum i den nya tidslinjen. I den ursprungliga tidslinjen var prinsessan Irulan regent, jag var hennes kungliga kock och du var förrädaren som planerade att störta henne." Förklarade Diah.

"Wow ..." sa Nik och stirrade förvirrat på Diah. Han hällde på sig ett glas vatten, drack det och suckade.

Diah kände sig hemsk. Hon ångrade att hon avslöjat sanningen för Nik, men hon kunde inte fortsätta ljuga.

Diah tog Niks hand och talade försiktigt: "Oroa dig inte. Jag vet att mina minnen inte är verkliga längre. Jag vill lära känna din personlighet från denna tidslinjen, ditt verkliga jag."

"Så vad föreslår du?" Undrade Nik.

"Vi måste utföra prins Firulus uppdrag tillsammans. Genom att arbeta tillsammans kan vi skapa nya minnen." Sa Diah.

"Men jag är en amiral. Jag styr rymdstationen på Europamånen. Jag kan inte åka på uppdrag." Invände Nik.

"Jo det kan du. Konteramiral Awang Engku kan täcka ditt skift. Att åka tillsammans på detta uppdrag kommer att föra oss närmare. Är det inte värt att kämpa för?" Svarade Diah.

Nik log ett sorgset och svarade: "Jag antar det. Jag älskar dig, Diah. Jag kommer att göra det som krävs för att få dig tillbaka."

"Bra. Se inte så ledsen ut. Det kommer att bli fantastiskt att åka på äventyr tillsammans. Låt oss ta itu med de praktiska detaljerna och åka om en timme. Den bärbara maskhålgeneratorn är redo." Sa Diah, kramade Nik och log.

Nik nickade, släppte kramen och skyndade att förbereda sig för deras första uppdrag tillsammans.

DIAH KÄNDE SOM ATT hon hade rest tillbaka i tiden när hon kom till den tidlösa staden Rom. Hon visste att så inte var fallet, då maskhålsgeneratorn i denna tidslinje inte hade ett tidsresealternativ.

"Titta, äkta italiensk gelato," utropade Diah och sprang till en liten glasskiosk.

Diah beställde ett urval av smaker och hon upplevde sann lycka när smakerna exploderade på hennes smaklökar.

"Wow, du älskar glass, eller hur?" Sa Nik och log.

"Ja. Min kärlek till läckra smaker är anledningen till att jag var en kock i den första tidslinjen." Svarade Diah.

"Ja, men du är en vetenskapsman nu," anmärkte Nik.

"Jo, men jag har inte hittat min kärlek till vetenskapen ännu," svarade Diah.

"Oavsett så är det fantastiskt att du förblir slank med en sådan kärlek till mat," svarade Nik.

"Nej. Min kärlek till mat håller mig smal." Svarade Diah.

"Oj, hur kan det komma sig?" Frågade Nik.

"Då jag älskar mat, äter jag små portioner och njuter av smakerna, medan människor som saknar passion hetsäter," svarade Diah.

"Jag förstår," sa Nik med eftertanke.

Diah log och provade en citronsorbet. Den hade den perfekta balansen mellan syrlighet och sötma, och det var ett recept hon skulle försöka replikera när hon kom hem. Men först behövde hon lösa det nuvarande problemet. Hon behövde övertyga Jupiter att inte engagera sig i en kupp mot hennes syster.

"Jo, men nog om mat nu. Vi måste hitta Jupiter och övertyga honom att inte hjälpa Irulan." Sa Diah.

"Jo, men var ska vi börja leta?" Frågade Nik.

"Gudar är fåfänga varelser, så jag antar att han kommer att vänta på sina tillbedjare vid Jupiters tempel Optimus Maximus här i Rom." Spekulerade Diah.

"Ja, det låter rimligt. Låt oss bege oss dit." Sa Nik och log mot Diah.

När Diah såg Niks leende, kände hon en varm känsla. Hennes förakt för honom hade minskat och hon började känna en glimt av den kärlek hon ville känna för sin man. Diah kramade Nik och gav honom en puss.

"Wow!" Sa Nik.

"Du vet vad de säger. När du är i Rom, gör vad romarna gör." Kvittrade Diah.

"Betyder detta att det fortfarande finns hopp för oss?" Frågade Nik.

"Ja. Låt oss skynda oss till Jupiter och charma honom innan Irulan vänder honom mot oss." Uppmanade Diah.

Med detta sagt släppte Diah sin kram och hon började springa mot Jupitertemplet för att stoppa Irulans planer.

"DEN HÄR DRYCKEN ÄR inte tillräckligt god. Jag vill ha ambrosia, gudarnas nektar"!

När Diah och Nik närmade sig Jupiter, såg de honom argumentera med Irulan. De gömde sig bakom en pelare för att tjuvlyssna på samtalet.

"Mina käraste, jag kan inte ge dig ambrosia om du inte hjälper mig att bli det malaysiska rymdrikets kejsarinna. Vi har diskuterat detta." Sa Irulan.

"Jag bryr mig inte om rymden. Jag bryr mig bara om det romerska riket och det olympiska riket." Ropade Jupiter.

"Det enda sättet du kan återvända till ditt älskade Olympia är om du hjälper mig. Använd dina blixtkrafter för att döda förrädaren Puteri så hjälper jag dig." Uppgav Irulan.

"Lämna min syster i fred!"

Jupiter och Irulan stirrade på Diah när hon dök upp bakom pelaren. Efter några sekunders tystnad hånade Irulan: "Åh se vem det är. Chefsforskare Diah Lubis. Förrädaren som tog mitt rättmätiga styre ifrån mig. "

"Du förstörde för dig själv. Du förgiftade prins Firulus för att försvaga hans sinne så att du skulle bli härskaren över imperiet. Nik Teugu avslöjade din mörka hemlighet och vi samarbetade för att rädda prinsen." Utropade Diah och darrade.

Genom att agera på instinkt hade hennes minnen återvänt och hon insåg att Nik hade varit den goda mannen i båda tidslinjerna. Tyvärr hade hennes beundran för prinsessan hindrat henne från att se sanningen tidigare.

"Jag bryr mig inte. Jupiter, dräp henne." Utropade Irulan.

När han hörde detta blev Jupiter ilsken. Han vände sig till Irulan och utropade. "Hur vågar du befalla mig, människa. Jag var det romerska imperiets högsta gud i 1000 år!"

Med detta sagt laddade Jupiter sina händer med blixtar och avfyrade en blixt mot Irulan. Till Jupiters stora bestörtning försvann hon en bråkdel innan han skickade blixten.

"Vad hände? Vart tog hon vägen?" Mumlade Jupiter förvirrat.

"Hon teleporterade sig någon annanstans med hjälp av en bärbar maskhålgenerator. Hon kan vara var som helst," svarade Diah.

"Vad är en maskhålsgenerator?" Frågade Jupiter.

"Det är en enhet som vi använder för att resa genom tid och rum. Men för att undvika olyckor inaktiverade jag tidsresefunktionen." Förklarade Diah.

"Vem är du?" Frågade Jupiter förvånad.

"Jag är Diah Lubis, chefsforskaren för det malaysiska rymdriket," svarade Diah.

"Kan du hjälpa mig hem? Jag har inte längre de olympiska kristallerna som vi använde för att åka till jorden. Jag saknar att dricka ambrosia, gudarnas nektar." Vädjade Jupiter.

"Ja, håll min hand, så tar jag dig dit," svarade Diah.

När Jupiter höll Diahs hand, så hörde hon en svag röst. "Diah, glöm inte att ta med Nik Teugu också."

"Ah, om Finkerbelle ger mig råd, så borde jag lyssna på henne" tänkte Diah och ropade till Nik, "Hej Nik, håll min hand så åker vi till det olympiska riket tillsammans."

Nik nickade, tog Diahs hand och de reste genom rymden till det olympiska riket.

NÄR DIAH ÖPPNADE ÖGONEN stod hon framför ett vackert marmortempel som skimrade vitt som molnen en solig dag. Nymfer sjöng vackra psalmer, och en magnifik arom spreds från en vinkaraff.

"Ah, jag älskar lukten av gudarnas nektar. Tyvärr kan jag inte erbjuda er drycker, då ambrosia är dödligt för människor." Sa Jupiter.

"Det är okej. Vi är tacksamma att du inte hjälper Irulan i hennes kamp mot min syster." Sa Diah.

"Ja. Finns det något jag kan göra för er? Ni hjälpte mig, och jag är trots allt en gud." Sa Jupiter.

"Umm, det finns en sak du kan göra för att hjälpa oss," sa Nik.

"Vadå?" Frågade Jupiter.

"Min fru och jag har drivit ifrån varandra ..." sa Nik.

"Säg inget mer. Amor och Cupid kommer att hjälpa er." Sa Jupiter, klappade händerna, och pekade på Diah.

Två keruber med blåsvapen uppträdde och de sköt pilar mot Diah och Nik.

'Oj, det sved.' Tänkte Diah, men hon glömde bort sitt obehag när hon tittade på Nik. Hennes rädsla och förakt för honom var borta, och hennes man var den vackraste man hon någonsin sett. Hur kunde hon inte älska honom?

"Effekten av Amors pilar kommer att avklinga, så använd kärleken för att arbeta med era problem," föreslog Jupiter.

"Tack, Jupiter," svarade Nik.

"Så, älskling. Låt oss återvända till Europamånen och berätta för min syster om vårt uppdrag. Irulan är fortfarande på fri fot, och vi måste varna henne." Sa Diah.

Nik kramade Diah och tillsammans teleporterade de sig tillbaka till Europamånen.

"SÅ, VÄGRADE JUPITER att hjälpa Irulan."

Diah nickade mot sin lillasyster, när hon gav sin rapport i tronrummet på Europamånen.

"Så, vad hände med henne?" Frågade Puteri.

"Hon teleporterade sig ett ögonblick innan Jupiter försökte elchocka henne. Kraften från hans blixtnedslag maskerade hennes teleporteringssignatur." Förklarade Diah.

"Är du säker på att Irulan inte kan använda den bärbara maskhålgeneratorn för tidsresor?" Frågade Puteri.

"Ja," svarade Diah och hon var tacksam över att Finkerbelle hade fått henne att inaktivera den funktionen.

"Hur som helst så måste du hitta henne. Så länge Irulan är fri och innehar en maskhålsgenerator är ingen av oss säkra." Utropade Puteri.

"Jag förstår, ers majestät," sade Diah, böjde sig och lämnade tronrummet.

SENARE SAMMA DAG, ÅT Diah citronglass i sin lägenhet på Europamånen. Hon kände sig motstridig. Medan hon var glad att hon hade replikerat smakerna av den läckra romerska glassen, var hon förkrossad över Irulans svek. Diah hade så många minnen av hur hon såg upp till Irulan i den tidigare tidslinjen, men Irulan i den här tidslinjen var mordisk och farlig. Diah behövde stoppa Irulan, men hon ville också rädda henne. Således var hon desperat efter att hitta ett sätt att reda ut konflikten mellan hennes syster och hennes tidigare regent.

Diah släppte sina bekymmer när hon åt den utsökta glassen. För tillfället skulle hon fokusera på att njuta av den perfekta blandningen av citron, mjölk och socker.

Fortsättning följer.

Fiona och den röda draken

Fiona Orchard satt hemma i sin lägenhet med utsikt över Sydneys östra förorter. Hon kände sig uttråkad. Hennes vän Rebecca hade ställt in deras tennisplaner, så hon hade inget att göra. Hon närmade sig sin far Lars som skrev en bok.

"Hej, pappa. Rebecca ville inte spela tennis med mig. Vill du spela igen?" Sa Fiona.

Lars reste sig upp, sträckte på kroppen och mumlade. "Nej, jag är för gammal för att spela två gånger om dagen. Alla kan inte vara den bästa 7-åriga tennisspelaren i Raleigh Park."

"Pappa, du är 43. Vad sägs om att bli den bästa 43-åringen?" Fnissade Fiona.

"Jag är definitivt bland de tio bästa bland 43-åringarna," svarade Lars sanningsenligt, eftersom det inte fanns så många tennisspelare i förorten.

"Så, hur kan jag sysselsätta mig tills mamma Ling-Ling kommer hem?" Frågade Fiona.

"Du kan läsa den här boken. Den kommer att öppna dina sinnen," svarade Lars och gav Fiona en bok.

Fiona tog boken. Det var en av böckerna som hennes far hade skrivit, och han hade läst den för henne många gånger. "Pappa. Du har redan läst den här boken för mig." Invände Fiona.

"Ja det har jag. Men du har aldrig läst den själv. Nu när du går i skolan måste du öva på att läsa." Svarade Lars.

"Nej, jag tittar hellre på TV," sa Fiona och satte på teven.

Poff

Fiona såg besviket hur Teven svartnade. Vad hade hänt?

"Pappa! Teven är trasig." Skrek Fiona.

Lars skakade på huvudet och svarade: "Nej, Teven är inte trasig. Jag stängde av alla strömkontakter i lägenheten. Du kommer inte att kunna använda dina enheter förrän du har läst och sammanfattat handlingen i min bok."

Fiona suckade. Hennes pappa hade både rätt och fel. Att läsa var bättre för henne än att titta på hjärndöda tv-program. Det var dock synd att han snålade och bad henne att läsa hans böcker istället för att förse henne med kvalitetslitteratur.

"Åh ... Om jag bara var tillräckligt gammal för att besöka biblioteket," tänkte Fiona. Hon insåg att det närmaste biblioteket låg två kilometer med bort flera vältrafikerade vägar i vägen. Detta var inte en lämplig vandring för en sjuåring. 'Jag ber mamma att ta mig dit när hon kommer hem,' tänkte Fiona och gick till sitt rum för att läsa sin fars bok för att blidka honom.

När hon bläddrade i boken blev hon riktigt sömnig. Hon lade boken över ansiktet och hon slumrade till.

NÄR FIONA VAKNADE VAR hon i Surrealia. 'Wow, så det är så här Surrealia ser ut.' Tänkte Fiona när en bokfjäril landade på hennes hand. Texten på bokfjärilen var, "Ibland kan de bästa avsikterna leda till de sämsta resultaten. Var försiktig."

'Hmm, det är konstigt. Jag undrar vad det betyder?' Tänkte Fiona och försökte bestämma vad hon ville se först. Hon ville se Morgor den röda draken. Även om han var skrämmande så var detta bara en dröm och hon hade alltid velat se en röd drake.

"Flicka lilla. Vem är du och varför är du här? "

Fiona vände sig mot rösten. Det var en äldre flygande älva som talade med en eterisk röst. 'Wow. Det måste vara Finkerbelle moderfen.' Tänkte Fiona och svarade. "Hej, Finkerbelle. Hur mår du idag?"

"Hur vet du mitt namn?" Frågade Finkerbelle förvirrat.

"Min far skapade dig och denna värld med sin fantasikraft. Jag vill träffa Morgor den röda draken," kvittrade Fiona.

"Jag vet inte vad du pratar om och du kan inte möta Morgor." Tillrättavisade Finkerbelle.

"Varför då? Har Diah Lubis redan dödat Morgor med sin DMP-19-pistol?" Frågade Fiona.

"Vad pratar du om? Morgor är inte död, och vem är Diah Lubis?" Frågade Finkerbelle.

"Uhm, vilket år är det i Surrealia?" Frågade Fiona.

"Det är 6e maj 2028. Vi har samma kalender som ni har på jorden." Svarade Finkerbelle.

Finkerbelles avslöjande gjorde Fiona uppspelt. Hon var i Surrealia, 160 år innan Diah Lubis skulle komma hit. Hon var på sitt eget äventyr i stället för att återuppleva sin fars äventyr. Det här var så spännande.

"Jag vill träffa Morgor på en gång," sa Fiona.

"Det är för farligt. Morgor är 30 meter lång och han sprutar eld." Invände Finkerbelle.

"Jag bryr mig inte. Det här är min dröm och jag vill gå på äventyr. Du kan inte stoppa mig." Svarade Fiona.

Finkerbelle svarade med att sjunga nonsens och hennes ansikte blev rött av ansträngningen. Så småningom svarade hon. "Det verkar som att mina magiska krafter inte påverkar dina drömkrafter. Du är fri att besöka Morgor. Han befinner sig i Rökiga Bergen."

'Wow, det här är så coolt.' Tänkte Fiona. Berget i fjärran påminde henne om Mount Ngauruhoe i Nya Zeeland, som hade använts för att symbolisera Mount Doom i Sagan om Ringen-filmerna. Fiona hade försökt korsa berget med sina föräldrar föregående år, men vandringen hade varit för lång för hennes korta ben. Men hon befann sig i en dröm nu, så hon kunde teleportera sig dit hon ville. Fiona använde sina drömkrafter och teleporterade till Morgors berg.

"VI MÅSTE DÖDA ALLA gröna drakar. Endast röda drakar får vara kvar i Surrealia."

Till en början skrämde Morgors hatiska röst Fiona. Men snart insåg hon att det här var hennes dröm och att hon var tvungen att sätta Morgor på plats. Att hata någon på grund av hudfärg var en föråldrad idé, och Fiona behövde lära honom detta.

"Var inte fånig Morgor. Du kan inte hata någon på grund av deras hudfärg." Ropade Fiona, men hennes röst kändes svag jämfört med Morgors dånande vrål.

Morgor och de andra röda drakarna stirrade förvirrat på Fiona med sina glödande gula ögon. En av de kvinnliga drakarna talade. "Vad gör en ung människoflicka på vårt drakmöte? Du måste vara väldigt modig."

"Eller väldig dum," morrade Morgor.

"Du är dum, Morgor. Varför hatar du gröna drakar så mycket?" Frågade Fiona.

"Jag hatar dem för att min far hatade dem, och han hatade dem för att hans far hatade dem och så vidare. Vi har alltid hatat de gröna drakarna i min familj." Avslöjade Morgor.

"Död åt de gröna drakarna." Skanderade de andra drakarna.

Fiona blåstes nästan bort av de skrämmande dånen från de sjungande drakarna och hon fick ont i öronen. Hon samlade sin viljestyrka och utropade. "Nu får det vara nog. Det här är min dröm, och ni måste sluta hata andra på grund av deras hudfärg."

"Varför är det så?" Frågade Morgor.

"Eftersom rasism är dumt. Vi människor dödade varandra på grund av hudfärg men det gör vi inte längre. Jag har vänner av alla färger och trosbekännelser. Jag har vita, gula, bruna och svarta vänner." Uppgav Fiona.

"Titta vem som försöker visa sig dygdig." Hånade Morgor.

"Jag säger det som det är", svarade Fiona.

"Så om rasism är fel, vad är en bra anledning till att hata andra? Vi är drakar, vi sprutar eld. Vi trivs med hat. Muahaha." Sa Morgor.

Det här var en knepig fråga. Medan hat var en grundläggande känsla så ville Fiona inte ge drakarna anledningar att hata.

"Jag vet. Vi borde hata de antropomorfa ankorna i Trumpyville. Deras kvackande är irriterande, och deras kött är utsökt när vi grillar det." Föreslog en av drakarna.

"Ja, det är en utmärkt idé. Död åt ankorna." Brusade Morgor.

Fiona suckade och kom ihåg texten på bokfjärilen. Det värsta scenariot hade inträffat. Hennes goda avsikter hade förenat drakarna och de oskyldiga ankorna i Surrealia skulle drabbas. Hon behövde åtgärda detta, men hur?

Fionas mammas röst fick Surrealia att blekna till intet.

"SÅ, VAR DIN FARS BOK dig så tråkig?" Retade Ling-Ling.

"Nej, den tog mig på ett stort äventyr. Läsning är så bra för sinnet." Svarade Fiona.

"Bra. Berätta allt för din pappa. Han älskar att få inspiration till sina böcker." Sa Ling-Ling.

Fiona nickade och rusade till Lars för att berätta om sitt äventyr. I slutet av hennes berättelse, sa han. "Oj, det var en bra historia. Du kommer att bli en bättre författare än jag en dag."

Då Fiona hade fullföljt sin uppgift satte Lars på strömmen till apparaterna i lägenheten så att Fiona kunde titta på TV. 20 minuter senare utropade Ling-Ling. "Middagen är serverad. Kom till köket. Vi äter Pekinganka."

När Fiona tittade på den rostade ankan, kände hon medlidande med den stackars varelse som hade lidit och dött för familjens middag. Hon insåg att det alltid skulle finnas lidande i världen och det enda hon kunde påverka var hennes egna handlingar och känslor. Åtminstone kunde hon skapa en perfekt värld i sina drömmar. En dag skulle hon föreställa sig en fantasivärld där alla levde i harmoni.

Slut

Fiona och Ptolemaeus.

Fiona tittade på en dokumentär tillsammans med sin far, Lars, i deras mysiga lägenhet i Kensington. Temat för dokumentären var solsystemet, och till hennes lättnad förstörde Lars det inte genom att mala om sina konspirationsteorier. Istället skrev han en av sina romaner medan han följde dokumentären med ett öga.

Efter att ha sett dokumentären kände Fiona sig förvirrad. Hennes far var aldrig så här tyst när han tittade på seriösa program. Vad stod på?

Fiona bestämde sig för att ta reda på det, så hon talade. "Du är väldigt tyst idag, pappa. Har du inga kommentarer till innehållet?"

"Det var en bra dokumentär med bra bilder. Jag gillar rymddokumentärer och många av mina böcker äger rum i rymden." Svarade Lars.

"Men tror du på vad dokumentären sa? Vilka andra perspektiv finns det?" Sa Fiona.

"Ja det gör jag. Eftersom den rådande alternativa teorin, platta jordenteorin, är rent nonsens." Svarade Lars.

"Varför är det så?" Frågade Fiona.

"Eftersom all annan vetenskap måste ha fel för att den plana jordteorin ska fungera. Till exempel skulle den förmodade isväggen som hindrar människor från att falla av jorden ha en mycket större omkrets än Antarktis. Dessutom fungerar inte årstiderna och tyngdkraften i den modellen." Förklarade Lars.

"Jag förstår. Finns det ingen annan teori som är meningsfull? Kom ihåg att du berättade att jag alltid ska se saker från flera perspektiv." Svarade Fiona.

Lars stängde sin bärbara dator, strök hakan en stund och talade: "Hmm, Ptolemaios geocentriska modell av solsystemet var den accepterade modellen i 1500 år. Jag antar att den var vettig."

"Vad säger den modellen, pappa?" Frågade Fiona.

"I Ptolemaios modell är jorden rund och rätt storlek. Men solen är liten och kretsar kring jorden, medan planeterna är ännu mindre och kretsar kring solen." Svarade Lars.

"Wow. Det är vettigare än dokumentären vi tittade på. Kan du berätta mer?" Sa Fiona entusiastiskt.

"Uhm nej. Jag måste gå till jobbet nu. Ta en titt på Internet om du vill." Sa Lars, stängde sin bärbara dator och satte på sig sin fotbollsdomaruniform.

Fiona kände sig aningen besvikelse över sin fars oförmåga att förklara den geocentriska modellen. Hon visste att det var meningslöst att fråga sin mamma Ling-Ling eftersom hon bara skulle upprepa innehållet i läroböckerna. Således fanns det bara en sak att göra. Hon behövde använda sina drömförmågor för att träffa Ptolemaios och få honom att förklara sin modell.

Efter att ha bestämt sig gick Fiona till sitt rum, slöt ögonen och beredde sig på ett fantastiskt äventyr.

NÄR FIONA ÖPPNADE ÖGONEN befann hon sig i den livliga staden Alexandria under antiken. Det stora biblioteket i Alexandria stod som centrum för staden, eftersom staden var centrum för vetenskapen. "Jag hittar nog Ptolemaios där inne," tänkte Fiona och hon gick i riktning mot biblioteket.

När hon såg de coola monumenten i staden som hedrade de egyptiska, grekiska och romerska gudarna kände sig Fiona besviken över att hon inte kunde ta med sina föräldrar i sin dröm. Hon hade besökt Alexandria med sina föräldrar några år tidigare, men monumenten hade varit ruiner och staden hade förorenats. Inte så coolt som det här.

Fiona gick in i biblioteket där hon såg en skäggig man iklädd en toga som meckade med en mekanisk modell av solsystemet. Han hummade när han fick kuggarna i modellen att gå runt, vilket fick modellen att gnissla

Fiona tvekade. Hennes mamma hade sagt att hon inte borde närma sig konstiga män, och Ptolemaios i sitt långa skägg och udda kläder såg excentriska ut. Fiona skakade av sin tvekan. Medan mamma Ling-Lings råd var bra för den verkliga världen hade Fiona inget att frukta i sina drömmar. Fiona närmade sig Ptolemaios och talade. "Hej, Ptolemaios. Kan du snälla förklara hur din geocentriska modell fungerar?"

Ptolemaios vände sig mot Fiona, studerade henne och talade: "Hur vet du mitt namn och varifrån kommer du? Jag har aldrig sett ett barn som du förut."

"Uhm, jag heter Fiona Orchard och jag kommer från Australien. Vad heter du?" Svarade Fiona.

"Jag heter Claudius Ptolemaeus, och jag kämpar med min modell?" Sa Ptolemaeus.

"Jag förstår. Har du provat att göra solen enorm och att göra så att alla planeter inklusive jorden kretsar kring solen?" Föreslog Fiona.

"Var inte dum. Alla kan se att solen är mycket mindre än jorden. Det jag kämpar med är att få den här modellen att fungera utan att gnissla. Olivolja är inte tillräckligt bra som smörjmedel. Jag behöver något bättre." Malde Ptolemaeus.

"Åh, var kan jag få bättre olja?" Tänkte Fiona. Hon insåg att hon kunde trolla fram petroleumbaserade smörjmedel eftersom detta var hennes dröm.

"Vad sägs om den här oljan?" Sa Fiona och gav Ptolemaeus en burk spraysmörjmedel.

Ptolemaeus sprutade oljan på handen, smakade på den och grinade. "Vad är det här för olja? Den smakar hemskt."

Fiona fnissade och svarade: "Du är inte menad att smaka den. Spreja den på kuggarna i din modell."

Ptolemaeus mumlade något, smörjde kugghjulen med oljan, vred veven, log och talade. "Äntligen har kuggarna slutat gnissla. Jag är redo att visa världen min modell av universum!"

"Jag förstår. Kan du förklara modellen för mig?" Frågade Fiona.

"Eftersom du hjälpte mig gör jag det gärna. I min modell är jorden i centrum av universum. Solen kretsar kring jorden på ett avstånd av 1210 radier, medan de andra planeterna är små och kretsar kring solen. Dessutom sitter alla andra stjärnor fast vid kanten av universum på ett avstånd av 20 000 radier." Svarade Ptolemaeus.

"Häftigt. Kan vi flyga närmare solen på en Pegasus som Icarus gjorde?" Frågade Fiona.

Ptolemaeus skrattade och svarade. "Tyvärr inte. 1210 radier är detsamma som att flyga jorden runt 200 gånger. Det kan du inte göra på en häst. "

Fiona nickade och svarade. "Jag förstår. Vad sägs om att åka med en raket? "

"Vad är en raket?" Frågade Ptolemaeus.

"Det är ett stort metallfartyg med eld som kommer ut från botten. Det är väldigt snabbt. Kom till taket på byggnaden så visar jag dig." Sa Fiona och sprang upp till rymdskeppet som hon hade frammanat till taket av byggnaden med sina drömkrafter.

"TRE, TVÅ, ETT, REDO för start!" Kvittrade Fiona när hon tryckte på startknappen medan hon var i rymdskeppet med Ptolemaeus.

När hon tryckte på knappen fick hon en insikt; att starta en raket ovanpå det viktigaste biblioteket i världshistorien var en dum idé. Hon hade inte tid att tänka på det här, eftersom raketen pressade tillbaka henne i sätet med mycket mer kraft än den snabbaste berg-och dalbanan.

"Oj, jag trodde aldrig att jag skulle kunna besöka rymden. Synd att du brände ner det stora biblioteket i Alexandria." Sa Ptolemaeus.

"Det är okej. Det skulle ha hänt förr eller senare oavsett. Det var dumt att förvara originalen till alla antikens verk på ett enda ställe. Böcker är brandfarliga." Sa Fiona.

"Så vad gör vi nu?" Sa Ptolemaeus.

"Nu när vi har lämnat jorden kan vi ta reda på om solen kretsar kring jorden eller vice versa. Vi kan också ta reda på om de andra planeterna är små eller stora." Sa Fiona.

Tyvärr kunde Fiona inte få de svar hon letade efter eftersom en hög röst fick hennes dröm att kollapsa.

"FIONA! MIDDAGEN ÄR klar!" Skrek mamma Ling-Ling.

Fiona skakade på huvudet men log också. Hon var besviken över att hon inte kunde ta reda på om Ptolemaeus hade rätt eller fel. Men samtidigt så älskade hon sin mors matlagning och middagen luktade gott.

Slut

Fiona och utomjordingen.

Fiona Orchard satt hemma och lekte med sin Halloween-mask. För årets bus-eller-godis ville hon klä sig ut som en utomjording, eftersom hon älskade sci-fi-filmer. Masken var mycket läskig, och den skulle skrämma alla. Detta skulle vara en kul förändring eftersom hon normalt sett var en väldigt söt tjej.

Det fanns dock ett problem. Fionas mamma Ling-Ling ville inte låta henne hålla på med bus-eller-godis. Fiona tyckte att hennes mamma var orättvis och bestämde sig för att uttrycka sitt missnöje: "Men mamma, varför kan jag inte busa i grannskapet. Alla andra barn får delta."

"Det är för farligt. Jag vill inte att du ska knacka på hos någon elaking." Svarade Ling-Ling.

"Men det är kul." Invände Fiona.

"Det spelar ingen roll. Jag köpte en påse godis som du kan äta medan du hänger med dina vänner efteråt." Svarade Ling-Ling.

"Mamma, ta inte bort det roliga med Halloween," klagade Fiona.

"Jag bryr mig inte. Jag är din mamma; du måste lyda mig." Svarade Ling-Ling.

När hon hörde detta blev Fiona frustrerad, gick till sitt rum och smällde dörren bakom sig.

När hon surade i sitt rum hörde hon att hennes far kom hem. 'Hmm, kanske kan jag övertyga pappa att låta mig busa,' tänkte Fiona, närmade sig Lars och talade: 'Hej pappa. Jag är så glad att se dig. Hur var det på jobbet?'

"Det är trevligt att se dig också, Fiona. Vilka fördelar försöker du skaffa?" Svarade Lars och log.

'Aj då, jag är för lättläst,' tänkte Fiona och svarade. "Så Rebecca, Sandra och jag funderade på att köra bus-eller-godis eftersom det är Halloween."

"Din mamma sa redan nej, eller hur?" Svarade Lars.

"Uhm, ja," svarade Fiona.

"Då borde du lyssna på din mamma," svarade Lars.

"Men varför? Hon är dum och neurotisk," gnällde Fiona.

"Tja, bus eller godis är inte en lämplig aktivitet ur ett risk- / nyttoperspektiv," svarade Lars.

"Vad menar du?" Frågade Fiona.

"Risken för en ung flicka som knackar på någons dörr är att hon hamnar i en galnings fängelsehåla. Den enda märkbara fördelen är godis värt ett par dollar. Din mamma och jag eliminerar den risken genom att köpa tillräckligt med godis för dig och dina vänner." Förklarade Lars.

"Men pappa, du förstör det roliga. Tänkte du någonsin på det?" Gnällde Fiona.

"Ja, men tyvärr är det mitt föräldraansvar att minska risker. Gå till ditt rum, Fiona. Säg till om du behöver en skjuts till din väns hem." Sa Lars och gick till köket.

När hon hörde detta gav Fiona upp. Hon tog sin godispåse, gick till sitt rum och surade. För att lugna sin ilska åt hon godiset för snabbt, kände sig illamående och somnade.

NÄR FIONA ÅTERKOM TILL sina sinnen, busade hon med Rebecca och Sandra. 'Wow, så jag övertygade pappa att låta mig köra bus-eller-godis?' Tänkte Fiona och funderade på om hon hade lämnat lägenheten i trots. Hon kände sig lite skyldig för att hon oroade sina föräldrar, men hon släppte det när Rebecca kvittrade, "Wow, det huset ser så coolt ut. Jag slår vad om att de har det bästa godiset!"

Fiona tittade på huset. Innehavaren hade gått all-in med dekorationerna. Grönt snor täckte dörrhandtaget, lila rök strömmade ut från fönstren och ett rymdskepp var parkerat i bakgården. "Det är din tur att busa, Fiona. Var inte en fegis." Retades Sandra.

Fiona tvekade. Hon mindes att hennes mamma hade förbjudit henne från att busa, och hennes mors ångest påverkade henne. Men å andra sidan, varför skulle hon tillåta rädsla att förstöra det roliga? Fiona knackade på dörren och en slemmig snigelliknande varelse som såg ut som en smalare version av Jabba the Hutt öppnade dörren.

"Gring, Grong, Grung." Sa utomjordingen.

Fiona stirrade i en blandning av terror och fascination på den hemska varelsen. Den som bodde här var verkligen en Halloween-entusiast. Fiona stammade, "Bus-eller-godis?"

"Ding, dong, dung," svarade utomjordingen.

"Uhm, kan du snälla prata svenska?" Frågade Fiona.

Utomjordingen kikade på Fiona, grimaserade och svarade. "Naturligtvis kan jag prata svenska. Men varför skulle jag prata svenska med min dotter? Vi måste behålla vårt Zung- arv som diplomater från Wolf-359-stjärnsystemet.

Fiona stirrade på husägaren. Vad i helvete pratade hon om?

"Fiona, spring. Det är ett monster." Skrek Rebecca och Sandra och flydde från platsen.

Innan Fiona hann fly, grep utomjordingen tag i henne och skällde. "Så, leker du med människor nu? Jag skäms över att du inte värderar ditt arv. Du får utegångsförbud, min unga dam."

Först förstod Fiona inte varför rymdvarelsen trodde att hon var hennes dotter, men sedan såg Fiona sig själv och varelsen i spegeln. När Fiona bar sin Halloween-mask såg hon ut som dottern till den slemmiga rymdvarelsen.

"Låt mig gå. Jag är en människa." Vädjade Fiona.

"Struntprat. Förneka inte vad du är!" Sa utomjordingen och rapade ut illaluktande lila gas.

Med detta sagt lyfte utomjordingen Fiona över axeln och förde henne till fängelsehålan.

"Du kommer att sitta här tills du beter dig, unga dam." Skällde rymdvarelsen och låste dörren bakom sig.

Fiona grät. Hon ångrade att hon inte lyssnade på sina föräldrar, även om hennes föräldrar bara hade varnat henne för dåliga människor. De hade aldrig varnat för illaluktande utomjordingar med ledsyn.

Men kanske var detta ett missförstånd? Fiona drog av sig masken, började banka på dörren och ropade: "Släpp ut mig. Jag är en människa."

"Gring , Dong, Zung." Skrek utomjordingen och kom rusande till dörren.

När rymdvarelsen öppnade dörren kikade hon mot Fiona och talade. "Zung , varför har du en mänsklig mask. En sådan mask skrämmer ingen på jorden."

"Det är ingen mask; det är mitt verkliga ansikte. Jag är en människa." Svarade Fiona.

"Jag har fått nog av din besatthet av människor. Vi åker till vår hemplanet så att du kan få hjälp med dina problem." Sa utomjordingen, grep tag Fiona och bar henne till rymdskeppet i bakgården.

När de väl var på rymdskeppet spände rymdvarelsen fast Fiona vid en stol och startade motorerna. När raketen drev iväg från jorden såg Fiona hur hennes hem blev mindre och mindre. "Mamma, jag borde ha lyssnat på dig. Jag är ledsen ... " Snyftade Fiona.

"FIONA. DINA VÄNNER är här. "

Fiona vaknade och kände sig lättad när hon insåg att hon hade drömt. Vilken mardröm! Fiona tittade på sin rymdvarelsemask som låg på golvet. Hon skulle aldrig bära den där igen. Hon gick till dörren för att hälsa på sina vänner Rebecca och Sandra.

"Tjena. Hur gick det med bus-eller-godis? " Frågade Fiona.

"Det gick inte så bra. De flest öppnade inte dörren, och ingen hade godis åt oss." Svarade Sandra.

"Inget godis?" Frågade Fiona.

"Ja, bus-eller-godis är inte så vanligt som det är i amerikanska filmer," svarade Rebecca.

"Åh, men jag har mycket godis. Låt oss äta det och titta på prinsessfilmer." Kvittrade Fiona.

"Ja. Vi kommer att ha så kul, " utropade Sandra.

Med detta sagt satte sig flickorna vid Teven för att titta på prinsessfilmer. De hade en kul kväll och njöt av godiset som Fionas föräldrar hade gett henne för att minska risken för att hon skulle hamna i en fängelsehåla.

Slut.

Fiona och Einsteinmötet

Fiona tittade på sina betyg från Kensington grundskola. Hennes dröm-förmågor ledde inte till bra betyg, och med ett genomsnitt på C i de fles-ta av hennes skolämnen var hon bara en genomsnittlig tredjeklassare. För pappa Lars var detta ett acceptabelt resultat, men för mamma Ling-Ling var det inte det. För Ling-Ling, liksom många andra asiatiska föräldrar, behövde hennes barn uppnå det hon hade aldrig uppnådde själv och ha toppbetyg.

Fiona gick hem med en sorgsen blick. Hon vågade inte berätta för sin mamma om sina betyg, men hon ville få det gjort så att hon kunde njuta av resten av sommarlovet i fred. Fionas besvikelse var svår att hantera, och hon började gråta på vägen hem.

Lars träffade henne i parken utanför av deras lägenhet. Han tittade oroligt på henne och sa: "Varför gråter du, Fiona. Hände det något i skolan?"

"Jag känner mig så dum ..." snyftade Fiona.

"Varför säger du det?" Svarade Lars.

"Mina betyg ... Jag fick C i genomsnitt." Svarade Fiona.

"Att få C betyder inte att du är dum, det är genomsnittligt. Så känn inte så." Svarade Lars.

"Jo, men mamma kommer att bli upprörd." Snyftade Fiona.

"Jo, men du lever inte för att behaga mamma, eller hur?" Sa Lars.

"Jag antar att du har rätt, pappa," svarade Fiona.

"Bra. Var en bra tjej som lever ett bra liv och inte skadar någon, och jag kunde inte vara stoltare över dig." Sa Lars, lyfte Fiona, och kysste hennes kind.

Fiona kände sig tröstad av sin fars ord och hans omfamning. Lars hade rätt. Om hon var av genomsnittlig intelligens och hon inte skadade någon med sina handlingar, vad fanns det då att vara ledsen över?

"Så, kommer du att prata med mamma för min skull?" Frågade Fiona.

"Nej, men jag säger så här. Även om Ling-Ling kommer att uttrycka sin besvikelse, så älskar hon dig fortfarande. Alla dagar kan inte vara fantastiska, sånt det är livet. Men om några dagar åker vi till Gold Coast så att du kan besöka alla nöjesparker. Det kommer att bli kul, eller hur?" sa Lars.

"Ja!" Kvittrade Fiona.

"Så, vill du komma och träna med pappa?" Frågade Lars.

"Nej, jag går hellre hem och tar en tupplur. Jag kunde inte sova i natt eftersom jag var så nervös för mina betyg." Erkände Fiona.

"Okej, jag tar dig hem innan jag beger mig ut," svarade Lars och bar lilla Fiona tillbaka till deras lägenhet.

När de kom hem, bäddade Lars ner Fiona i sängen och smög ut.

"Åh, jag önskar att den här dagen kunde vara över," tänkte Fiona och somnade då hon var utmattad efter sin natt med onödiga bekymmer.

NÄR FIONA VAKNADE BEFANN hon sig i en historisk europeisk stad som hon inte kände igen. De flesta åkte hästvagnar, medan några körde veteranbilar.

Hon gick fram till en kvinna och talade: "Hej, jag heter Fiona och jag är vilse. Var och när är jag?"

Kvinnan skrattade och svarade: "Du har tur att det här är en dröm, annars skulle jag tycka att du var knasig. Du befinner dig i den schweiziska staden Bern, och året är 1905."

Fiona blev konfunderad av kvinnans svar. Varför drömde hon om att vara i Schweiz år 1905? Vad stod på?

'Wow, det måste vara Albert Einstein.' Tänkte Fiona när hon såg en excentrisk man som skrev i en anteckningsbok medan han satt under ett träd. Fiona bestämde sig för att prata med Einstein. Han var den intelligentaste mannen i mänsklighetens historia, och han kunde lära henne att bli smart också.

"Hej, professor Einstein." Kvittrade Fiona.

"Åh hej, lilla tjejen. Jag är inte professor. Jag är en uttråkad patentadministratör som arbetar med en teori." Sa Einstein.

"Okej, det ser ut som att du klottrar nonsens. Vad heter din teori?" Frågade Fiona. "Relativitetsteorin. Jag har allt planerat, men jag saknar min genombrottsformel." Svarade Einstein.

"Ah, du menar som $E = MC^2$?" Frågade Fiona.

Einstein tittade förvånat på Fiona, räknade lite, och utropade: "Wow! Du har hjälpt mig med den saknade beräkningen i min formelkedja. Du måste vara så smart!"

"Uhm, jag är bara en genomsnittlig student. Jag är orolig att min mamma kommer att bli besviken när hon får höra om mina betyg." Erkände Fiona.

Einstein log mot Fiona och svarade: "Oroa dig inte. Alla är genier. Men om du bedömer en fisk efter dess förmåga att klättra i träd, kommer den att leva sitt liv i tron att den är dum."

"Så säger du att jag har stora förmågor?" Frågade Fiona.

"Ja. Alla kan inte möta historiska personer med tankens kraft." Svarade Einstein.

"Tack Einstein!" Utbrast Fiona glatt.

"Snälla kalla mig Albert", svarade Einstein.

När hon hörde Einsteins uppmuntrande ord mådde Fiona bra igen. Oavsett vad hennes mamma skulle säga om hennes betyg var hon nöjd med hur hon var, och det var det viktigaste i livet.

"Tack, Albert. Innan jag beger mig av kan du berätta vad dina teorier säger?" Sa Fiona.

"Enligt mina teorier kan vi få gränslös energi, kraftfulla vapen och tidsresor. Alla säger att jag är galen, men en dag kommer mina drömmar att gå i uppfyllelse." Svarade Einstein.

Fiona suckade. Hon visste att det enda som hade kommit från Einsteins teorier var uppfinningen av kärnvapen. År 2028 var gränslös energi och tidsresor fortfarande avlägsna drömmar. Men varför skulle hon demoralisera den milda excentriska mannen som hade hjälpt henne?

"Tack, Albert. Det är dags för mig att vakna nu," sa Fiona och vaknade i sitt rum.

FIONA KÄNDE SIG NERVÖS när hon närmade sig matbordet. Hennes mamma hade inte nämnt hennes betyg men hon fruktade att ämnet skulle komma upp. När hon kom till matbordet såg hon en tårta med följande text på glasyren. 'Grattis till vår favoritdotter för att hon har bättre betyg än hälften av sin klass.'

Fiona tjöt av glädje, tittade på Ling-Ling och talade: "Ha! Så du är inte besviken över mina betyg?"

Ling-Ling fejkade ett leende och svarade: "Det är jag, men jag vill inte att du ska känna dig som ett misslyckande. Jag älskar dig, oavsett dina betyg, och jag vill att du ska hitta motivation att göra det bästa du kan."

"Tack mamma," svarade Fiona.

"Så, vad väntar vi på, låt oss äta den här tårtan!" Utbrast Lars.

"Sakta i backarna, älskling. Först måste vi äta middag. Jag tillagade en kycklingsallad för att balansera den ohälsosamma tårtan." Svarade Ling-Ling och log.

Efter att Ling-Ling sagt detta hade familjen en trevlig kväll tillsammans. Fiona kände sig lättad över att hennes mediokra betyg inte hade orsakat någon sorg, och hon kände sig motiverad att anstränga sig mer nästa termin. För när allt kom omkring så skulle hon anstränga sig mer för att släcka sin törst för kunskap, än om hon studerade hårt för att undvika straff.

Kycklingsalladen och tårtan var smaskiga, och om några dagar, skulle hon åka till Gold Coast och åka bergochdalbana!

Slut.

Fiona och älvkungen

Fiona promenerade med sin pappa när hon såg något som fascinerade och skrämde henne. Hon såg en örn som dök ner från himlen och fångade en kanin med ett imponerande svep. Medan örnens graciösa rörelser var en naturkraft kände hon sig ledsen över kaninens bortgång. Kaniner var så söta och fluffiga. Att leka med sin vän Jasmines kanin hade gett henne många bra minnen. Fiona behövde stoppa örnen!

"Pappa, vi måste stoppa örnen från att döda kaninen," utropade Fiona.

"Döda kaninen? Örnen bjuder hem kaninen på kaffe och bullar. Att flyga dit är det snabbaste sättet." Retade Lars.

Hennes pappas kommentar gjorde Fiona upprörd. Hon knuffade honom och utropade: "Gör inte narr av mig, pappa. Örnen kommer att döda kaninen. Vi måste stoppa den."

"Flicka lilla, örnen och kaninen är där borta, och vi är här. Vi har inga vingar. Hur föreslår du att vi stoppar örnen?" Sa Lars och skrattade.

"Jag önskar att vi hade ett gevär. Då kunde vi skjuta örnen för att den är så elak." Utbrast Fiona.

"Jo, men förutom att det skottet är omöjligt, skulle vi också döda kaninen om vi sköt örnen. Ett fall från den höjden går inte att överleva. Dessutom är örnens fångst av kaninen den naturliga händelsekedjan." Förklarade Lars.

"Jag antar att du har rätt. Kan vi bli veganer, så att vår livsstil inte skadar oskyldiga djur?" Frågade Fiona.

"Nej. Att avstå från kött är inget jag är villig att göra för att blidka dina nycker. Dessutom medför även veganska livsstilar att andra djur lider." Svarade Lars.

"Nej! Veganer konsumerar inte animaliska produkter. De är snälla mot miljön." Invände Fiona.

"Men även om du blir en vegan, så vill du fortfarande ha mobiltelefoner, datorer och de senaste modekläderna. Produktionen av dessa föremål skadar miljön och orsakar lidande." Svarade Lars.

Hennes pappas ord gjorde Fiona upprörd. Hon gillade inte hur han hade avfärdat hennes idé utan att överväga en kompromiss. Lars var gammalmodig och hade förutfattade meningar!

"Så, finns det något sätt att skapa en värld utan lidande?" Frågade Fiona.

"Min fiktiva planet Elvonia var ett paradis innan Rangda och hennes Xenos invaderade. Du kan fråga kung Mellron om hans värld i din nästa dröm," föreslog Lars.

"Okej, pappa," svarade Fiona och tittade bort.

De gick i ytterligare två timmar, men Fiona kunde inte njuta av landskapet och den friska luften i Royal National Park. Att bevittna naturens grymhet hade gjort henne upprörd, och hon avskydde att den söta kaninen måste lida.

Så småningom nådde de bilen och började åka hem. Efter att ha åkt ett tag, blev Fiona trött på att sura, så hon somnade.

NÄR FIONA VAKNADE BEFANN hon sig i en fridfull skog där allt glittrade av ett magiskt ljus. Det var den vackraste skogen hon någonsin sett, och det lugnande sorlet från en närliggande bäck gjorde henne sömnig.

"Jag vill inte sova; Jag vill utforska denna magiska plats." Tänkte Fiona och höll sig vaken. Hon gick mot ljudet av vattnet och nådde ett gammalt tempel. Bredvid templet fanns ett vattenfall som skimrade i en blandning av blått och rött från den snart nedgångna solen. Hon hörde sång på ett mystiskt språk från templets inre helgedom.

Fiona gick in i templet för att undersöka. Hon gillade den här drömmen, och hon kunde inte vänta med att se vart den ledde henne.

"Gong Dau, Gong Dia, Gong Undung. Mua Elvonia. (För det förflutna, för nuet, för framtiden, mitt Elvonia.)"

Fiona såg en grupp älvor som sjöng framför en majestätisk blå kristall som lyste med ett lugnande blått ljus. Ljuset var klart som solljus, men det skadade inte ögonen. Älvkungen, som bar ett invecklad huvudbonad, höjde handen för att stoppa sången.

När sången slutade, gick kungen ner från altaret och talade: "Hälsningar. Jag är kung Mellron. Vad gör en människoflicka på Elvonia?"

"Hej, kung Mellron. Jag heter Fiona, och jag är här för att lära mig om er värld. Min far sa att den här planeten är ett paradis. Den perfekta världen, där ingen lider?" Frågade Fiona.

"Åh ja, din pappa har rätt. Jag önskar att mänskligheten kunde leva på samma sätt. Men ni är inte lika anpassade till den sanne skaparen som vi älvor är." Förklarade Mellron.

"Vem är den sanna skaparen?" Frågade Fiona.

"Den sanne skaparen är universums skapare. Hon är alltid närvarande här på Elvonia genom zetokristallernas harmoniska kraft. Alla varelser på denna planet lever i harmoni till slutet av deras livstider när de går vidare utan fruktan." Hävdade Mellron.

"Så, är alla djuren växtätare?" Frågade Fiona.

"Nej. Köttätarna har en avgörande roll på denna planet. När en växtätare når slutet av sin livslängd, erbjuder sig djuret på efterlivets altare. Köttätare omger det altaret, och de dödar de sjuka djuren så smärtfritt som möjligt. När köttätarna äter de sjuka djuren sprider de dess näringsämnen via sin avföring i en oändlig cykel." Förklarade Mellron.

"Wow, det låter fantastiskt. Varför fungerar inte ekosystemet likadant på jorden?" Frågade Fiona.

"Jorden skapades inte för att vara ett paradis. Den har ett annat syfte, som bara den sanne skaparen känner till." Förklarade Mellron.

Fiona nickade men sa ingenting.

"Hej pappa, kan jag leka med människan?" Kvittrade en ung älvpojke.

Mellron tittade strikt på pojken och svarade. "Nej, Adaron, det kan du inte. Vi måste sjunga Mua Elvonia 98 gånger till innan vi äter middag, och vi är försenade eftersom Fiona avbröt oss."

"Vänta. Det här är min dröm och jag vill att Adaron ska visa mig runt." Begärde Fiona.

Mellron såg uppgiven ut, suckade och svarade: "Okej, Fiona med drömkrafterna. Detta är mitt rike, men det är din dröm. Se till att min son uppför sig och är hemma i tid för middag."

"Jag lovar. Kom Adaron, låt oss bege oss på ett äventyr." Kvittrade Fiona och de två barnen sprang ut från templet så att de kunde ge sig ut på äventyr innan Adaron behövde äta middag.

När de steg ut ur templet såg Fiona en Pegasus. Hon hade aldrig sett en flygande häst förut, och detta gjorde henne upphetsad. "Wow, en bevingad häst. Kan vi flyga den?" Frågade Fiona.

"Jag antar att vi kan det. Mitchki, kom hit." Kallade Adaron och Pegasus närmade sig dem.

Fiona och Adaron klev på den bevingade hästen och Fiona utbrast. "Jippi. Vilket är det bästa stället att besöka?"

"Jag vet inte. Du bör bestämma." Svarade Adaron.

"Låt oss flyga till den där klippan," Sa Fiona och styrde hästen till en närliggande klippavsats, som hade ett äppelträd med blå äpplen.

När de landade, steg Fiona av hästen och tog några äpplen från äppelträd. "Låt oss äta äpplen och njuta av solnedgången," Sa Fiona och barnen satte sig ner.

"Det är vackert här uppe. Kommer du hit ofta?" Frågade Fiona medan hon tuggade på det blå äpplet som smakade som en hybrid mellan plommon och äpplen.

"Nej, aldrig ..." svarade Adaron.

"Varför inte? Det är så nära ditt hem. Var brukar du åka?" Frågade Fiona.

"Jag ... jag vet inte." Stammade Adaron.

"Vad är fel?" Frågade Fiona.

"Jag har ingen fri vilja. Varje dag är en upprepning av föregående dag. Din ankomst är det mest spännande som någonsin har hänt mig. Jag önskar att jag var på jorden, där människor och djur har fri vilja." Utropade Adaron.

Fiona tittade på Adaron och reflekterade över vad han hade sagt. På ytan verkade Elvonia som ett paradis. Men så som Adaron beskrev livet här verkade det urtrist. Paradiset var inte det hon sökte, hon föredrog att leva på jorden med dess glädjeämnen och sorger.

"Uhm, min pappa kommer att bli upprörd för att jag är sen till middag. Denna har aldrig hänt förut." Mumlade Adaron.

"Oroa dig inte. Det här är en dröm." Sa Fiona, kramade Adaron, blundade och vaknade i bilen när den parkerade hemma i Kensington.

"FIONA, VARFÖR SPRINGER du?" Frågade Lars när hon sprang ur bilen.

"Jag måste säga något till mamma, vi ses snart." Kvittrade Fiona och rusade till hissen.

När hon kom hem skyndade hon sig att krama sin mamma och sa. "Tack mamma. Jag är så glad att dina gudar, Gud och Jesus, gav oss fri vilja."

"Jag är glad att du säger det. Berätta vad som hände," svarade Ling-Ling.

"Jag såg en örn döda en kanin när jag promenerade med pappa. Jag kände mig ledsen och jag drömde om den perfekta världen där dåliga saker aldrig hände. Jag anlände till Elvonia, och allt verkade perfekt tills en pojke berättade att orsaken till att inget dåligt hände var att deras gudom inte gav dem fri vilja. Det är därför jag är glad över att vara en människa på jorden."

"Wow, min lilla älskling. Du har de mest livliga drömmarna. Jag har bakat äppelpaj till dig. Du förtjänar den efter din långa promenad." Sa Ling-Ling och log.

"Mamma, du är bäst." Svarade Fiona och hon tog för sig av Ling-Lings läckra äppelpaj. Hon tog en tallrik och gick till balkongen för att titta på solnedgången, glad över vetskapen att det var hennes val att göra det.

Slut

Fiona och diamanten.

Fiona tittade på mamma Ling-Ling som beundrade sin smyckesamling. Medan Ling-Lings diamanter var långt ifrån de största i världen verkade hon fascinerad när hon tittade på de transparenta stenarna. Fiona kunde inte förstå sin mammas fascination eller varför hon förvarade stenarna i kassaskåpet. Veckan innan hade hennes pappa köpt liknande stenar till Fiona i leksaksaffären för en småsumma.

"Hej mamma, varför låser du in dina stenar i stället för att leka med dem?" Frågade Fiona.

”Åh, det är för att jag är orolig för att förlora dem om jag använder dom. De är säkra om jag förvarar dem i kassaskåpet,” svarade Ling-Ling.

"Men vad är vitsen med att köpa dyra leksaker om du inte kan leka med dem?” Frågade Fiona.

”Vitsen är att jag vet att jag äger dem och att jag kan titta på dem när jag vill.” Svarade Ling-Ling.

Fiona skakade på huvudet. Hon kunde inte förstå sin mammas förälskelse med ädelstenar, eftersom hon aldrig använde dom. Hon bestämde sig för att diskutera ämnet med pappa Lars.

Lars tittade på buskishumor när Fiona närmade sig honom. Han log mot henne och talade: ”Hej Fiona. Har du redan tröttnat på mammas ädelstenar?”

”Ja, jag vet inte varför hon har smycken som hon aldrig använder. Är de bra som investeringar?” Frågade Fiona.

"Sedan när bryr du dig om investeringar?" Frågade Lars.

”Jag lyssnade på att din och Geoffrey diskussion om investeringar häromdagen. Jag träffade Warren Buffet i mina drömmar den natten. Jag vill bli lika bra på att investera som han var, eller åtminstone vill jag bli bättre än vad du och Geoffrey är.” Berättade Fiona.

När han hörde detta skrattade Lars. Det var tur att Fiona hade en bra reservplan. Att bli en bättre investerare än honom eller Geoffrey, var enkelt att slå!

”Sällsynta ädelstenar kan säljas för en förmögenhet på auktioner. De stenar din mamma köper förlorar 80 procent av sitt värde, så snart de lämnar butiken.” Berättade Lars.

"Varför är det så?" Frågade Fiona.

"För om något är väldigt sällsynt kommer de rika att betala en förmögenhet för det, därför att de kan. De ädelstenar som mamma köper är vanliga stenar, som stöds av marknadsmanipulation och reklam." Förklarade Lars.

"Okej. Tack för rådet. Nu vet jag att jag behöver hitta en sällsynt diamant och sälja den." Sa Fiona och gick.

"Lycka till, min flicka," sa Lars, skrattade och vände uppmärksamheten mot komediserien.

'Åh, jag ska visa honom.' Tänkte Fiona och gick till sitt rum för att besöka platsen där allt var möjligt; hennes drömmar.

NÄR FIONA ÖPPNADE ÖGONEN förblindade kcamerablixtar henne. Vart hade hennes drömmar fört henne?

"Skåda. Fiona Orchard, innehavaren av Orchard Diamanten, världens största och klaraste diamant.

Fiona tittade på auktionsförrättaren som stod på andra sidan den stora diamanten. Hon förstod inte vad som var speciellt med den. För henne såg den ut som en vanlig prismatisk glasbit.

"Hmm, kanske har den några magiska egenskaper," tänkte Fiona.

Hon bestämde sig för att sjunga den vers hon hade hört på Elvonia under ett tidigare äventyr, "Gong Dau, Gong Dia, Gong Undung. Mua Elvonia. (För det förflutna, för nuet, för framtiden, mitt Elvonia.)"

Sången påverkade inte diamanten, och nu tittade alla på henne. Så jobbigt!

"Uhm det är en mycket vacker diamant. Buda gärna på den." Sa Fiona generat.

"Ni hörde den unga damen. Hörde jag 10 miljoner dollar?" Mässade Auktionsförrättaren.

"Ja!" svarade en man.

"15 miljoner dollar?" Fortsatte Auktionsförrättaren.

"Här!" Svarade en kvinna.

När hon hörde hur budgivarna försökte överträffa varandra, log Fiona och drömde om hur livet skulle bli när pengarna var hennes.

"Var inte girig, du blir lyckligare om du bara behåller tillräckligt med pengar för att leva ett gott liv."

Fiona vände sig mot rösten. Den tillhörde Finkerbelle, moderfen. Finkerbelle hade varnat Fiona för att träffa de röda drakarna under ett tidigare äventyr. Fiona hade inte lyssnat på Finkerbelle och hon hade orsakat mycket skada genom att förena drakarna mot resten av Surrealias invånare.

"Okej. Jag lyssnar på dig den här gången. Vad vill du att jag ska göra?" Frågade Fiona.

"Behåll en miljon för dig själv och använd de återstående pengarna för att öppna en skola för fattiga barn utomlands," instruerade Finkerbelle.

"Visst", svarade Fiona, och hennes dröm teleporterade henne till en annan plats.

"SE VEM SOM ÄR HÄR, NONA ORCHARD."

När Fiona öppnade ögonen befann hon sig vid en skolbyggnad i Asien. Ett gäng barn spelade fotboll, och de hade det bra. De slutade spela och jublade när de såg henne.

"Vad hände?" Frågade Fiona Finkerbelle.

"Det är kraften med att dela. Du offrade din onödiga lyx så att alla dessa barn kunde sluta arbeta i textilfabriken. Ditt bidrag gav dem en utbildning och en bra barndom."

"Så, alla dessa bra saker hände för att jag gav upp ägorätten till den ädelstenen?" Frågade Fiona.

"Ja", sa Finkerbelle och log.

Fiona log. Vilken underbar dröm, som hade lärt henne en sak. Att inga diamanter i världen kunde överträffa ett gott hjärta.

Slut.

Fiona och vikingarna.

Fiona tittade på en dokumentär om vikingar med sin far, när hon började bli irriterad på gubben. Det verkade som om Lars var stolt över att dela ett arv med de våldsbenägna nordborna som terroriserade Europa på 900-talet. Varför var deras räder bra, och varför var hennes pappa så fascinerad av dem? Fiona bestämde sig för att ta reda på svaret.

"Hej, pappa. Varför är du så fascinerad av vikingar? De verkar elaka och dumma." Frågade Fiona.

"Jo, min flicka. Vikingatiden är vårt folks mest kända tid, och även om de verkar brutala och barbariska enligt dagens mått så var alla likadana. Vikingarna var bara bättre på det." Sa Lars och skrattade.

"Vikingarna är inte mitt folk. Jag ser mer indonesisk ut." Invände Fiona.

"Utseende har inget med saken att göra. Du har mitt blod i dina ådror. Dessutom är jag säker på att indonesiska stammar gjorde saker du inte gillar förr i tiden. Vad är du då?" Retade Lars.

"Om så är fallet så beskriver jag mig som etnicitetslös," Hävdade Fiona.

"Säger du det så. Jag kan låta dig välja nästa tv-program." Svarade Lars.

"Det är okej. Men jag måste fråga. Varför trodde de att de kom till himlen om de dog i strid? Det är så dumt!" Hävdade Fiona.

"Hmm, varför tror du att kommer till himlen om du lever ett rättfärdigt liv?" Frågade Lars.

"Uhm, därför att Jesus belönar de rättfärdiga?" Svarade Fiona med tvivel i rösten.

"Nej, det är inte därför. Du tror det för att Ling-Ling lärde dig att tro på det under dina barndomsår. Du kan lura i ett barn vilket religiöst nonsens som helst, och de kommer att fortsätta tro på det när de når vuxen ålder." Hävdade Lars.

"Så, vad tror du på, pappa?" Frågade Fiona.

"Jag lärde mig ingen religiös doktrin under mina barndomsår, så jag tror inte på någon av dem. Oavsett så är ingen religiös tro mer absurd än någon annan tro, så du bör ha ett öppet sinne." Svarade Lars.

Lars svar irriterade Fiona. Om han hade rätt skulle ett rättfärdigt liv inte ge några belöningar i slutändan. Men var ett gott liv i sig en belöning?

Oavsett så var det meningslöst att predika hennes mors tro till sin far; det fanns bättre sätt att tillbringa en lördagseftermiddag. Som att ta en tupplur!

"Okej. Jag tänker inte argumentera med dig. Nu ska jag sova middag." Sa Fiona.

"Klokt val. Jag skulle sova mer om jag hade lika intressanta drömmar som du har, min käraste," svarade Lars och kysste Fionas panna.

Fiona gick till sängen och log mot boken som låg på hennes nattduksbord. Genom att pröva sig fram hade hon hittat en bok som var ännu bättre än hennes fars böcker på att göra henne sömnig. Att läsa några sidor i Gustaf Vasas bibel var det bästa sättet att somna!

'WOW, DET VAR SNABBT.' Tänkte Fiona när hon öppnade ögonen. Hon var vid Glumslövs backar i södra Sverige, och det var en vacker sommardag. Men när var det? Fiona insåg att det inte var nutid när en smutsig kvinna i vita trasor sprang mot henne.

"Främling, snälla hjälp mig. I dag är det hövding Björn Bredyxas begravning." Uppgav kvinnan.

"Varför är det ett problem?" Frågade Fiona.

"Eftersom jag, Sigrid Stormorm, är hans brud för livet efter detta," svarade Sigrid.

"Vad betyder den titeln?" Frågade Fiona.

"Det betyder att jag måste brännas tillsammans med hans kropp på hans skepp," svarade Sigrid.

"Åh nej, det är fruktansvärt," sa Fiona.

"Det är det. Jag vill inte tillbringa efterlivet med Björn, jag vill tillbringa det med Knut." Avslöjade Sigrid.

Fiona reflekterade över Sigrids uttalande. Det verkade absurt att Sigrids främsta oro var att hon skulle offras till fel hövding. Fiona visste en sak; det var dags att sprida sin fars ateism till vikingarna. Det skulle vara svårt att övertyga dem om värdet av barmhärtighet, så det vore lättare att övertyga dem om att det var idiotiskt att mörda deras slavar och bränna deras skepp!

"För mig till din by, så tar jag itu med vikingarna," sade Fiona.

"Vad kan du göra? Du är bara en tjej, och du är inte ens härifrån?" Undrade Sigrid.

"Min far är härifrån, och jag har krafter som kan ändra allt här i världen," uppgav Fiona.

"Du är tokig!" Sa Sigrid.

"Nej det är jag inte. Följ mig." Sa Fiona och duon gick tillbaka till byn

"SÅ, DU HAR ÅTERVÄNT. På grund av din oförskämdhet får du inte längre åka till Valhalla med vår herre. Du kommer att komma till helvetet vilket är ditt öde som slav. Muahaha!" Hånade en viking när Fiona och Sigrid närmade sig hövdingens begravning.

Fiona tittade på de skrämmande nordborna. De hade målat sig med djurblod, och de var redo för sin favoritaktivitet, mord. Hon hade tur att detta var hennes dröm, annars skulle hon vara livrädd.

"Nej. Ingen kommer att dö här idag, och ni kommer inte att bränna det skeppet." Befallde Fiona.

"Och varför är det så?" Hånade vikingen.

"För att er tro är rent nonsens. Björn Bredyxa är död, och inget ni gör kommer att förändra hans öde." Förklarade Fiona.

"Det var oförskämt för att komma från en kristen. Vi kan döda dig också." Vrålade Vikingen.

Fiona märkte krucifixet som hängde runt hennes hals. Detta var inte det bästa tillbehöret att bära när hon försökte sprida ateismens fördelar, men det var som det var.

"Mitt kors beror på att min mamma lärde mig kristendom under mina uppväxtår. Det är vad religion är, idéer som undervisas under barndomen. Er religion får er att begrava er skatter, och sedan åker ni utomlands för att roffa åt mer skatter. Det är en oändlig ond cirkel som måste ta slut." Förklarade Fiona. Vikingarna tittade förvånat på Fiona. De hade aldrig föreställt sig att en liten tjej skulle vara modig nog att konfrontera dem.

En äldre viking närmade sig Fiona och sa: "Så, vad ska vi göra istället?"

"Ni borde gräva upp Björns skatter och investera i er by, i stället för att råna folk," svarade Fiona.

När han hörde detta blev den äldre vikingen rörd till tårar och han utbrast, "Hilda. Äntligen får jag tillbringa en sommar med dig och mina barnbarn. Inget mer meningslöst våld."

När Fiona såg hur vikingarna släppte sina vapen för att krama sina fruar och barn, kände hon sig rörd. Det verkade som att deras religion hade hindrat dem från att omfamna sin mänsklighet. Glädjen var kortvarig, eftersom en annan grupp med vikingar kom rusande med dragna svärd.

'Dags att vakna.' Tänkte Fiona, blundade och vaknade i sitt sovrum.

NÄR FIONA ÖPPNADE ÖGONEN stod hennes pappa bredvid sängen. Han log mot henne och talade. "Hej, Fiona. Jag hoppas att du sovit gott. Jag är ledsen för att jag predikade min ateism för dig."

"Fick mamma dig att säga detta?" Retade Fiona.

"Ja," Erkände Lars.

"Det är ingen fara," svarade Fiona.

Lars nickade och skulle gå när Fiona kvittrade. "Hej pappa, jag använde dina ateismargument för att få en vikingastam att sluta omfamna våld."

"Jaså? Fungerade det?" Frågade Lars.

"I cirka fem minuter," tänkte Fiona, men hon svarade. "Ja, det gick bra."

"Toppen. Det är dags för middag. Jag gjorde kycklingsallad med couscous åt oss." Sa Lars.

"Jippi, så gott. Tack pappa." Kvittrade Fiona.

Med detta sagt Fiona kramade sin pappa och rusade till det köket för att njuta av en välförtjänt middag.

Fiona och de nyttiga slickepinnarna.

Det regnade ute och Fiona läste en bok för att förbättra sitt ordförråd. Medan teven och tecknade serier var mer lockande, hade hennes far Lars erbjudit henne $ 20 för att läsa en av hans böcker och sammanfatta handlingen. Läsning bra för henne och det var trevligt att visa intresse för sin fars hobby.

När hon läste boken, som följde hennes fars alter ego, undrade hon varför han inte hade skildrat sig trevligare. Hennes pappa skulle inte resa runt i världen för att mörda människor och stjäla magiska föremål, så varför hade han beskrivit sig så? Fiona bestämde sig för att fråga.

Hon gick till vardagsrummet där Lars drack öl och tittade på fotboll. Han följde således inte sitt eget råd om att läsa för att förbättra sitt ordförråd. Men då han inte argumenterade för konspirationsteorier på nätet, så kunde saker och ting ha varit värre.

"Uhm, pappa. Jag har en fråga?" Frågade Fiona.

"Ja, älskling. Hur kan pappa hjälpa dig?" Svarade Lars.

"Så, boken som du tvingade mig att läsa ..." svarade Fiona.

"Uppmuntrade dig att läsa. Jag skulle inte tvinga dig att göra någonting om det inte är nödvändigt." Klargjorde Lars.

"Så i boken som du betalade mig för att läsa. Varför är du en monokelbärande galning som reser runt i världen och dödar folk?" Frågade Fiona.

När han hörde detta blev Lars skrämd och utbrast. "Va? Varför valde du Martin Orchards fall? Den boken är inte för barn. Din mamma kommer att bli arg när hon får reda på det här."

"Jag ville inte läsa en av dina barnböcker. Du har redan läst dem för mig många gånger, så vad är det för mening?" Frågade Fiona.

"Meningen är att förbättra ditt ordförråd," svarade Lars.

"Hur som helst, varför beskrev du dig själv som du gjorde?" Frågade Fiona.

"Eftersom poängen med fiktion är att skapa tänkvärda scenarier och se hur de utvecklas," svarade Lars.

"Du menar scenarion som "Tänk om godis var nyttigt?" Frågade Fiona.

"Tja, det är ett osannolikt scenario, men visst," svarade Lars.

"Bra, jag återvänder till mitt rum och funderar på det. Vi ses senare," kvittrade Fiona.

När Fiona återvända till sitt rum, så stirrade hon upp i taket. Hon ville nå drömvärlden där allt var möjligt, även nyttigt godis.

Tyvärr kunde hon inte drömma på kommando, eftersom hon behövde somna först.

'Hmm, vad är det enklaste sättet att somna?' Tänkte Fiona och fnissade när hon insåg svaret. Det enklaste sättet var att fortsätta läsa Lars bok! Några sidor senare nådde Fiona en värld av livliga drömmar.

'WOW. DET HÄR ÄR OTROLIGT.' Tänkte Fiona när hon öppnade ögonen. Hon var i ett fantasikungarike där godis växte på träd och floderna flödade med läskedrycker. Hon korsade en bro och gick in i en liten by som påminde om Indonesien. En skylt nämnde att byn hette Negeri Permen, (Godislandet).

En pojke närmade sig och talade. "Hej, Fiona. Jag heter Gula-Gula. Jag behöver din hjälp."

Fiona log mot pojken, som påminde om hennes kusin i Indonesien och svarade. "Jag hjälper gärna till. Det här är min dröm, så jag kan göra vad som helst!"

"Kan du snälla be fen Manisan Bonbon att bryta förbannelsen som vilar över denna by?" Frågade Gula-Gula.

"Vadå för förbannelse? Är godiset giftigt?" Frågade Fiona.

"Nej, det är näringsrikt och bra för dig," svarade Gula-Gula.

"Så kan jag äta klubborna som hänger från det trädet?" Frågade Fiona och pekade mot ett apelsinträd som hade regnbågssmakade godisklubbor istället för apelsiner.

"Ja, de är bra för dig," svarade Gula-Gula.

"Wow!" Utropade Fiona, rusade till trädet och grep tag i en slickepinne.

När hon slickade klubban kände hon att hon var i himlen. Detta var den bästa slickepinnen hon någonsin hade ätit, och den kombinerade alla hennes favoritsmaker. "Jag älskar min fantasi!" tänkte Fiona och log.

Fionas godisätande avbröts när Gula-Gula närmade sig henne igen. "Så, Nona Orchard. Kan du snälla hjälpa oss nu när du smakat på vår förbannelse?"

Hennes imaginära kusins uttalande förvirrade Fiona. Vad var det för fel med den här platsen?

"Uhm Gula-Gula. Jag förstår inte vad problemet är. Denna by verkar vara ett paradis." Sa Fiona.

"Du tycker det för att allt är nytt för dig. Tänk om den enda smaken du någonsin äter är sötma? Du skulle längta efter de grönsaker som du vägrar att äta." Svarade Gula-Gula.

Fiona stirrade misstroget på pojken. Varför skulle hon längta efter grönsaker när hon kunde äta detta smaskiga godis? Hon slickade på godisklubban igen och hon förstod Gula-Gulas situation. Tjusningen med att enbart äta godis bleknade snabbt, och hon längtade efter kokt broccoli.

"Okej. Hur kan jag hjälpa dig?" Frågade Fiona.

"Manisan Bonbon bor på andra sidan skogen. Jag vågar inte gå dit, eftersom det finns varulvar längs vägen." Svarade Gula-Gula.

"Var inte rädd. Jag kommer att hjälpa dig. Vi ses senare, kusin." Kvittrade Fiona och använde sina teleporteringsförmågor för att lämna byn.

"HMM, DET HÄR ÄR INTE fens slott." Tänkte Fiona när hon öppnade ögonen i en mörk och läskig skog. En isig vind träffade henne och hon skakade av köld. En annan sak oroade henne mer. Ljudet från en flock varulvar. Fiona glömde att hon var inne i en dröm och fick panik. Vad skulle hon göra?

"Om jag bara hade två pistoler och en zetansk monokel som Martin Orchard." Tänkte Fiona. Hon överväldigades när monokeln materialiserades framför hennes ögon och pistolerna dök upp i hennes händer.

"Vill du aktivera stridsläge?" Frågade monokeln.

"Ja, rädda mig från de otäcka varulvarna." Svarade Fiona

Fionas tidsuppfattningen förändrades och hon fick en utomkroppslig upplevelse. där hon såg sig själv skjuta varulvarna i slow motion som en actionhjälte. Efter några sekunder, återvände Fiona till sin kropp och släppte de heta pistolerna till marken. Hon hade dödat varulvarna.

"Nej, Fiona. Vad har du gjort?"

Fiona vände sig om och såg en gammal älva som hade en godisstav. 'Det måste vara fen Manisan Bonbon. Jag undrar varför hon är här.' Tänkte Fiona och svarade.

"Jag kom för att rädda dig från varulvarna."

"Rädda mig? Dessa varulvar var mina vänner. Varför kände du dig tvungen att tillgripa våld, flicka lilla?" Utropade Manisan.

Fiona funderade på Manisans fråga. Hon insåg att läsandet av en våldsam bok hade påverkat hennes problemlösningsförmåga. Om hon hade läst en fridfull bok hade hon kommit fram till en bättre lösning.

"Jag vet inte. De skrämde mig." Snyftade Fiona.

"Din fruktan är ingen anledning att skada andra. Kunde du ha löst situationen utan att använda våld?" Frågade Manisan retoriskt.

Fiona lade händerna i fickorna och hon kände något krispigt. När hon drog ut det höll hon en bit hundgodis. "Ja, jag kunde ha gett varulvarna hundgodis," sa Fiona och suckade.

"Bra. Låt detta vara en läroupplevelse. Eftersom detta är en dröm hade ditt våldsamma utbrott ingen effekt. Men kom ihåg. Att ge efter för våldsamma tankar kan ha oåterkalleliga effekter." Predikade Manisan.

"Ja, Manisan. Jag är ledsen." Svarade Fiona.

"Så, var det något annat?" Frågade Manisan.

"Gula-Gula undrar om du kan stoppa förbannelsen som får alla växter att bära godis. Han vill uppleva andra smaker än sötma." Svarade Fiona.

"Det här är din dröm, så din önskan är min lag," svarade Manisan och vred sin trollstav, så att stjärnor gnistrade från den. Det var vackert tills en viss röst avslutade drömmen.

"FIONA. MIDDAGEN ÄR klar, älskling."

Fiona log när hon vaknade. Drömmen hade lärt henne att uppskatta grönsaker och det var dags att visa mamma Ling-Ling hennes uppskattning. Hon sprang till köket, kramade Ling-Ling och kvittrade. "Tack så mycket för att du tillagar hälsosam mat, mamma. Jag älskar dig och jag älskar grönsaker."

När hon hörde detta gav Ling-Ling Lars en skeptisk blick och sade: "Vad gjorde du med henne?"

"Uhm, jag antar att jag lärde henne att gilla grönsaker," Sade Lars förvirrat.

"Nåja, låt oss äta," svarade Ling-Ling.

Med detta sagt åt familjen middag tillsammans. Fiona hade en extra stor tallrik med grönsaker för att kompensera för allt godiset hon åt i sina stygga drömmar.

Slut.

16 självständiga kortnoveller

Följande 16 kortnoveller är inte del av någon serie och de kan läsa som självständiga historier.

Middagen vid Svartskogsgården.

"Du har kommit fram till din destination."
Jag tittade på min GPS och kom fram till att jag hade nått den spöklika Svartskogsgården. Den övergivna herrgården hade ägts av en avlägsen släkting, åtminstone enligt det skumma e-postmeddelandet som jag fick. "Herr Orchard. Din avlägsna släkting Vlad Bogdan dog och lämnade dig en herrgård i Hunter Valley-regionen. Kontakta oss för information om hur du skyddar ditt arv. Med vänliga hälsningar F & Raud Advokater "

Jag vet vad du tänker; vilken typ av idiot skulle falla för en sådan uppenbar bluff? Jag är normalt inte så dum, men vid det här tillfället fick e-postmeddelandet mig att undersöka saken närmare. Jag fick reda på att Svartskogsgården befann sig bara några timmar från Sydney, så det var en perfekt helgutflykt.

"Jag gillar inte den här platsen. Kan vi åka tillbaka till vårt hotell? " Gnällde min partner Elaine.

"Nej, jag måste kolla in stället. Låt oss gå runt i omgivningarna och se om vi kan hitta några ledtrådar." svarade jag.

"Nej, det vill jag inte." Anmärkte Elaine.

"Du kunde ha berättat om det för tre timmar sedan." Sa jag, lämnade bilen och gick till herrgårdens huvudingång.

När jag gick mot dörren drog jag slutsatsen att om jag mot alla odds hade ärvt denna herrgård så skulle jag sälja den. Huset var nergånget och reparationerna skulle kosta en förmögenhet.

Jag fick syn på en blodfärgad högaffel och detta avbröt mig från att tänka på mina hypotetiska finanser. "Nej, nej, nej." Tänkte jag och vände om för att gå tillbaka till min bil.

Jag blev chockad när jag vände mig om och såg en läskig gammal man som hade en tänd oljelampa framför mina ögon. "Välkommen till den avlidne Vlad Bogdans herrgård, herr Orchard. Jag heter Igor, och jag är Vlads lojala tjänare. " Hälsade Igor.

"Vänta, hur vet du mitt namn?" Frågade jag.

"Vi förväntade din ankomst," svarade Igor.

Igors uttalande bekräftade vikten av att lämna denna plats så snart som möjligt. Platsen var läskig som fan, och vaktmästaren hade spionerat på mig och visste om min identitet.

"Hmm, min partner sa att hon kände sig trött och behövde åka tillbaka till vårt hotell." Sa jag och gick mot bilen.

Till min bestörtelse märkte jag att Elaine pratade med en gammal dam bredvid bilen. Hon närmade sig mig och talade: "Fantastiska nyheter, Martin. Loretta har bjudit in oss på middag. Hon kommer laga sina autentiska rumänska maträtter. Låt oss följa med henne."

"Men du ville åka tillbaka till vårt hotell för fem minuter sedan." Protesterade jag och höll tillbaka min impuls att slita mitt hår i frustration över att vi än en gång kolliderade om något.

"Ja, men har du någonsin provat äkta rumänsk mat tidigare? Det här kommer att bli fantastiskt. " sa Elaine entusiastiskt.

Jag stirrade misstroget på Elaine. Som en viss tecknad hund glömde hon bort faran så snart det fanns ett löfte om mat. Jag gick motvilligt med på att följa med Elaine till herrgårdens matsal. Jag skulle ha beskrivit matsalen som "söderläge och rustik, med en aura från förflutna tider" om jag var en fastighetsmäklare. Det är jag inte, så den var läskig och dyster.

Under vår middagsupplevelse på Svartskogsgården serverade Igor och Loretta oss rumänsk blodkorv, blodpudding och rött vin. Jag skulle betygsätta måltiden ett av fem. Inte bara översteg järnhalten i maten alla andra smaker, men måltiden var också spetsad med lugnande medel.

Efter att ha ätit några bitar av den vidriga måltiden svimmade jag av och allt blev svart.

"GOD MORGON, MASTER Orchard. Jag har goda nyheter. Du klarade kriterierna och du är nu innehavaren av Svartskogsgården." Berättade en kostymklädd man för mig.

Jag stirrade på den suddiga mannen och mumlade: "Vem är du? Vad händer?"

"Jag heter Frank Raud och jag kommer från F & Raud Advokater. Jag har letat efter arvtagaren till Svartskogsgården, och det verkar som om du och din partner uppfyller kraven." sa Frank.

"Så varför drogade Igor mig?" Frågade jag.

"Det är en del av processen. För att vara arvtagaren till Svartskogsgården måste man bilda en symbios med den blodburna parasiten, som fanns i Vlad Bogdans blod. Igor injicerade parasiten och din kropp är bunden till den." Avslöjade Frank.

"Så, vad betyder det här?" Frågade jag.

"Det betyder att du är innehavaren av Svartskogsgården och de omgivande vingårdarna. Du har också förvandlats till en vampyr. Använd detta recept för att hämta blodpåsar vid Singletons apotek. Om du begår nattliga mord så kommer Igor att avliva dig med sin högaffel." Förklarade Frank.

"Jag förstår." Svarade jag.

Frank nickade och lämnade sovrummet.

Jag reste mig från sängen och studerade min spegelbild. Det gladde mig att min vampirisminfektion inte gjorde mig osynlig. Det som inte gladda mig var hur jag såg ut. Min hud var vit som ett blekt lakan och jag antog att jag skulle vara lika UV-känslig som en rödtocke. Mina huggtänder var fula och värdelösa för allt annat än att mörda människor och skrämma barn på Halloween-fester. Sett från den ljusa sidan var jag nu ägaren till en stor egendom med ett oändligt utbud av fina viner. Med min nyvunna rikedom kunde jag fokusera på att skriva noveller av tveksam kvalitet.

Slut.

Keila stoppar de Terranska narkotikasmugglarna.

"**N**ya instruktioner har tagits emot."
Efter att ha fått detta meddelande tryckte marsrebellen Keila Eisenstein en kontroll på sin bärbara hologramkommunikationsenhet. Den bärbara kommunikatörens AI visade upp ett hologram av Keilas mamma Susanna och använde hennes röst som text-till-röstberättelse.

Keila tog skydd bakom en stor sten och vände sig bort från vinden. Den isande ökenvinden blåste i hennes vackra ansikte, och även om hon var utrustad med en återandningsapparat var det svårt att andas in tillräckligt med syre för att andas. I öknen kunde ingen pumpa atmosfären full av syre och värme, även med hjälp av rymdspeglar.

Susannas hologram talade:

> - Vi har ett nytt mål för dig, Keila. Löjtnant Johannes Muller kommer att träffa några salometaminsmugglare i Argyle-bassängen om tre dagar. Smugglarnas läger ligger nitton kilometer från bassängens norra kant. Du behöver stoppa denna olagliga narkotikahandel och döda Johannes. Vi kan inte tillåta House Muller att sprida detta nya gift på Mars. (Meddelande från Hellas Petrakis)

Keila stängde av hologrammet. Hon utbrast en förbannelse mot sin mor. Efter att ha svurit åt hologrammet så kände Keila en skuldkänsla. Hennes mamma hade inte gett ordern, hennes mamma var bara gränssnittet som hon använde för AIN:s röst.

Keila blundade och väntade på att en vägledande vision skulle nå hennes sinne. Hon såg ansiktet på en klok gammal gud som talade till henne:

- Jag kan vägleda dig om du väljer att stoppa Salometamin-smug-glarna.

Keila:

- Tack, mästare Brahma.

Keila öppnade ögonen. Hon var tvungen att göra ett val. Hon ville inte vara Hellas Petrakis knähund och hjälpa hans ambition att i hemlighet försvaga House Muller. Men vad mer kunde hon göra? Hennes handlingar hade gjort att hon var den mest eftersökta personen i solsystemet, och hela Terran-rådet letade efter henne. Dessutom var Salometamin en fruktansvärd drog; Keila visste detta av egen erfarenhet.

Några månader tidigare hade Keila varit sexslav för den sadistiska sociopaten Amiral Björn Muller från Terran-rådet. Av alla de grymheter som han hade gjort mot henne var det värsta att mata henne Salometamin. Drogen Salometamin var utformat för att göra den Marsianska rasen till lydiga slavar, desperata för att få sin fix. Björn hade injicerat Keila med drogen, och abstinensen var det värsta hon någonsin upplevt. Hennes abstinens från Salometamin var den renaste formen av fysisk och mental ångest, och det hade bara funnits en sak hon ville mer än att dö för att det skulle ta slut. Den saken var att ta en dos till av drogen.

När han såg Keila i hennes försvagade tillstånd hade Björn blivit slarvig och han hade själv tagit en dos av drogen medan han tvingade henne att ge honom oralsex. Det var då Brahma hade nått Keilas sinne och övertygat henne att kämpa emot. Keila hade bitit av Björns penis för att hämnas, och hon hade skyndat till en rymdskyttel som tog henne tillbaka till Mars.

President Hellas Petrakis från Olympusrepubliken hade hittat Keila sårad och han hade manipulerat henne till att döda Terran-rådets ledare Hans Muller. Keila hade fått tillgång till Hans Müllers palats på Mars genom att framställa sig som en prostituerad och hon hade dräpt honom med en förgiftad nål.

President Petrakis hade lurat henne. Att avsluta Hans Mullers liv hade inte avslutat Terran-förtrycket av Marsbefolkningen. I stället hade Terran-rådet inlett ett nytt krig mot planetens fattiga invånare.

Keilas sinne återvände till nutiden. Oavsett hur hon kände för Hellas Petrakis, så var hon tvungen att stoppa Johannes Muller och hans Salometaminsmuggling. När hon konfronterades med dåliga alternativ var hon tvungen att hålla fast vid det mindre onda. Keila ställde in sin GPS för Salometaminsmugglarlägrets koordinater. Om hon gick snabbt skulle hon komma fram om två dagar den 12 januari 2869. Keila lade ner sin kommunikationsenhet och började gå. Hon behövde gå snabbt för att nå smugglarnas läger i tid. Dessutom var hon tvungen att gå snabbt då det var det enda sättet att hålla sig varm i denna isande ödemark.

"FÖRVÄRVADE MÅL."

Keila inspekterade smugglarnas läger genom det AI-förbättrade visiret i hennes stridsskyddshjälm. Det fanns fem smugglare i lägret, tillsammans med Johannes Muller. Det satt också några kedjade marsianska kvinnor i ett hörn av lägret.

Keila stängde av visiraktiveringsläget. Hon tillät inte AIN i hjälmen att dirigera hennes rörelser. Hon visste att hennes fiender också hade AI-förbättrade vapen, så om hon följde AI-uppmaningarna skulle striden vinnas av den som hade den bästa AIN.

Keila blundade och viskade:

- Fyll mig med din ande och vägled mig på min sanna väg, mästare Brahma.

Zetan-guden svarade inte, men Keila kände en energi som strömmade genom hennes kropp, vilket visade att Brahma hade beviljat hennes begäran. Fylld av beslutsamhet smög Keila mot lägret.

JOHANNES MULLER TITTADE på de sjukliga och drogade marsianska kvinnliga sexslavarna som smugglarna hade tagit med till honom. De var smutsiga, sjukliga, och deras utseende släckte hans önskan att bedriva otukt. Behövde han verkligen knulla de här trollslagen för att hävda sitt herravälde?

Eftersom Johannes var en ganska framstående medlem av House Muller, som var den härskande faktionen i Terran-rådet, hade Johannes regelbundna möten med de genetiskt konstruerade fantastiska kvinnorna som arbetade i Lustmädchen-avdelningen. Dessa kvinnor hade idealiserat germanskt utseende och en förhöjd sexlust, vilket gjorde dem till de ultimata sexpartnerna. Till skillnad från hans vanliga sexpartners, så var Marsfångarna framför honom inte alls förföriska, och dessutom var de täckta med strålningsinfekterade hudblåsor.

"Jag måste göra detta för att hävda min överlägsenhet." Sa Johannes till sig själv och slog på den visuella inspelningsenheten för att starta en holografisk videospelning. Han skulle filma en video där han hävdade sin dominans över dessa marsianer som ett militärt protokoll. Detta var hans plikt som en House Muller-officer, åtminstone enligt hans kusin och befälhavare, Amiral Björn Muller.

Efter att ha bestämt sig intog Johannes dem sexuella förstärkningsdrogen Flextasy, klädde av sig naken och började onanera medan han ropade slagord för att arbeta sig till en frenesi.

"INTE SÅ SNABBT, JOHANNES."

Johannes Muller var på väg att penetrera en av de kedjade sexslavarna när Keila Eisensteins skarpa och självsäkra röst fångade hans uppmärksamhet. Hon riktade en pistol mot honom.

Johannes:

- Du måste vara Keila Eisenstein. Hela Terran-rådet letar efter dig.

Keila:

- Jag vet. Men här är jag. Det ser ut som att jag fångade dig med byxorna nere.

Johannes:

- Det är inte upp till mig. Amiral Björn Muller tvingade mig att göra detta.

Keila:

- Du hade ett val. Du valde att droga och våldta dessa kvinnor. Jag antar att den riggade kameran är så att du kan skicka bevis på dina föraktliga handlingar till Björn.

Johannes:

- Min far är rik. Om du låter mig leva ger jag dig vad du vill.

Keila:

- Det är ett frestande erbjudande. Det finns bara ett problem.

Johannes:

- Vadå?

Keila:

- Min högsta önskan är att döda dig.

Med detta sagt sköt Keila Johannes mellan ögonen med två snabba skott. Efter detta tog hon Johannes kamera samt hans nycklar och låste upp kedjorna som band de drogade kvinnorna. Hon tvekade lite. Det enda sättet hon kunde lämna lägret med dessa fångade marskvinnor var om flög iväg med en svävare. Men om hon gjorde detta riskerade hon att upptäckas av Terranska satelliter.

Keila bestämde sig. Hon hade varit i samma situation som dessa kvinnor, och medveten om smärtan de varit tvungna att uthärda kunde hon inte lämna dem kvar. Det enda sättet för henne och Den Marsianska Humanistalliansen att stå upp mot Terran-rådet var att visa medkänsla mot de som led.

"Kom med mig!" uppmanade Keila och kvinnorna rusade mot svävaren. Innan hon lämnade lägret apterade hon sprängämnen för att spränga lägret och det enorma lagret av Salometamin.

Keila log när hon lämnade smugglarlägret. Hon hade vunnit den här striden, men det verkliga kriget hade ännu inte kommit. Hon skulle befria sitt folk från förtryck, och Björn Muller skulle betala för sina brott.

Slut

Dagdrömmande i skobutiken.

"Nya skor i utbyte mot dina gamla skor."
Jag läste skylten i förvirring när jag gick längs kusten i en liten stad i södra New South Wales. "Det måste finnas en hake" tänkte jag, men jag kunde ändå inte låta bli att gå in i butiken och ta reda på vad baktanken var.

Jag tittade runt i butiken och tyckte att det var konstigt att ingen av skorna hade några prislappar. Jag funderade på att fråga butiksägaren, men jag var för blyg för att fråga. Istället såg jag hur en man gick fram till kassan och bytte ut ett par gamla illaluktande skor mot ett par nya premiumsportskor.

"Tack, James. Jag hoppas att du kommer att gilla dina nya skor." Utropade butiksinnehavaren med en jovial röst och ett stort leende.

Jag kunde inte hålla tillbaka min nyfikenhet längre, så jag närmade mig butiksägaren och talade. "Jag förstår inte konceptet med den här butiken. Kan du snälla förklara det för mig?"

Butiksinnehavaren log och svarade. "Konceptet är ganska tydligt. Du väljer ett par skor från hyllorna som i en vanlig butik. Men istället för att betala med pengar, betalar du med dina gamla skor."

"Men hur driver du ett företag om du inte debiterar dina kunder?" Frågade Jag.

"Har du någonsin hört uttrycket: Att gå i någon annans skor"? Frågade mannen.

"Självklart." Svarade jag.

"Kom med mig till kontoret så ska jag förklara." Sade mannen och lade en hand på min axel.

Jag kände mig väldigt förvirrad, men jag följde mannen till hans kontor. När vi var inne på kontoret visade han mig en bild av honom och en kvinna som poserade i öknen.

Mannen talade: "Det här var jag och Marissa för nitton år sedan innan vi hittade olja på vår mark. Jag trodde att oljeinkomsterna skulle göra oss lyckliga men istället drev vi isär. När Marissa såg miljöförstörelsen som oljefälten orsakade, begick hon självmord. Även om jag var nu rik förlorade jag det viktigaste, kärleken i mitt liv."

"Det är tråkigt att höra, men jag förstår fortfarande inte kopplingen till butikspolicyn." Sade jag.

"Jag insåg att om jag hade gått i Marissas skor innan hon dog kunde jag ha räddat hennes liv. Jag var bara intresserad av mina behov av att bli rik, och jag tänkte aldrig på hennes behov. Nu kan jag gå i andras skor för att lära mig mer om deras väg." Berättade mannen.

"Men samlar du inte in fler skor än du någonsin kan ha på dig?" Argumenterade jag.

"Jo, men min metod hindrar människor från att hamstra skor. Genom att tvinga dem att ge upp ett par för att få ett par, tar de bara de skor de behöver." Avslöjade mannen.

"Jag förstår." Svarade jag.

"Vill du följa med mig och välja ditt par skor?" Frågade mannen.

"Det skulle hedra mig." Svarade jag.

Mannen log och tillsammans med mannen provade jag ett par nya svarta löparskor. Jag tog av mina gamla skor och gick fram till kassan för att slutföra köpet.

"DET BLIR $ 99,"

Den kvinnliga kassörskan i skobutiken stirrade på mig när jag sluddrade. "Åh, jag trodde att jag kunde byta mina gamla skor mot nya."

"Är det här ett skämt? Hur mycket droger har du intagit? Lämna omedelbart, annars ringer jag polisen." Utropade kvinnan.

Jag suckade, tog på mig gamla skor och lämnade butiken. Jag hade ätit för mycket svamp kvällen innan, och vissa saker händer aldrig i den verkliga världen.

Slut

Hur jag träffade din mamma (och nästan blev arresterad för mord).

M iller Street på julafton. Jag minns det som om det var igår, trots att det var så många år sedan, år 2068 när jag var ung. Vi hade förberett oss för en minnesvärd fest. Solen sken, drogerna hade införskaffats, pojkarna hade samlats och dryckerna var på kylning. Det fanns dock ett problem. Var kom den döda kroppen i poolen ifrån?

Jacko, Robbo och jag stirrade på den döda hemlösa personen som guppade i poolen i vår semesterbostad. Det var inte så här vi tänkte tillbringa vår julsemester på Central Coast.

"Det gick så snabbt," mumlade Jacko.

"Vad menar du?" Frågade jag.

"Jag gick in och när jag kom ut låg det en död man i poolen", svarade Jacko.

"Det var för 8 timmar sedan, du har sovit som en bebis," tillade Robbo.

Jag tittade på Robbo. Jag tyckte det var läskigt att han höll koll på Jackos sömn. Det antydde också att han hade stannat uppe hela natten.

"Hej, Robbo. Vad gjorde du hela natten? Vet du något om den döda uteliggaren i poolen?" Frågade jag.

"Jag var hög på meth, och jag skrev några phat hip hop-jams och lite djup poesi. Vill du höra några?" Svarade Robbo.

Gjorde jag det? Att lyssna på Robbos meth-inducerade monologer var svårt nog under normala omständigheter, och nu var det en död man i poolen.

"Nu är inte tiden eller platsen för dina monologer," svarade jag.

"Uppfattat, Nicko Chao. Jag skulle ändå spara dem till festen. " Sa Robbo med indignation.

Åh ja, festen! Klockan var 12 och jag mindes de hundratals människor jag hade bjudit in till vår semesterbostad. Detta skulle vara en fest att komma ihåg, betalad med min fars, Australiens premiärminister, Xing Chaos regeringsstödda kreditkort. Det skulle vara synd att ställa in festen på grund av den döda mannen i poolen, och dessutom var det för sent när dörrklockan ringde.

Mitt hjärta slog ett slag när Jenny och hennes lättklädda vänner stod bredvid oss vid poolen. Hur skulle de reagera när de såg den döda hemlösa mannen?

"Hej bror. Varför stirrar du på Jennys hologram? Du är mannen, Nicko. Hitta på något." Utropade Jacko.

Jag suckade av lättnad. Flickorna visste inte om den döda mannen, och vi kunde fortfarande rädda julen.

”Jacko och Robbo. Göm kroppen. Jag uppehåller tjejerna.” Befallde jag.

"Ska vi inte ringa polisen?" Protesterade Jacko.

"Vill du missa du julafton 2068? Den här natten kommer att bli legendarisk. ” Utropade jag.

”Okej, Nicko. Du vet vad som är bäst. Kom Jacko. Låt oss gömma den här luffaren." Uppmanade Robbo.

Medan Jacko och Robbo försökte få den döda kroppen ut ur poolen rusade jag till dörren för att svara på Jennys samtal. Hon log när jag öppnade dörren och talade. "Nicholas Chao, du gillar att låta en dam vänta, eller hur?"

Jag tittade på Jenny Lee och kände mig fascinerad av hennes änglaskönhet. Hade jag alltid känt så här för henne, eller påverkade drogerna mitt sinne? Jag visste en sak; jag behövde göra henne min.

Jag var på väg att släppa in henne och hennes vänner när jag insåg något. Jag hade inte gett Jacko och Robbo tillräckligt med tid för att dölja kroppen.

"Hm, inte så fort, tjejer," sa jag och blockerade dörren.

"Vad menar du, Nicholas?" Frågade Jenny förvirrat.

”Hm. Jacko och Robbo förbereder en överraskning åt er därinne.” Sade jag.

"Åh, så spännande," sa Jenny och log.

"Uhm. Vill ni ha champagne? Vi har Veuve och uhm, Dom Perignon. ” Mumlade jag.

"Åh, se på dig, Nicholas Chao, den rika servitören." Retade Jenny.

Jag stod tyst och visste inte hur jag skulle svara. Jenny log och talade igen. "Jag retar dig, Nicholas. Naturligtvis vill vi ha champagne, eller hur?"

"Absolut. Vi älskar champagne!" Utbrast Jennys vän Sara och flickorna fnissade.

Jag rusade iväg för att hämta en flaska i kylen och jag såg hur Jacko och Robbo drog upp kroppen på övervåningen. Jävla amatörer, jag hade antagit att de skulle gömma kroppen i poolboden och sedan låsa dörren. Men det var inget jag kunde göra åt det nu. Jag tog tag i flaskan med några glas och gick till flickorna.

"Mår du bra?" Frågade Jenny när jag skakade och spillde det mesta av champagnen jag försökte hälla upp.

"Ja, jag är bara fascinerad av din skönhet," sa jag och försökte förstå om jag skakade av drogabstinens, eller om jag var nervös på grund av den döda luffaren.

"Åh, du är så söt. Jag hjälper dig att hälla champagnen." Sa Jenny, log med tänder som var lika vita som moln på en solig dag och började hälla champagnen.

"Yo, bitches. DJ Robbo är i huset." Utropade Robbo när han kom till gruppen och rappade några usla hip-hop-beats. Flickorna fnissade. På något sätt var Robbo mycket bättre på att charma tjejer än jag var, trots min fars rikedom och mitt fördelaktiga utseende. Detta störde mig inte vid detta tillfälle, eftersom Jenny var allt som betydde något för mig.

Vi kom in och började dricka vid poolen. Många gäster anlände och trevliga beats flödade från våra högtalare. Trots de fantastiska vibbarna kände jag mig nervös. Ju fler människor som anlände desto större var risken för att någon skulle hitta liket.

Jag kunde inte göra något åt detta, och allt jag kunde tänka på var Jennys himmelska leende. Jag var ännu närmare himlen när hon föreslog att vi skulle gå någonstans privat. Jag tog henne till mitt rum, men jag kom inte långt förrän hon utropade: "Eeeek! Det ligger en död man i din säng, Nicholas!"

Jenny rusade iväg och jag kollapsade efter att ha varit vaken på meth i två dagar. Golvet snurrade och det enda jag kunde tänka på var hur nära jag hade varit att förföra Jenny, men istället skulle jag sannolikt hamna i fängelse. En annan sak störde mig. Varför hade Robbo och Jacko gömt kroppen i mitt sovrum? Var det för att de förutsåg att jag inte skulle få med mig någon dit? Jag fick aldrig svar på dessa frågor innan jag svimmade av.

JAG VAKNADE I EN REGERINGSBYGGNAD följande dag. Min far, premiärminister Xing Chao, skrek åt mig. "Varför gömde du kroppen och arrangerade en fest? Du borde ha ringt mig genast. Detta kommer att se hemskt ut i opinionsundersökningarna. "

"Jag är ledsen, pappa," mumlade jag.

"Du skulle vara ledsen om din pappa inte skyddade dig. Jag annullerar ditt kreditkort. Du får försörja dig själv." Ropade Xing.

"Och hur blir det med den döde mannen?" Frågade jag.

"Vem bryr sig om en död hemlös man? Distriktsadvokaten kommer dock att anklaga dina vänner för att ha flyttat kroppen. Det finns en gräns för mitt tålamod med ditt idiotiska beteende." Sade Xing och lämnade rummet.

Jag suckade. Vilken röra jag var i. Sett från den ljusa sidan så var det tur att min far skyddade mig.

JAG ÅTERUPPLIVADE FLAMMAN med Jenny efter händelsen, men hela vårt förhållande baserades på en lögn. Hon vände mitt liv och jag tror att hon var en ängel som skickades av Gud för att leda mig bort från ett liv med droger och korruption.

Efter att min far drog tillbaka mitt ekonomiska stöd så arbetade Jenny och jag hårt för att bygga ett liv och stödja våra barn. Vi lyckades med den här ambitionen, och jag skulle ha känt stolthet över mina prestationer om de inte alla var baserade kring den enda lögnen.

Gud ger och Gud tar, och när han gav mig Jenny för att vända mitt liv tog han henne också bort för tidigt. Mot hennes form av leukemi fanns det inget vi kunde göra, och hon gick bort i sömnen förra veckan, 52 år gammal.

Med detta i åtanke har jag kommit till en insikt. Jag måste erkänna mina brott för världen. Jag har redan förlorat Jenny och jag fruktar inte längre världsligt straff. Jag dödade den mannen.

Jag ville skapa en viral video, så jag utmanade honom att dricka blekmedel för att få droger av mig. Om jag inte hade varit premiärministerns son hade jag hamnat i fängelse och mina barn skulle aldrig ha fötts. Jag har nu uppnått mitt gudagivna syfte och jag är redo att acceptera mitt straff. Ja, jag är en mördare.

Slut.

Snigeluppfödaren på Lupusserra.

"Jag ber om ursäkt!"

Jag stirrade på den trasiga burken med inlagda frukter som hade spritt sig över stormarknadens golv. Att förstöra saker i stormarknader är alltid besvärligt, särskilt om man befinner sig på en främmande planet och inte har någon lokal valuta.

Jag var på planeten Lupusserra, uppkallad efter de varulvsliknande hominider som var den civilisationsbyggande arten på planeten. Jag rös av skräck när en anställd skyndade mot mig. Även om det stod i min guidebok att Lupusserranerna är en fridfull art som mestadels följer en vegetarisk diet, kunde jag inte låta bli att känna fruktan när den tre meter långa varulven rusade mot mig.

"Argh. Det du förstör, du köper." Röt Varulven.

Även om detta var en rimlig förväntan, fanns det ett problem. De Lupusserranska kortterminalerna vägrade att acceptera mitt kreditkort från planeten Jorden.

"Uhm, jag har ingen lokal valuta", mumlade jag.

"Du betalar inte, jag ringer polisen!" svarade varulven.

Varulvens svar både lugnade och skrämde mig. Medan jag kände mig lättad över att varulven inte angrep mig, lockade inte utsikten att behöva ta itu med polisen. Det var dock inget jag kunde göra åt detta nu, och jag följde den butiksanställde till ett rum tills polisen kom för att hämta mig. Vilken skitdag!

"JAG ÄR LEDSEN FÖR HUR mina kollegor har behandlat dig. Jag heter professor Serigala." Sa en äldre professor.

"Jag heter Alex." Sa jag och skakade hans tass. Jag pratade igen: "Hur kommer det sig att du talar bättre svenska än de andra Lupusserranerna?"

"Vad du bör fråga dig själv är varför någon talar svenska här. Trotsar inte det all logik?" Frågade Serigala retoriskt.

"Ja jag antar det. Varför pratar ni svenska på den här planeten?" Frågade jag.

"Vi började få konstiga överföringar från din planet för 10 år sedan. Av någon anledning skickar mänskligheten slumpmässiga TV-program till oss istället för att kommunicera med oss direkt. Vi har svårt att förstå detta beteende. Är det så som människor interagerar med varandra?" Frågade Serigala.

"Uhm, inte riktigt. Kan jag se dessa meddelanden?" Frågade jag.

"Naturligtvis. De sänds dagligen," sa Serigala och tryckte på fjärrkontrollen.

En bildskärm startade och jag tittade på en grynig nyhetssändning från år 1985. Till en början förstod jag inte, men sedan fick jag ett Eureka-ögonblick. Dessa meddelanden skickades inte avsiktligt. Istället tittade vi på TV-signaler från en trasig Tv-satellit. Vi tittade på gamla program eftersom Lupusserra var 40 ljusår bort från jorden, så de fick se gamla nyhetssändningar.

"Dessa TV-signaler är inte mänsklighetens försök att kommunicera. Det här är nyhetsprogram från 40 år sedan." Sade jag.

"Så mänskligheten kommer inte att skicka en delegation för att upprätta diplomatiska relationer? Har vi lärt oss ert språk i onödan?" Frågade Serigala besviket.

"Ledsen att göra dig besviken. Mänskligheten har ännu inte uppfunnit hyperdrives." Svarade jag.

"Oroa dig inte för det. Men snälla berätta för mig, hur nådde du vår planet om din art inte har den teknologi som krävs för interstellära resor?" Frågade Serigala.

Jag funderade på mina alternativ och jag bestämde mig för att berätta sanningen. "För sex månader sedan landade en utomjording i min trädgård. Han hävdade att han hade explosiv diarré och bad om att använda badrummet. Jag trodde inte att han menade det i bokstavlig mening, men han gjorde det och han sprängde mitt hus. Jag bestämde mig för att flyga iväg i utomjordingens rymdskepp för att undvika att bli skadad i en regeringsmörkläggning." Berättade jag.

"Jag förstår. Berättade han sitt namn eller var han kom ifrån?" Frågade Serigala.

"Jag frågade aldrig. Jag kunde inte hindra honom från att besöka toaletten, eller hur?" Svarade jag.

"Jag förstår. Det är en besvikelse. Det skulle gynna vår civilisation att lära sig språket för denna avancerade främmande art." Suckade Serigala.

En dörr öppnades. En upphetsad varulv rusade in och utropade. "Serigala. Slug-slug keong rymdskepp argh woof growl. "

Serigala vände sig till mig och talade. "Tog du med keong-sniglar till oss, Alex?"

Jag tvekade ett ögonblick. Jag visste inte om det var bra eller dåligt att ta med främmande livsformer och jag föredrog att inte skaffa mig fiender när varulvar omringade mig på en främmande planet.

"Uhm, jag är ledsen. Sniglarna måste ha kommit in i mitt rymdskepp när jag landade i ett träsk på planeten Siputtarra." Erkände jag.

"Det här är otroligt. Du lyckades svälta på ett fartyg omgivet av en sådan delikatess. Du är den utvalda. Kan du se efter våra keong-sniglar åt oss. Du är den enda som kan göra det." Sa Serigala med beundran i rösten.

"Okej, jag accepterar ditt erbjudande", sa jag medan jag föreställde mig vad min framtid skulle innebära.

LIVET KAN IBLAND TA oss till oväntade platser. Jag skulle aldrig ha trott att jag en dag skulle bli snigeluppfödare för kungafamiljen på Lupusserra. Vem skulle kunna föreställa sig att det fanns en jordliknande planet där ute, bebodd av civiliserade vegetarianska varulvar?

Ändå är det här mitt liv innebär, och det är därför jag letar efter en hundälskande partner att dela mina dagar med för att uppfostra en ny generation snigelbönder för Lupusserranska kungafamiljen.

Med vänliga hälsningar, Alex Thornton.

Klinikmorden.

"Stål täckt av järnoxid."

Jag tittade på den excentriska brottsdetektiven, Barry Shelduck, som ledde min enhet. Han hade en märklig vana att säga nonsens när han hittade en ledtråd på en brottsplats.

"Vad menar du, Barry?" Frågade jag.

"Frank Miller måste ha använt den här rostiga kniven för att skära kött. Den är täckt av blod." Svarade Barry.

"Okej, men vad har det med ditt förra uttalande att göra?" Frågade jag.

"Alana, du har ett så simpelt sinne. Den rostiga kniven är gjord av stål. En rostig kniv består av stål som är täckt med järnoxid. " Svarade Barry.

"Okej, tack för vetenskapslektionen." Hånade jag.

Barry ignorerade min sarkastiska ton och han gick till en soptunna för biologiskt avfall. Han öppnade soptunnan och stanken av mänskliga lipider nådde mina näsborrar. Jag höll tillbaka min impuls att kräkas.

"Ah. Det här är en annan ledtråd. " Sa Barry och pekade på lite rost i det illaluktande mänskliga avfallet.

"Jag förstår inte." Svarade jag.

Barry gav mig en avvisande blick och svarade. "Tänk efter, Alana. Varför skulle en plastikkirurg använda en rostig kniv för att utföra operationer? Ett sådant förfarande skulle säkert orsaka stelkrampsinfektioner, eller vad säger du?" Spekulerade Barry.

"Så, du menar att han gjorde det med avsikt att skada sina patienter? Varför?" Frågade jag.

"Ja. Så jag frågar dig. Vad hade Dr Frank Millers patienter gemensamt?" Frågade Barry.

"Umm, de var feta och rika. Det här är en fettsugningsklinik." Sa jag.

"Ja, men ännu viktigare, alla offer var medlemmar i Tony Albanens parti. När de sa att de skulle skära bort fettet i regeringen, menade de aldrig att de skulle bekämpa korruptionen, de menade det i bokstavlig mening som i fettsugning." Sade Barry.

Jag tänkte på Barrys ord och mitt huvud snurrade. Om någon angrep ledningen i det australiensiska arbetslöshetspartiet, så måste det vara en utländsk makt som försöker underkasta vår demokrati. Framtiden för vår nation stod på spel!

"Vi måste genast kontakta premiärministerns kansli och den australiska federala polisen. Vår nation är under attack." Utropade jag.

Barry skakade på huvudet och svarade. "Det är inte nödvändigt. Jag vet vem som står bakom Dr Millers mord. "

"Vem då?" Frågade jag.

"Blair Willis, som är chef för Australiens personliga tränarskrå." Sade Barry och tryckte på en knapp på Frank Millers skrivbord.

Ett dolt fack öppnades och visade upp ett fotografi av Frank Miller och Blair Willis som lyfte vikter i ett gym. Det var ett gammalt fotografi innan Frank Miller hade förvandlats till heffaklumpen, som de nu höll i polisförvar.

"Ah. Detta är avgörande bevis. Vi vet att Frank Miller mördade dessa patienter. Vi vet att Blair Willis var emot Tony Albanens förslag om att inkludera fettsugning i sjukförsäkringen, och vi vet att Blair och Frank var vänner. Låt oss pressa Blair på information." Föreslog Barry.

"Led vägen, Barry." Svarade jag och vi begav oss mot Blair Willis kontor.

EN TIMME SENARE ANLÄNDE vi vid Blair Willis kontor i tränarskråets högkvarter. Jag reflekterade över timmen som passerat. Vi hade suttit fast i trafiken i en varm och kvav bil. Det smartare valet hade varit att gå i 10 minuter mellan fettsugningskliniken och gymmet.

När Blair hälsade på oss kom jag till en fruktansvärd insikt. Blair var också fet! Vilket hopp fanns det för vår kollektiva kondition när chefen för tränarskrået var fet? Jag gjorde en mental anteckning att sluta att äta munkar i bilen och börja gå istället.

Barry närmade sig Blair och pratade med en falsk accent. "Herr Willis, antar jag?"

"Ja, du befinner dig vid mitt kontor och min bild hänger på dörren. Vem kunde jag annars vara?" Hånade Blair.

Barry lät inte Blairs ton påverka honom och istället svarade han. "Det har framkommit att du har en koppling till Dr Frank Miller."

"Ja. Jag hade bokat en fettsugning." Svarade Blair.

"Fettsugning? Men du är chef för tränargillet?" Frågade jag.

"Ja, så jag kan inte vara fet, eller hur?" Svarade Blair.

"Men varför tränar du inte och äter hälsosam mat? Är det inte ditt företags affärsidé? " Protesterade jag.

"Jo, men jag gillar inte dom sakerna. Jag gillar att tjäna pengar genom att få människor att svettas och äta hälsosamt. Jag använder pengarna för att köpa öl och stora flottiga biffar." Medgav Blair.

"Men du är emot att inkludera fettsugning i sjukförsäkringen?" Frågade jag.

"Ja, om plebejerna får gratis fettsugning kommer det att förstöra min gymverksamhet." Medgav Blair.

"Det är tillräckligt. Vi har en bekännelse. Du kände gärningsmannen och du hade medel och motiv att mörda parlamentsledamöterna." Sa Barry och instruerade en polis att arrestera Blair.

Efter att de hade gått, la jag märke till ett fotografi av en kvinna på Blairs skrivbord. Jag mindes att jag sett den kvinnan tidigare, men jag kunde inte komma ihåg när. Jag tog ett foto av fotografiet och gjorde en omvänd bildsökning för att ta reda på vem hon var. Efter ett tag hittade jag en matchning. Hennes namn var Chantelle Willis, och hon var Blairs fru. Men var kände jag henne ifrån?

Jag bestämde mig för att rensa tankarna genom att gå tillbaka till polisstationen. Jag var trött på att sitta i kvave bilar och lite syre kunde hjälpa min hjärna.

'DET VAR SOM FAN! JAG visste det." Mumlade jag när jag insåg vem Chantelle Willis var. Hon var en av detektiv Barry Shelducks många ragg, och jag hade träffat henne på en julfest några år tidigare. Detta måste betyda något. Jag reste mig upp och gick mot Barrys kontor. Även om jag fruktade att han var inblandad i morden, så hade jag arbetat med honom i många år och han förtjänade en chans att förklara saker. Jag gick in på Barrys kontor och talade: "Barry. Jag måste prata med dig om Chantelle Willis. "

Barry tittade på mig, nickade och sa med eftertanke. "Jag förstår. Vill du ha kex och lite te? "

Det här var en knepig fråga. Det var oförskämt att säga nej när någon erbjöd förfriskningar, men jag behövde gå ner i vikt. "Jag skulle älska lite te. Inga kex dock, jag behöver gå ner i vikt." Sade jag.

Barry nickade och hällde upp lite te till mig. Denna reaktion irriterade mig. Jag ville att han skulle berätta för mig att jag inte var fet. Men om han gjorde det, skulle jag ha accepterat kakorna och jag hade ätit mig till ännu värre fetmarelaterade hälsoproblem.

Jag drack några klunkar te och reflekterade över hur illa det smakade. Vad var felet med Barrys tekokare? Hur kunde en australier, som låtsades vara en brittisk aristokrat, vara så dålig på att koka te?

"Så vad vill du diskutera när det gäller Chantelle Willis?" Frågade Barry.

"Du dejtade henne förra året, eller hur?" Frågade jag.

"Ja. Jag gjorde henne till en regelbunden bekantskap i mitt liv. Det är hon fortfarande." Avslöjade Barry.

Jag spottade ut mitt te i chock och svarade: "Så, fejkade du bevis mot Blair Willis för hans del i morden?"

"Ja. Dr Frank Miller var en mordisk galning som hatade sitt jobb. Jag föreslog att han skulle mörda sina patienter för att misskreditera fettsugningsindustrin. Jag föreslog också att han skulle dra in Blair Willis i morden." Medgav Barry.

"Så varför ger du mig en fullständig bekännelse?" Frågade jag.

"Eftersom jag förgiftade ditt te så att du får en kritisk hjärtattack om några ögonblick. Ingen kommer att ifrågasätta varför den feta Alana dog av sin fetma, så det är det perfekta mordet." Hånade Barry.

Jag grep mitt bröst och kollapsade till golvet. Även om jag borde ha insett att en hjärtinfarkt skulle komma förr eller senare, kunde jag aldrig ha föreställt mig att det skulle hända så här. Vilket jävla sätt att dö!

Slut

Flykten från Tangkejsaren.

C aihong såg hur solen gick upp bakom de avlägsna bergen i Kina. Hon hade ridit hela natten och den isiga natten hade gjort hennes fingrar blåa. Hon hade inte klätt sig för det här kalla vädret. Hon hade varit en bihustru vid Tangkejsarens palats; hon var inte en krigare eller en budbärare. Hennes silkesklänning, även om den var vacker, tjänade således inte syftet att hålla henne varm under vinternatten, särskilt inte eftersom den var nersölad med blod.

Caihong hade inte haft något annat val än att fly; Kejsaren var död. Hon hade dödat honom av rädsla för vad han skulle göra med hennes ofödda bebis om han hade fått reda på sanningen, att han inte var barnets far.

Caihongs problem hade börjat sex månader tidigare. Hon hade konsulterat den berömda kinesiska läkemedelsutövaren, Ning Wei, i sin hemstad Sian, som var huvudstaden i Tang-dynastin. Hon hade sökt läkarens hjälp för att öka hennes fertilitet. Hon hade nått 23 års ålder och riskerade utvisning från kejsarens harem om hon inte kunde förse honom med en arvinge. Om hon skulle utvisas hade hon mött en osäker framtid. Ingen respektabel man skulle gifta sig med en kvinna som hade varit en kunglig bihustru under många år och som visat sig vara oförmögen att bli gravid.

Tyvärr hade hennes konsultationer med Ning Wei haft en olycklig biverkning. Den unga och stiliga läkaren hade kommit med en mer direkt strategi för att lösa hennes infertilitetsproblem. I Ning Weis omfamning hade Caihong funnit passion och kärlek. Nu när hon stod inför döden var hennes största ånger att hon hade sökt rikedom som en kunglig bihustru istället för att söka sann lycka med en man som hon verkligen älskade. Caihong visste att hon aldrig skulle kunna älska den åldrande och fula kejsaren, och hon önskade inget mer än att bryta sin livegenhet mot honom. Hon hade fruktat hans reaktion och hon hade undvikit hans uppmärksamhet så gott hon kunde.

En dag hade kejsaren kallat Caihong till tronrummet. När hon kom in i rummet såg hon Ning Wei i kedjor knäböjde vid kejsarens fötter. Kejsaren visste om hennes otrohet, men han skulle skona henne om hon undertecknade ett bekännelsebrev och bad om förlåtelse.

Caihong hade fallit för denna fälla. Så snart hennes signatur hade torkat på brevet mördade kejsarens bödel Ning Wei som en offentlig uppvisning genom att skära honom tusen gånger. Efter det grymma skådespelet hade den onda kejsaren känt sig nöjd och sagt att han nu kunde förlåta henne.

Efter avrättningen hade kejsaren besökt Caihong varje kväll för att hävda sitt herravälde på hennes mjuka och tajta kropp. Hon avskydde honom för detta. Efter att ha försummat henne i flera år visade han henne intressen igen efter att ha mördat hennes älskare.

Ett annat problem plågade Caihong. Hon hade blivit gravid med Ning Wei före avrättningen och hon fruktade vad som skulle hända med hennes barn om kejsaren insåg sanningen. Hon hade sett hans grymhet när han tvingade henne att bevittna Ning Weis avrättning. Skulle tyrannen döda hennes bebis framför hennes ögon?

Caihong hade beslutat att slå till först. Hon hade förfört kejsaren till sitt sovrum och hon hade knivhuggit honom i nacken när han skulle bestiga henne. "Det här är för Ning Wei." Hade hon viskat i hans öron. Efter detta hade hon skurit av hans penis och tryckt in den i hans mun.

Efter mordet hade Caihong stirrat på den döende kejsaren. Hon hade lämnat sitt sovrum, med sin nattklänning genomblöt av hans blod och hon hade tagit sig till stallet, stulit en häst och flytt palatset.

Det hade varit en dum idé att fly under vintern. Om hon hade flytt under sommaren skulle hon åtminstone ha haft en chans. Men på vintern skulle hon antingen frysa ihjäl, blir vargföda eller blir dödad av de efterföljande vakterna.

Caihong tittade tillbaka och hörde hur de förföljande vakterna och deras hästar närmade sig henne. Till vänster fanns en djup skog och hon kunde höra hur vargarna ylade. Till höger fanns vägen till en annan stad, där stadsvakterna utan tvekan skulle ifrågasätta varför hon färdades i en blodig nattklänning. Hennes enda alternativ var att fly mot bergen och hitta en god själ som hjälpte henne att fly. "Jag måste bege mig," mumlade Caihong när hon begav sig mot det snötäckta berget.

CAIHONGS HÄST KOLLAPSADE nära en avsats vid berget. Hon insåg att hennes enda hopp var att någon mild själ skulle rädda henne. "Snälla hjälp mig, Buddha." Bad hon.

För att hålla sig varm skar hon av sin döende hästs hals. Hon kunde använda blodets värme som värmekälla för att hålla sig vid liv lite längre. Efter detta var hennes liv i Buddhas händer.

"Caihong! Varför mördade du kejsaren Chi Tang?"

Caihong tittade på källan till rösten. Den tillhörde Feng Xi, den döde kejsarens vaktkapten.

"Han skulle ha dödat mig om han fick reda på att barnet jag bär inte är av hans blod." Snörvlade Caihong.

"Han visste att det inte var hans barn. Han var 58 år gammal och infertil, men han såg fortfarande fram emot att göra barnet till sin arvinge. Han hade förlåtit dig." Avslöjade Feng Xi.

"Men han mördade Ning Wei. Han skulle ha mördat mitt barn." Protesterade Caihong.

"Han var en hedervärd man. Han förlät dig och han menade det. Det är därför jag har kommit för att utföra hans sista önskan. Han uppmanade mig att återföra dig säkert." Svarade Feng Xi.

"Men han ljög för mig. Han mördade Ning Wei." gnällde Caihong.

"Han ljög aldrig för dig. Han nämnde aldrig att han skulle förlåta Ning Wei. Det var din fåniga fantasi. Kom tillbaka med mig. Du blir mor till arvtagaren." Lockade Feng Xi.

Caihong betraktade Feng Xis ord. Kunde hon rädda sig själv och sitt ofödda barn efter allt som hänt, eller skulle ett öde värre än döden drabba henne om hon litade på honom? Hon blundade och såg Ning Wei i sina drömmar. "Jag väntar på dig, Caihong." Viskade han och hon såg vackra bilder av efterlivet med mannen hon älskade. Detta var hennes öde. Hon och hennes ofödda barn skulle möta sin lycka i efterlivet.

"Nej! Hoppa inte!" Utropade Feng Xi när Caihong kastade sig från avsatsen och avslutade sitt liv såväl som kejsarens Chi Tangs dynasti.

Slut

Meditationslägret.

”Oi, era lata fittor. Res er upp!"

Den galna sergeanten Peter Bairds höga röst bröt igenom tystnaden i det fridfulla meditationslägret. Jag visste att Guru Raj Ramachandran hade lovat oss förändringar för årets tamilska astrologimeditationsläger. Jag kunde dock aldrig ha föreställt mig att en sergeant skulle vara tillägget.

"Ge mig 50 armhävningar!" Ropade Peter och vår grupp intog positioner för att göra övningen. Efter att ha gjort 30 armhävningar brann mina bröstmuskler från mjölksyran, men jag skulle inte ge upp. Jag hade rest till det här lägret för att hitta inre frid, och jag skulle inte låta Peters attityd förstöra den freden.

”Det är acceptabelt, Gowtham. Återgå till din meditation på en gång.” Befallde Peter, och jag lade mig ner utmattad.

Jag kunde inte meditera och finna inre lugn. Jag var arg på sergeanten som skrek åt mig, och jag ville konfrontera honom. Men ilska var motsatsen till vad vi sökte här.

Jag tog några djupa andetag, masserade mina chakrapunkter och kände hur min puls sänktes och min ilska försvann i tomrummet. Återigen fann jag lugn och ro i mitt sinne. Jag slöt ögonen och mitt sinne reste till riket mellan vår värld och Lord Brahmas värld, där allt var evigt och fredligt.

”JAG BLEV MYCKET IMPONERAD av dina armhävningar. Jag önskar att jag kunde kontrollera min kropp som du gör. ”

Jag tog min uppmärksamhet bort från min vegetariska måltid och tittade på röstens källa. Det var den vackra tamilska kvinnan som jag hade sett när jag anlände till lägret, en vecka tidigare. Jag hade ansträngt mig för att inte tänka på henne. Jag var här för att finna inre frid, inte för att ha lustfyllda tankar.

Jag log mot den vackra kvinnan och svarade: ”Tack, fröken. Jag gillar att ta hand om min kropp, men jag tycker att det är ännu viktigare att ta hand om mitt sinne. ”

”Ja, det är anledningen till att vi är här, eller hur? Ändå känner jag att något saknas i mitt liv.” Avslöjade kvinnan.

"Det är därför jag kom hit. För att finna vad som saknas i mitt liv. Jag hoppas att guru Raj kommer att visa mig vägen." Erkände jag.

"Ja, det gör jag också. Jag heter Alagu. Vad heter du?" Svarade Alagu.

"Jag heter Gowtham. Trevligt att träffas." Svarade jag.

"Tack. Jag måste återvända till min matta och göra andningsövningar. Vi ses senare." Sa Alagu, log och lämnade mitt bord.

Mina ögon följde Alagu när hon gick iväg. Jag log när jag tänkte på hennes söta små skrattgropar, hennes glittrande ögon, och hennes vackra leende. Veckan jag hade tillbringat vid det här lägret hade varit eländig, men vårt korta samtal hade fyllt mig med hopp om bättre dagar framöver.

"ALAGU. SLUTA VARA LAT! Jag kommer att stå här tills du är klar med dina armhävningar, och jag lägger till fem armhävningar för varje paus du tar." Hånade Peter framför gruppen.

Peters attityd fick mitt blod att koka. Jag stod inte ut längre. Jag kunde leva med att Peter var en skitstövel mot mig, men han kunde inte behandla den söta och milda Alagu så. Jag reste mig upp och ropade. "Hallå! Lämna henne ifred!"

Peter gav mig en ond blick och svarade: "Vad sa du, skadedjur?"

"Jag sa lämna henne ifred, tjockskalle, annars får du ett kok stryk!" Svarade jag.

Peter spände musklerna och gick mot mig. Han var en lång man som bestod av rå muskelkraft. Han skulle slå mig sönder och samman om det kom till våld. Ändå skulle jag inte dra mig tillbaka. Rädsla var tankemördaren och jag fruktade inte längre fysisk smärta.

"Säg det till mitt ansikte. Jag utmanar dig." Ropade Peter.

"Lämna henne ifred, annars sparkar jag dig, din amerikanska skit!" Utropade jag.

När han hörde detta stirrade Peter ilsket på mig och spänningen vibrerade genom hela lägret. Skulle det bli slagsmål på Guru Rajs meditationsläger?

Dong

Ljudet av en gonggong skar igenom spänningen likt en kniv genom smör. Jag tittade mot gonggongen. Guru Raj stod vid den och höll en slägga.

"Slut för idag. Gowtham och Alagu, snälla besök mig." Sa Raj.

Alagu gick mot gurun. Jag följde efter och lämnade min konfrontation med Peter till senare.

VI VAR PÅ RAJS KONTOR på meditationslägret och jag kände en blandning av skam och ilska. Även om jag skämdes över mitt utbrott kunde jag fortfarande inte komma över min önskan att slåss mot Peter. Även om en kamp mellan oss hade varit en ensidig kamp till hans fördel.

"Gowtham Chandran, du började nästan slåss i ett meditationsläger," sa Raj.

"Jag är ledsen, Guru. Jag vet inte vad som hände med mig." Svarade jag.

"Ljug inte. Du är inte ledsen, och det är bra," svarade Raj.

"Jag förstår inte," svarade jag.

"Jag skapade tamilska horoskop för dig och alla andra som registrerade sig till detta läger. Läs upp era horoskop." Sa Raj och överlämnade horoskopen till Alagu och mig.

Mitt horoskop läste: 'Gowthams vulkan kommer att få utbrott och avslöja hans kärlek för Alagu.'

Jag såg förvirrat på gurun och stammade. "Jag förstår inte. Det här lägret lär oss inre frid, och ändå visar mitt vredesutbrott att Alagu och jag är menade att vara tillsammans?"

"Mänskliga känslor har två motsatta tillstånd. Vulkanen och lugnet, den glödande solen och den kylande månen, Ying och Yang. För mycket av det ena sinnestillståndet, och du kommer inte att leva ditt liv till fullo. Ditt vredesutbrott var för en bra sak. Det var för att skydda en älskad. Det var inte ditt ego som fick dig att slåss mot Peter; det var din kärlek till Alagu." Förklarade Raj.

"Jag förstår inte, guru. Säger du att Gowtham älskar mig? " Frågade Alagu.

"Endast Gowtham kan tala för sitt hjärta. Jag kan bara förmedla budskapet som stjärnorna ger mig." Svarade Raj.

"Men jag är så svag. Jag kan inte ens göra en ordentlig armhävning." Sa Alagu.

Raj tittade på mig och jag tvekade en stund. Jag skakade av min rädsla. Om jag nästan hade kämpat mot den jättelika Peter, kunde jag samla mod och berätta för Alagu hur jag kände. "Du är perfekt, precis som du är," sa jag.

"Jag är så glad att höra det", sa Alagu och kramade mig.

Då och där kände jag mig hel. Jag hade lärt mig mer från att nästan hamna i slagsmål än åratal av introspektion hade lärt mig.

DET ÄR INTRESSANT HUR människor kan ha låg självkänsla utan någon uppenbar anledning. "Eran mormor Alagu led av en förlamande ångest på grund av hennes fysiska svaghet, trots att hon var både vacker och smart. Jag är glad att Guru Raj gjorde ett tamilskt astrologihoroskop åt mig och Alagu, annars skulle livet ha tagit oss på en annan väg och ingen av er hade funnits." Sa jag till mina söta barnbarn, som satt lydigt framför en öppen spis.

Så sorgsen som jag är att Alagus fysiska svaghet avslutade hennes liv före mitt, är jag glad att vi levde ett fullt liv tillsammans. Jag är säker på att vi kommer att träffa varandra igen i efterlivet en dag. När det gäller mig är jag nu gammal och min inre eld har slocknat, så jag kan leva ut mitt liv i lugn och harmoni tills Lord Brahma skickar min ande till efterlivet.

Slut.

Skjutningen vid Davids herrgård.

Kvällen jag blev skjuten började som vilken annan natt som helst. Jag jobbade natt vid Yarra Valleys polisstation. Under de senaste fyra åren hade jag tvingats att jobba natt. Det berodde på att jag var en samvetsgrann invändare mot att slå folk som inte instämde med ordförande Dans politik. Även om detta inte hade orsakat min uppsägning hade det orsakat en annan biverkning; Jag jobbade alltid nattskift.

"Vill du ha en munk, Michael? Jag har köpt ett stort paket munkar. Jag har jordgubbs-, choklad- och saltade karamellmunkar." Erbjöd min kollega Eric.

Jag reflekterade över det artigaste sättet att avvisa Erics erbjudande. Att kombinera nattskift med en ohälsosam kost var ett säkert sätt att gå upp i vikt. Även om folk kallade oss för polisgrisar ville jag inte ha kroppssammansättningen hos en riktig gris.

"Tack, Eric. Men jag går på diet." Svarade jag.

"Men jag kan inte äta sex munkar själv. Jag skulle gå upp i vikt." Invände Eric.

Jag tittade på Eric och kände medlidande med honom. Stackars Eric, han var så nära att inse sanningen; att munkar var dåliga för hälsan, och ändå var han så långt borta.

"Lägg några av dem i kylen på polisstationen och spara dem för senare?" Föreslog jag.

"Nej, jag tar med dem, om du ändrar dig. Om jag lämnar dem på stationen kanske någon som jag inte gillar snor dem." Svarade Eric.

"Okej, gör vad som känns bäst för dig", sa jag och hoppades att jag skulle kunna klara av att bekämpa sötsuget om ett par timmar när tröttheten och tristessen gjorde mig hungrig.

"Så, vad är vår första utryckning i natt?" Frågade Eric.

"Det finns ett bullerklagomål för herrgården vid 562 Wine Road. Vi får säga åt dom att ta det lugnt." Svarade jag.

"Ligger inte den herrgården ensligt? Hur kan det finnas ett klagomål om den?" Frågade Eric.

"Jag har ingen aning. Har du varit där?" Frågade jag.

"Ja. Det brukade vara gamle McDonalds gård. Men det köptes nyligen av en skådespelare. " Sa Eric.

"Jaså. Är det någon känd?" Frågade jag.

"Han heter David Toohey. Jag kan inte förstå att du inte har hört talas om honom." Retade Eric.

"Uhm. Var han skådespelaren i Wolf Creek?" Frågade jag förvirrat.

"Nej, oroa dig inte. David Toohey är en okänd skådespelare. Hans skådespelarkarriär köpte honom inte herrgården. Hans Lotto-vinst gjorde det." Avslöjade Eric.

"Jaja. Låt oss säga till David Toohey att hålla käften så att vi kan stryka honom från vår lista, eller hur?" Sa jag och började gå mot bilen.

"Javisst, chefen," flinade Eric och följde mig till bilen och vi körde från polisstationen.

VI ANLÄNDE UTANFÖR David Tooheys herrgård en timme senare. Det var en läskig plats. Jag blev särskilt skrämd av fullmånen som sken på natthimlen med ett dystert vitt ljus som belyste ett hemsökt gammalt träd.

"Se upp för det höga gräset. Det kan finnas ormar och andra otäckingar i det." Instruerade Eric.

Jag suckade. Jag hade överförts till Yarra Valley fyra år tidigare under den första nerstängningen i Melbourne. Fyra år och 15 nerstängningar senare var jag mer en av lantlig kille än en stadskille, så jag visste att jag skulle hålla mig borta från det höga gräset.

Vi knackade på herrgårdens dörr och en excentrisk man i en Kurt Cobain-frisyr kom för att hälsa på oss. "Hälsningar män i uniform. Jag välkomnar er till Farlige Daves herrgård. Jag är David Toohey, den berömda skådespelaren och den nuvarande innehavaren av gamle McDonald's farm." Sa David.

"Lägg ner, David. Du är inte en berömd skådespelare. Dina videor har ungefär lika få visningar som Martin Lundqvists ljudböcker." Sa jag.

När David gav mig en sur blick, undrade jag vad i helvete hade flugit in i mig? Varför jämförde jag en okänd skådespelare med en okänd författare på måfå? Det var obegripligt. Kontrollerade någon annan mitt liv?

Davids ansiktsuttryck förändrades och han talade med en jovial röst. "Åh ja, Martin Lundqvist. Jag arbetade med honom när jag bodde i Sydney. Vi flyttade möbler tillsammans. Det var de bästa dagarna i mitt liv. Det är anledningen till att jag har flyttat möbler ikväll, vilket jag antar är orsaken till bullerklagomålet? "

"Familjen Johnson som klagade bor två kilometer bort. Din flyttning av möbler kan inte ha varit orsaken till deras klagomål." Invände Eric.

Jag gav Eric en sur blick. Han var inte menad att avslöja vem som hade ringt in bullerklagomålet. Om han gjorde det kunde han orsaka fler problem än vad vi löste.

"Åh ja, Johnson. Ett så härligt par. Jag hade bjudit in dem till middag ikväll. Kyckling, bönor och ris. En sådan härlig måltid som jag hade förberett, och ändå dykt de aldrig upp. Skulle ni vilja äta middag med mig, konstaplar?" Frågade David.

Jag reflekterade över mina alternativ. Jag visste att jag inte var menad att äta med misstänkta enligt polisens protokoll. Men jag hade tappat min respekt för den viktorianska polisavdelningen på grund av deras roll som ordförande Dans attackhundar. Den enda anledningen till att jag fortfarande arbetade som polis var för att jag inte kunde hitta något annat jobb.

"Middag låter härlig. Mycket bättre än skräpmaten vi normalt äter under våra nattskift. " Sa jag och log.

"Är du säker på det här? Detta strider mot polisens protokoll." Invände Eric.

"Ja jag är säker. Om jag klockar min lunch i telefonappen är jag fri att äta var jag vill, eller hur?" Argumenterade jag.

"Jag antar det. Låt oss göra som du föreslår. " Svarade Eric.

David log och talade: "Det är så härligt att få äta med er, konstaplar. Kom med mig till matsalen. Det är dags för mig att servera en middag som är god nog åt kungligheter. "

Vi följde David till matsalen där han underhöll oss med maten och med monologerna från sin skådespelarkarriär. Allt gick bra tills Eric hade ett psykotiskt utbrott.

"David har förgiftat oss, Michael. Jag känner mig så sjuk." Utropade Eric.

"Vad pratar du om? Jag mår bra." Svarade jag.

"Nej, den här mannen lockade oss hit för att förgifta och tortera oss. Jag är säker på att han ringde in bullerklagomålet själv. Jag kommer inte att falla här, backa, Michael." Ropade Eric.

Erics skrikande var nonsens. Varför skulle jag back när jag satt ner och njöt av den utsökta middagen som David serverade oss? Saker blev värre när Eric drog sin pistol för att skjuta David, men av misstag sköt mig i axeln istället. Efter det släppte han pistolen till marken och började kräkas.

David sprang fram till Eric och tog hans pistol. "Michael, vad gör jag?" Frågade han.

"Ring polisen!" Skrek jag.

"Men ni är polisen?" Invände David.

"Ring någon annan polis, din jävla idiot!" Skrek jag i smärta eftersom det inte var en trevlig upplevelse att ha en kula i axeln.

David följde mina instruktioner, och ett tag senare kom andra poliser och sjukvårdare till platsen och tog oss till sjukhuset.

DAVIDS LÄCKRA MIDDAGSBJUDNING orsakade inte Erics matförgiftning. Istället var det de utgångna munkarna han hade köpt från en tvivelaktig närbutik som var orsaken. Munkarna var mögliga och sporerna hade gjort Eric galen.

På grund av skjutningen förlorade jag mitt jobb eftersom jag bröt mot polisprotokollet genom att acceptera att äta middag med en misstänkt. Det värsta var att Eric inte förlorade sitt jobb. Istället matchade hans mentala sammanbrott honom med den psykologiska profilen för polisens hälsotillsynsgrupp, så han blev befordrad och fick ett välbetalt jobb hos ordförande Dans regim.

Slut

Den dygdige Todd Connellys undergång.

"12 000 steg!"

Todd Connelly justerade ansiktsskyddet för att läsa de uppmuntrande siffrorna på sin fitnessklocka. Han hade uppnått sitt stegmål för dagen och han skulle fortfarande behöva gå hem. Vilken produktiv dag.

Idag var en dag att fira och Todd hade nått platsen för sin fest, Faddis Burgers i La Perouse. Han skulle fira sina 12 000 steg genom att äta en familjemåltid som bestod av åtta burgare, en 1,25 - liters flaska light cola och en stor hink med chips för $ 29,95. Passande nog innehöll denna måltid 12 000 kilojoules näring, vilket var perfekt numerisk symmetri. Todds vikt passade också med den perfekta symmetrin, eftersom han vägde massiva 120 kilo. Det enda som saknades i symmetrin var Todds längd. I en perfekt värld skulle han vara 220 centimeter lång, eftersom det skulle placera honom inom det hälsosamma området med sin nuvarande vikt. Men eftersom detta inte var en perfekt värld, var Todd bara 175 centimeter lång, och led av sjuklig fetma.

Todd reflekterade inte över sin fetma. Han följde alla riktlinjer för hälsa från Nya Syd Wales hälsomyndighet. Han bar sin mask med glädje, och han stod först i raden för att ta de nya Covid vaccinerna så snart de släpptes. Idag hade han tagit sin femte spruta och detta i kombination med hans långa promenad gjorde honom extra förtjänt av en fet fest.

Todd tog av sig ansiktsskyddet när han gick in i butiken. Han insåg hur ologiskt detta var, men han förtjänade att visa sitt ansikte den här dagen, eftersom han hade fullgjort sin medborgerliga plikt som en stolt australier. Dessutom hade den blå himlen och den heta solen fått honom att svettas okontrollerbart, och syrebristen från den dubbla maskeringen gjorde honom andfådd.

Innehavaren av gatuköket, Faddis Abdul, log och talade när Todd närmade sig kassan. "Hej Todd, jag har inte sett ditt ansikte på ett tag. Är allt okej?"

"Ja. Jag mår bra. Det är varmt ute, eller hur?" Svarade Todd medan han pustade ut.

"Det är det verkar. Jävla helvete. Det måste vara över 30 grader." Svarade Faddis.

"Ja, det beror på global uppvärmning. Under den senaste istiden var 30-gradersdagar sällsynta i Sydney." Svarade Todd med svett som rann ner för nacken och ryggen.

"Ja, det kan jag föreställa mig. Vill du ha ditt vanliga? " Frågade Faddis.

"Ja. Ge mig familjemålet. Jag firar. " Svarade Todd glatt.

"Jag förstår, bror. Vad firas? " Frågade Faddis.

"Jag fick mitt femte Covid-vaccin och jag mår bra!" Svarade Todd.

"Jag förstår. Det blir 29,95 dollar. Måltiden är redo om 15 minuter." Svarade Faddis.

Todd nickade glatt, betalade med sitt betalkort och satte sig ner. Han tog några djupa andetag av den fettfyllda luften vid Faddis Burgers. Lukten av hamburgarna fyllde honom med förväntan. Om 15 minuter skulle hans smaklökar uppleva en bit av himlen då han fick en välförtjänt tillfredsställelse för sin hunger.

I DET AUSTRALISKA PARLAMENTET i Canberra skapade ett plötslig åskväder en spöklik atmosfär när premiärminister Scurry Morrissette träffade folkhälsoexperten Patrick Reilly. Patrick hade skickat ett memorandum om att det femte Covid-vaccinet var giftigt. En hemlig folkhälsorapport hade länkat 6000 dödsfall till den senaste vaccinationskampanjen. Trots det låga vaccinupptagandet var dödsfallen högre än för tidigare vaccinationskampanjer, och Scurry kunde inte låta sanningen komma ut. Inte bara hans politiska karriär, utan även hans hälsa och välbefinnande var på spel om fåren fick reda på sanningen. Patrick bugade för Scurry och talade: "Jag kom så fort jag kunde, premiärminister Morrissette."

Scurry studerade Patrick i tystnad innan han slutligen talade: "Är studien korrekt? Dog 6000 människor av Covid-22-vaccinet från Gene Vax? "

"Tja, umm, jag är rädd för det. Vi kan hemligstämpla rapporten om du vill." Svarade Patrick.

"Det spelar ingen roll. Jag kan inte fortsätta med vaccinationskampanjen om vaccinet är så dödligt. Jag må vara en korrupt mutkolv, men jag är inte en mordisk galning." Utbröt Scurry.

"Så, umm. Vad föreslår du, statsminister? Ska jag instruera hälsoavdelningen att offentliggöra studien? " Frågade Patrick.

"Självklart inte. Men vi måste köra en ny massiv kampanj för att få folk att glömma bort vår vaccinationskampanj. Vårt nya mål ska vara att stoppa fetman." Instruerade Scurry.

"Jag förstår. Hur föreslår du att vi går tillväga?" Frågade Patrick.

"Vi kommer att följa vårt Covid-tillvägagångssätt och köra en kampanj baserad på skräckpropaganda och använda skam för att få folk att lyda. Det är dags att lösa vår fetmakris en gång för alla. " Sa Scurry och flinade medan han strök en röd bok på sitt skrivbord.

Patrick stod tyst medan Scurry skrattade sitt hotfulla skratt. När Scurry slutat skratta talade Patrick: "Har du bestämt dig för din första syndabock för anti-fetma-kampanj? Jag har en lång lista med skeptiker mot vaccin och nerstängningar som vi kan rikta oss mot ... "

Scurry skakade på huvudet och svarade. "Jag riktar mig inte mot dessa grupper. Det skulle bara bekräfta att det finns ett problem med den femte vaccinationsomgången. Min första syndabock är Todd Connelly."

"Todd Connelly? Men han är den starkaste anhängaren för nerstängningar och tvångsvaccinationer." Invände Patrick.

"Exakt, så han är det perfekta målet om vi vill byta berättelsen till farorna med fetma. Fåren kommer aldrig att veta bättre, och vi kommer att tillskriva alla vaccindödsfall till fetma. Det är dags för australierna att komma i form eller möta förföljelse och skam på sociala medier." Avslöjade Scurry.

"Jag förstår. Ska jag skicka mina folkhälsoansvariga för att fånga Todd? " Frågade Patrick.

"De är redan på väg. Jag lämnar inget åt slumpen. " Sa Scurry, hällde upp en whisky och tände en cigarr för att fira sin senaste skurkplan.

TODD INSÅG ATT HAN hade blivit långsam på att äta eftersom de två sista hamburgarna i hans familjepaket var kalla när han åt dem. Han rapade högt. Var det tillräckligt med sex hamburgare och ett stort paket chips för att tillfredsställa hans hunger, eller borde han pressa sig själv och äta de två sista hamburgarna? Plötslig steg två folkhälsoverkställare in på hamburgerrestaurangen.

"Todd Connelly. Var är din familj?" Sa en av verkställarna med en strikt och befallande röst.

Todd förvånades över denna fråga. Om de visste hans identitet borde de veta att han var singel, så varför frågade de?

"Jag har ingen familj; Jag kom hit ensam. Varför frågar du?" Svarade Todd nervöst.

"Min fråga var för att verifiera ditt ansvar för brott. Faddis Abdul hävdar att han har sålde dig ett familjepack med hamburgare. Stämmer detta?" Frågade folkhälsoverkställaren.

"Ja, men jag förstår ingenting. Vad handlar det här om?" Svarade Todd.

Hälsoarbetaren drog ut en surfplatta och visade den för Todd. Todd tittade på rubriken. "Fetma Nödlag."

Folkhälsoverkställaren talade: "Vi ser en ökning av fetma-relaterade dödsfall i Australien. Förra månaden såg vi 6000 dödsfall på grund av fetma. Det är därför vår premiärminister och folkhälsoexpert undertecknade denna nya lag. Lagen gör det möjligt för hälsovårdsombud att fängsla människor i upp till två veckor på grund av överätande."

Todd utropade ilsket: "Det här är tyranni. Jag har inte gjort någonting! "

"Tsk, tsk, tsk. Todd Connelly, förespråkaren för nerstängningar, talar sig varm för medborgerliga friheter. Varför sa du inget när vi låste in människor för insjuknande eller nära kontakt med någon som hade Covid? Du kommer med oss, kompis." Hånade folkhälsoverkställaren.

Folkhälsoverkställarens uttalande lämnade Todd mållös. Han stirrade i skräck när fler verkställare kom in, grep honom och drog honom till en omärkt vit skåpbil.

TODD STIRRADE I SKRÄCK på skyltarna när han satt i en buss som tog honom till en hemlig plats i vildmarken. På skyltarna visades det hemliga bilder av honom från hamburgerrestaurangen när han hetsåt en stor burgare. Ord som "skam", "vidrigt" och "skydda vår folkhälsa" markerades med rött på skyltarna. Det fanns också en kort finstil text som angav av det uppskattade antalet dödsfall som skulle inträffa om regeringen inte gick in hårt för att tackla fetmaepidemin.

Det mest hjärtskärande ögonblicket var när Todd försökte komma åt sina Spammer-, Countenance Net- och Slow Pic-konton. Alla hans sociala mediekonton var förbjudna och uppgav att Todd representerade en folkhälsofara. Faktagranskarna på hans sociala medier konton hade bestämt att det mesta av hans verksamhet var bedrägeri. Todd suckade. Han borde ha insett farorna med ställ in-kulturen som han hade varit förespråkare för, men han förstod inte omfattningen av sina brott. Men nu var han på mottagarsidan av det onda han hade varit en ivrig anhängare av.

NÄR TODD ANLÄNDE TILL lägret i vildmarken fick han en fruktansvärd insikt. Detta var Canowindra karantänsläger, där regeringen hade skickat människor som ansågs vara Covid-risker. Todd kom ihåg hur han hade framhållit de maskerade verkställarna vid lägret som hjältar, men tiderna hade förändrats. De nya verkställarna var masklösa armémän med utbuktande muskler. När Todd och de andra fångarna lämnade bussen, talade lägerkommendanten:

"Välkommen till Canowindra träningsläger. Vi kommer att hålla er här så länge ni utgör en risk för folkhälsan genom att främja ohälsosamma vanor. Oroa er inte. Om ni följer våra riktlinjer kan ni vara hemma om bara två veckor. "

Kommendanten gick iväg och en av vakterna närmade sig Todd med en drönare i handen och talade: "Herr Connelly. Jag heter Matthew Irons. För att garantera säkerheten för dig och vår nation, är jag din dedikerade tränare och handledare. För att motivera dig kommer jag att programmera en drönare som följer dig dygnet runt. Snälla kom med mig."

Todd var för trött och hungrig för att argumentera, så han följde med Matthew till matsalen. En stor lunchbuffé serverades till fångarna. Matthew talade: "Ta för dig av maten, Herr Connelly. Med tillstånd av den australiska regeringen, Canberra. "

Todd kände sig förbryllad över den stora tillgången på mat. Detta var det sista han hade förväntat sig från ett regerings-stött träningscenter. Han skulle dock inte reflektera över det, så han rusade till buffén för att roffa åt sig.

Todd insåg att han inte borde ha ätit för mycket när Matthew kom fram till honom efter buffén och skrek. "Din tjocka gris. Du åt 3000 kalorier mer än ditt tillåtna dagliga intag. Det är bättre att du jobbar direkt, Todd!"

Matt och några andra verkställare ledde Todd till lägrets centrum. Matt gav honom en spade och talade. "Detta är ditt straff för dina överträdelser. Du måste gräva ett hål och fylla det igen tills du har bränt bort alla extra kalorier du frossade i dig."

"Men det är 40 grader varmt ute! Kan jag inte bränna dem av senare?" Bönfallde Todd.

"När det gäller folkhälsa är mandat och straff den enda vägen att gå. Jag är säker på att det ringer en klocka?" Hånade Matt.

Todd nickade, tog tag i spaden och började gräva. Han kom inte långt innan han kollapsade från värmeslag. Matthew närmade sig Todd, hällde en hink med iskallt vatten över honom och utropade. "Stå upp, Todd. Du har bara bränt 200 kalorier. Du kommer inte undan ditt straff genom att fejka värmeslag. Kommer du ihåg vad du brukade säga, att det inte fanns någon ursäkt för att inte bära dubbla ansiktsmasker?"

Todd reste sig upp och fortsatte att gräva. Han klarade sig lite längre innan nästa kollaps kom, men det hände oundvikligen och Matt upprepade proceduren genom att hälla mer iskallt vatten över Todd. Detta fortsatte i sex timmar tills Todd hade avtjänat straffet för sin överträdelse.

TODD TITTADE PÅ SINA avstängda sociala medier konton i visningsläge. Hatiska och nedsättande kommentarer om honom fyllde kontona. Vissa kallade honom till och med för mördare för att ha föregått med ett ohälsosamt exempel och inte respekterat lägrets regler. En bild av Todd där han frossade på träningslägrets buffé hade fått 18 000 ogillningar och en mängd dödshot. Hur skulle han någonsin komma tillbaka från detta?

Todd insåg att hans liv var över. Han hade levt för att sprida hat och rädsla under skenet av att kontrollera Covid och sträva efter social rättvisa. Inställningskultur och sociala medier hade vänt sig mot honom, och det fanns inget att leva för längre. Efter att ha kommit till denna insikt förvandlade Todd ett lakan till en strypningssnara och hängde sig från taket i sin cell. Vila i fred, Todd.

NÅGRA MÅNADER SENARE mötte Scurry Morrissette folkhälsoexperten Patrick Reilly.

"Löste du problemet med vårt femte dödliga Covid-vaccin?" Frågade Scurry.

"Ja, vi bytte ut vaccinet i sprutorna mot saltlösning. Ingen kommer att dö av detta placebovaccin. Vi kommer att fortsätta vår obligatoriska vaccinkampanj och ge placebovaccin för att hålla upp vår fasad." Svarade Patrick.

"Men kommer inte en hel del människor få Covid och dö utan ett vaccin?" Frågade Scurry.

"Många kommer att få Covid, men bara ett fåtal kommer att dö. Fetma är den största faktorn när det gäller Covid-dödlighet, och vi är på väg att lösa fetma-krisen." Svarade Patrick.

"Jag gillar fortfarande inte utsikten att många människor kommer att bli smittade med Covid. Det kommer att diskreditera min vaccinationskampanj." Klagade Scurry.

"Ingen kommer att testa positivt för Covid. Vi har riggat testerna för att alltid visa upp ett negativt resultat. Den femte vaccinationskampanjen med Gene Vax kommer att bli din största prestation, herr statsminister." Sa Patrick.

"Tillåt mig att gissa; Gene Vax betalade dig bra för att dölja dödligheten hos deras vaccin?" Frågade Scurry.

"Ja, men pengarna sipprar också ner till dig. Sitt tätt. Så länge det finns sjukdom i världen finns det pengar att tjäna för oss båda. " Svarade Patrick.

"Du är ett geni, Patrick! Detta är värt en fest." Sade Scurry, hällde upp två glas med whisky och ringde sin kontakt vid Mill Song Group för att skicka några unga kvinnor som sällskap. Detta skulle vara en prestation att fira.

Slut.

Dödsfallen på Rosscairn Island.

Mörker och kalla antarktiska vindarna slog mot hennes ansikte när Megan Forster rullade in fisknäten som hon hade sträckt upp på Rosscairn Island, norr om den antarktiska kontinenten. Det var ett tufft jobb, men Megan var en stark och intelligent kvinna. Det var anledningen till att Megan gick med i en forskargrupp som studerade möjligheten för automatiserat djuphavsfiske runt Antarktis som ett sätt att mätta den växande befolkningen.

Megan hatade kylan och mörkret. Solen hade gått ned två veckor tidigare, och hon skulle inte se dagsljus under ytterligare två månader på denna breddgrad. Hur skulle hon kunna hantera denna tortyr?

En robot drog upp sin fångst av fisk, och en fisk stod ut från mängden. Det var en spöklik fisk med glödande röda ögon, och Megan hade aldrig sett något liknande. Lurade hennes sinne henne eller hade hon upptäckt en ny fiskart?

Megan sprang tillbaka in och pratade med Niall Thompson, som var senior marinbiolog vid forskningscentret.

"Niall, jag såg något fantastiskt!" Utropade Megan.

Niall ställde bort sin tekopp och svarade: "Jag förstår. Berätta för mig, Megan. "

"Jag såg en ny fiskart. Det såg ut som om den kom från yttre rymden. " Svarade Megan.

Niall log. Djuphavsfiskar såg främmande ut på grund av sina anpassningar till att leva under det krossande trycket i havsdjupet. Människor stötte sällan på dessa varelser, men detta skulle förändras om deras projekt visade att djuphavsfiske i Antarktis var livskraftigt.

"Jag förstår. Snälla visa mig den här fisken så att jag kan undersöka den." Sa Niall.

"Självklart. Den är bland dagens fångst. Kom med mig." Sa Megan.

De två forskarna klädde sig i tjocka vinterkläder, gick ut, och tittade på den konstiga fisken. Alla fiskar i deras fångst var djuphavsfiskar och såg främmande ut, men just den här fisken med glödande röda ögon såg ut att komma från en annan värld.

"Håll dig borta. Du är i fara."

När Niall hörde den kusliga rösten vände han sig till Megan och talade: "Vad menar du, Megan?"

Megan tittade på honom aningslöst och svarade: "Vad pratar du om? Jag sa ingenting."

Niall nickade och höll tyst. Om Megan inte hade talat, vem varnade honom för fara?

"Så, vad tycker du om den här konstiga fisken? Har vi upptäckt en ny art kanske? " Frågade Megan ivrigt.

"Jag tror det," svarade Niall.

"Så vad väntar du på? Låt oss ta tillbaka den till vårt labb! " Föreslog Megan upphetsat.

Niall tvekade. Han kände faran, och den olycksbådande rösten som varnade honom för fara lindrade inte hans rädsla. Ändå fruktade hur hans kollegor skulle reagera om han vägrade att undersöka den nya fiskarten. Skulle de klaga till universitetets dekan i Australien för hans okunnighet?

Niall lyfte den konstiga fisken och han reflekterade över hur tung den var. En fisk av denna storlek borde bara väga ett par kilo, men det kändes som att den var fyra gånger tyngre än så.

"Mår du bra?" Frågade Megan. Niall nickade. Han kunde inte låta rädsla och paranoia bli självuppfyllande profetior. Alkohol och droganvändning hade redan lett honom på den vägen en gång i hans liv.

De steg in i stugan och Niall förberedde sig för en dissektion av den konstiga fisken.

"8,2 KILO."

Niall och Megan stirrade på vågens digitala skärm. Hur kunde den här lilla fisken väga så mycket?

"Jag förstår inte. Det är som om den är gjord av sten. " Sa Megan.

"Sten ... Vad bestod stenar av?" funderade Niall och svaret gick upp för honom. Kunde fisken vara en form av en kiselbaserad livsform? Tanken var långsökt, kisel var mycket vanligare än kol på jorden, men allt känt liv var kolbaserat. Av en eller annan anledning verkade kisel inte vara lämplig som en grund för livet. Ändå kunde idén inte lämna hans sinne. Han vände sig till Megan och talade: "Hej Megan. Är vår masspektrometer operativ?"

"Varför frågar du?" Frågade Megan.

"Jag måste testa min teori. Jag måste veta om den här fisken är kol- eller kiselbaserad. " Svarade Niall.

"Kiselbaserad? Det är omöjligt. Det finns inget kiselbaserat liv på jorden eller i det kända universum." Invände Megan.

"Inget är omöjligt. Det kan vara osannolikt, men vi ska inte lämna något åt slumpen." Svarade Niall.

Megan nickade och slog på spektrometern. Därefter skivade de en liten bit av fisken och lade den under det banbrytande vävnadsmikroskopet.

När Niall studerade den konstiga fisken märkte han något fantastiskt, dess celler hade en stor koncentration av den sällsynta isotopen kisel-32.

"Det här är otroligt. Den vanligaste isotopen i detta exemplar är kisel-32." Utropade Niall.

"Kisel-32? Det är omöjligt. Kisel-32 är en sällsynt radioaktiv isotop av kisel. Nästan allt kisel på jorden består av kisel 28, 29 eller 30." Svarade Megan.

"Ja, och det är kanske därför allt liv på jorden är kolbaserat. Eftersom det krävs kisel-32 för att skapa livets byggstenar. Föreställ dig möjligheterna." Utropade Niall.

"OK. Låt oss dissekera fisken och se vad vi kan ta reda på." Föreslog Megan och grep en skalpell.

"Rör mig inte!"

Niall kände sig observerad av den döende främmande fiskens spöklika glödande röda ögon. Terror uppslukade hans sinne och han ville fly, men samtidigt var han tvungen att stilla sin nyfikenhet.

Niall grep en skalpell och började dissekera fisken. Till hans förvåning tycktes fisken sakna alla inre organ hos en normal fisk. Åtminstone kunde han inte hitta något hjärta, lever eller blodkärl. Istället hittade han vener som innehöll ett fluorescerande grönt tjockt klibbigt ämne.

"Hon är smittad. Du måste döda henne för att rädda din art."

Niall stirrade på den döende fisken. Han var säker nu. Fisken kontaktade honom telepatiskt med sina spöklika röda ögon. Han tittade på Megan.

Fisken hade rätt; Megan var smittad. Faktumet att hennes ögon var röda avslöjade henne.

"Umm, jag måste gå på toaletten", sa Niall och reste sig upp. Megan uppmärksammade honom inte och hon märkte inte vad han skulle göra förrän det var för sent. Hennes blod stänkte över dissektionsbordet och hennes dämpade skrik dog i Nialls händer när han täckte hennes mun medan han skar av hennes hals med ett fiskdissektionsverktyg.

Niall reste upp. Han skulle manipulera värmepannan för att spränga upp forskningsstationen. Detta var hans enda chans att förstöra den radioaktiva fisken och stoppa spridningen av den dödliga parasiten som den innehöll. Efter att ha riggat värmepannan till att explodera grep han tag i sitt skjutvapen så att han kunde hantera de andra besättningsmedlemmarna, Eric och Harald.

"VAD HÄNDE HÄR?" SA EN australisk marinofficer till professor Brennan från Australienuniversitet när de närmade sig expeditionsplatsen.

”Det här är mitt fel. Jag skulle aldrig ha skickat Niall Thompson som besättningsmedlem för denna expedition. Jag skickade en man med en känd historia av alkohol- och drogmissbruk på en expedition till Antarktis. Hur tänkte jag?" Utropade professor Brennan.

"Så, ena ögonblicket dissekerade han fisk och i nästa ögonblick mördade han sina kollegor och försökte spränga forskningsanläggningen." Sa Marinofficeren.

”Ja, och det verkar som att vi kom för sent. Alla är döda. " Sa professor Brennan.

Marinofficeren gick till dissektionsbordet, tittade på den rödögda fisken och utropade: ”Hej, detta är en udda fisk.”

Professor Brennan var för bedrövad för att undersöka fisken, så hon svarade. ”Ja, det här var en forskningsanläggning som studerade djuphavsfiske. Hursomhelst, låt oss lämna så snart vi har hämtat de döda kropparna. Må denna hemsökta plats för evigt hamna i dunkel. ”

"Jag förstår, frun." Sa Marinofficeren, och tillsammans drog dom de döda kropparna till en helikopter som förde dem tillbaka till Australien. När de lämnade anläggningen märkte de inte att deras ögon sakta började lysa rött.

Slut.

Jakten på Farlige Daves Skatt.

När jag kom Gamle McDonalds Farm i Yarra Valley kom jag till en insikt. Jag var inte den enda som hade fått en skattkarta till David "Farlige Dave" Tooheys dolda skatt.

Jag läste kartan medan jag tittade på folkmassan framför mig i hopp om att hitta skatten på gården. Kartan hade en inskription. "Du ska hitta vad du letar efter under södra korset. Om du har tur har du råd med de bästa dropparna i ditt liv. "

Jag antog att det kryptiska meddelandet hänvisade till Davids rikedom. Det jag inte hade förväntat mig var att tusentals andra människor hade fått samma ledtråd.

Jag tittade på kartan över gården och försökte ta reda på var jag skulle gräva. "Hmm, jag borde hitta det jag letar efter under södra korset." Implicerade detta Australien eller var det en hänvisning till stjärnformationen södra korset? "

Jag insåg att människor grävde överallt. Hur skulle jag vara den lycklige vinnaren om det var så mycket konkurrens om priset?

En tanke slog mig. Södra korset var ett stjärnmärke, och som sådant var det bara synligt på natten. Lösningen på mysteriet var att vänta till nattetid, och då skulle svaret komma. Klockan var emellertid 9 på morgonen och natten var 10 timmar bort, så någon annan skulle hitta skatten om jag avbröt min sökning.

Hmm. Kanske blir en ledtråd synlig om jag bär mörkerseendeglasögon?' Funderade jag.

Jag har ingen aning om varför det fanns morkerseendeglasögon i bagageutrymmet på min bil, men det gjorde det. Jag satte på dem och insåg varför jag inte bär dessa dagtid, eftersom jag blev bländad av solljuset. Aj!

Jag kände övertygad om att jag var nära att den rätta lösningen, så jag satta på mig bred hatt för att skydda mig från solen och bar mörkerseendeglasögonen igen. Ah, det var mycket bättre. Efter att ha gått runt i några minuter såg jag södra korset målat på en stort ek. Ja!

Jag gick till trädet och började gräva. Efter en kort stunds grävande, hittade jag en kista. När jag öppnade den hoppade David Toohey ut och utropade. "Hälsning, modiga äventyrare. Du har hittat ditt pris. Här är en kupong som gör att du kan köpa 'Dangerous Dave's Shiraz' för endast $5, medan rekommenderat pris är $99."

"Vad är detta?" Frågade jag förvirrat.

"Det här är en marknadsföringskampanj. Jag fick tusentals människor att komma till lanseringen av mitt vinmärke." Kvittrade David.

"Men vad hände med skatten?" Frågade jag.

"Kupongen är skatten. Du får Yarra Valleys bästa årgångsvin för bara 5 dollar." Utropade David.

Jag tog min kupong och gick utan ett ord. Jag hade kört till vildmarken på en skattjakt och jag hade bara hittat en rabattkupong för vin. Vilken misslyckad start på min skattjägarkarriär.

Slut.

Den missnöjda fotbollsterroristen.

"Noll, noll, noll. Vad är din nödsituation?"

Jag började samtalet som alla andra samtal på den statliga räddningstjänstens sambandscentral i Sydney. Jag hoppades på lite spänning idag, eftersom det bara hade varit vardagliga samtal på sistone och jag behövde lite action.

"Hallå. Jag menade att ringa 911." Sa en man.

"Det här är Australien. Vårt nödnummer är 000." Sa jag och gäspade.

"Åh." Svarade mannen och det var tyst i några sekunder innan mannen pratade igen. "Det finns en bomb. En explosion kommer att äga rum någonstans i Sydney idag." Sa mannen med en mörk modulerad röst.

"Hej kompis, du kan stänga av röstmodulatorn. Du avslöjade din riktiga röst när du frågade om det här var rätt nummer. " Sa jag.

Jag hörde ett kraschande ljud när terroristen krossade sin röstmodulator och följde upp med en mängd svordomar.

"Hej, Mår du bra? Finns det något du behöver prata om?" Frågade Jag.

"Jag är ett sådant misslyckande. Jag kan inte ens leverera ett trovärdigt bombhot utan att göra mig till åtlöje." Snyftade mannen.

"Det är okej. Vi känner oss alla som misslyckanden ibland. Vad heter du?" Frågade jag.

"Jag heter Matthew Abdullah Uluru och jag ringer från de sannn-blå islamiska åldermännen," svarade mannen.

Jag suckade. Vilken löjlig idé att en patriotisk muslimsk aboriginsk terrorist skulle ringa in ett bombhot. Vad hade dessa grupper gemensamt? Jag kollade uppringarens ID och det riktiga namnet på uppringaren var Eric Barnes. En online-sökning avslöjade att han hade varit inblandad i en kontrovers under en fotbollsmatch där han hade knuffat domaren efter att inte ha fått en straffspark.

"Eric, jag förstår hur du känner. Jag har också drabbats av Marvin Lundgrens fruktansvärda fotbollsdömande. Men att smälla av en bomb är inte rätt sätt att hantera traumat. " Sa jag.

"Vänta. Hur vet du mitt namn?" Frågade Eric.

"Du ringde med din registrerade telefon," svarade jag.

"Helvete också!" Utropade Eric.

"Oroa dig inte för det. Hej, eftersom du befinner dig två kvarter från min arbetsplats, vad sägs om att träffas på Mölle kaféet? Jag sympatiserar med ditt korståg mot Marvin Lundgrens fotbollsdömande. Tillsammans kan vi komma på ett bättre sätt att avslöja hans korruption än att spränga bomber." Föreslog jag.

"Okej, men om jag ser några poliser spränger jag mig själv och kaféet i bitar", sa Eric.

"Då är vi överens. Jag kommer förbi snart. Jag smsar dig mitt privata nummer. " Sa jag, lade på telefonen och skickade ett sms till Eric.

När jag reste mig upp kände jag spänning. För första gången på många år skulle jag göra något intressant snarare än att sitta i denna tråkiga sambands-central. 'Jag får sparken för detta', tänkte jag och drog slutsatsen att detta var ett fördelaktigt resultat.

När jag lämnade byggnaden ropade min handledare. "Hej, Emily. Vart ska du?"

"Jag ska ta en kaffe med en terrorist," svarade jag.

"Ha-ha, väldigt roligt. Se till att du är tillbaka hit innan klockan 11 för gruppmötet." Sa min handledare.

Jag nickade och tittade på min klocka. Att komma tillbaka innan 11 skulle vara svårt om Eric var allvarlig med sina terroristplaner. "Nåja, jag tar itu med det senare." Tänkte jag när jag lämnade regeringsbyggnaden.

JAG SÅG ERIC PÅ KAFÉET ett tag senare. Han hade på sig en fotbollströja som täckte en hockeyklädsel. Detta förvirrade mig. Vem planerade Eric att tackla här inne?

Jag påminde mig om att Eric var en galning som hade skickat ett bomb-hot på grund av fotbollsdomare Lundgrens tvivelaktiga domslut. Logiken var således inte hans vägledande ljus.

Jag viftade bort mina bekymmer, närmade mig Eric och kvittrade. "Hej Eric. Det är jag, Emily, från statens nödtelefon."

Eric gav mig en sur blick och svarade: "Så du dök upp. Varför är du så glad?"

"Åh, jag är glad att ha lite spänning i mitt liv. Att arbeta i ett callcenter blir ganska tråkigt. Tillsammans kan vi avslöja de begravda bevisen för Marvin Lundgrens korruption! " Svarade jag.

"Okej, men för att vara tydlig. Jag bär en bombväst, så försök inte med några dumheter. " Sa Eric och lyfte sin fotbollströja för att visa bombvästen.

"Ah, så det är därför han bär skyddsklädsel, för att dölja sin bombväst." Reflekterade jag. Min nästa tanke var lite mer panikartad, " Herregud, jag dricker kaffe med en självmordsbombare. Värsta dejten någonsin!"

"Så, kommer du att hjälpa mig att avslöja bevisen för Marvin Lundgrens korruption eller ska vi avsluta detta här och nu?" Morrade Eric.

Jag reflekterade över mina alternativ. Det fanns värre sätt att dö än att sprängas i bitar av en självmordsbombare. Å andra sidan, ville jag slösa bort 54 år av min förväntade livslängd genom att avvisa Erics krav?

"Ja, jag hjälper dig i ditt korståg mot Lundgren. Jag har fortfarande inte glömt hur han fick mitt lag att förlora en cupmatch år 2017. " Utropade jag.

"Du blev åtminstone inte förbjuden från att spela fotboll i ett år," utropade Eric.

'Tja, jag knuffade aldrig domaren', tänkte jag, men jag svarade, 'En stor orättvisa har inträffat. Jag hjälper dig att rätta till saker," Jag behövde hålla Eric på min sida, eftersom jag inte ville förarga galningen genom att ifrågasätta rättfärdigheten i hans korståg.

"Så var kan vi hitta bevis för Marvins korruption?" Frågade Eric.

"Vi ska konfrontera honom. Guds rädsla ska driva bort lögnerna från hans onda sinne. " Sa jag.

"Okej. Hur då?" Frågade Eric.

"Jag kommer att ringa honom för att ordna ett möte", sa jag och ringde Marvin.

Efter några signaler svarade Marvin i telefonen: "Hej."

"God dag. Det här är Emily Holmes, och jag ringer från NSW-regeringen." Sa jag.

"Jag tänker inte bli testad, och du kan köra upp ditt jävla vaccin!" Utropade Marvin och lade på telefonen.

Jag tittade på Eric, som skrattade. "Ha-ha. Jag gillar hans svar. Jag sa samma sak när ni ringde mig."

Jag suckade och svarade: "Jag vet. Ni kallar andra får, men ni vaccinmotståndare är precis som alla andra. Det är därför ni alla säger samma sak när vi ringer. Jag arbetade skiftet för utgående vaccinationssamtal förra veckan. Jävla plåga. "

"Jag förstår. Jag är ledsen för att jag inte avvisade ditt samtal artigt. " Svarade Eric.

"Oroa dig inte för det. Ge mig din telefon. Jag kommer att prova en annan vinkel. " Sa jag.

När Eric gav mig sin telefon ringde jag till Marvi igen. "Hej, det här är Erica. Du dömde mig för några veckor sedan. Jag tyckte att du var den sötaste domaren jag någonsin sett. Vill du träffa mig i Darling Harbor till lunch? Jag bjuder. "

"Du övertygade mig när du sa gratis lunch. Var vill du träffas?" Frågade Marvin.

"Vad sägs om att träffas vid Barangaroo Wharf klockan 11? Vi kan bestämma en plats efter det." Föreslog jag.

"Visst," svarade Marvin.

"Då är det en dejt. Vi ses snart, snygging. " Sa jag och lade på.

Jag nickade till Eric och talade. "Allt är ordnat. Det är dags att konfrontera Marvin Lundgren för hans tvivelaktiga domslut, en gång för alla."

JAG NÄRMADE MIG MARVIN när han spelade spel på sin telefon vid Barangaroo Wharf.

"Hej Marvin. Det är så trevligt att träffa dig. " Sa jag och log.

Marvin tittade upp från sin telefon och svarade: "Wow, du är mycket snyggare än jag trodde du skulle vara."

Jag reflekterade över Marvins kommentar. Var det en komplimang, eller hade Marvin antagit att jag var ett träsktroll?

Erics höga röst avslutade mitt reflekterande, "Hej, Marvin Lundgren. Varför gav du mig inte en straffspark, skitstövel?"

Marvin vände sig till Eric och talade. "Jaså, det är du. Nu när jag inte är i tjänst är jag redo att spöa dig."

"Sluta. Slåss inte, annars kommer vi alla att dö. Eric bär en bombväst." Skrek jag.

Eric drog av sig sin fotbollströja och avslöjade bombvästen. Han morrade till Marvin. "Det stämmer. Medge att du är en dålig domare och att jag borde ha fått den straffen, annars kommer vi alla att dö här. "

"Okej. Jag är en dålig domare, och du borde ha fått den straffen," sade Marvin med en monoton röst.

"Jag är så glad att du berättade för mig detta. Wow, jag mår så bra. " Sa Eric och kramade Marvin.

När Eric kramade Marvin, kom han av misstag åt aktiveringsomkopplaren på sin bombväst, och den började blinka som en julgran.

"Marvin! Knuffa honom i vattnet." Utropade jag.

"Gärna!" Svarade Marvin och knuffade ner Eric in i hamnen.

Några sekunder senare uppstod en explosion och en kaskad med vatten, blod och kroppsdelar översköljde oss.

Marvin suckade och talade: "Wow. Jag kunde aldrig ha anat att mitt fotbollsdömande skulle göra folk till självmordsbombare. Det är bäst att jag lägger bort visselpipan för gott. "

"Ja, det är nog bäst så. Du gjorde en hemsk insats mot mitt lag för fem år sedan, så jag förstår honom." Svarade jag.

"Tack för den oönskade feedbacken." Skrockade Marvin.

"Förlåt. Jag är ledsen att jag drog in dig i det här", svarade jag.

"Håll käften. Så snart vi är färdiga med polisförhören kommer jag att åka hem och gnälla om detta online. Jävla regeringstjänsteman. " Gnällde Marvin.

Jag stod tyst och några minuter senare anlände polisen för att föra bort oss.

SOM DET VISADE SIG var regeringen inte nöjda med hur jag hanterade den störda terroristen Eric. Trots att jag stoppade terroristen utan att någon oskyldig skadades, anklagades jag för att ha "hotat allmänheten" och jag förlorade mitt jobb. Sådan otacksamhet mot hjälten som räddade dagen.

Efter mordförsöket omprövade Marvin Lundgren sina prioriteringar. När han avgick som fotbollsdomare vann han utmärkelsen "Årets sämsta domare". Detta var det logiska valet eftersom Marvin var den enda fotbollsdomaren som var tillräckligt dålig för att stimulera terrorism med sina tvivelaktiga domslut.

På grund av hans inkompetens fanns det bara ett karriärfält kvar för Marvin att söka. Marvin blev ett folkhälsoombud, där han kostade statsekonomin två miljarder dollar, varje gång någon blev snuvig.

Erics död inspirerade många imitationsmördare, och ett tag så orsakade missnöjda idrottare fler terroristattacker än muslimer. För att ta itu med detta problem attackerade regeringen muslimska länder för att se till att arga muslimer låg bakom flest terrorattacker.

Slut.

Kingsleys Resa i Indien.

"För drottningen och fäderneslandet!"

Lord Kingsley Fahrenheit mumlade dessa ord irriterat när han förberedde sig för en dagsritt på väg till Delhi. Kingsley uppskattade inte drottning Victorias regeringstid. Hans ogillande handlade inte om Victorias politik utan om hennes kön. En kung ledd av Gud bör styra en nation. Således var det ogudaktigt att ha en kvinna som regent.

Kingsley skakade av sin kvinnofientlighet. Han var en betrodd tjänare av Englands krona och åtminstone så var drottning Victoria en vit kvinna som följde den enda sanne Guden, Jesus Kristus. Således var hon den rättmätiga härskaren över hedningarna som bodde i dessa länder.

Kingsley gick till stallet för att bestiga sitt pålitliga sto, Sphinx. Den indiska sommarvärmen var outhärdlig och hans tjocka uniform som betecknade hans status som brittisk tjänsteman gjorde inte saker bättre.

"Kom igen, soldater. Vi måste skynda oss till Delhi." Ropade Kingsley till sina lokala värvade soldater.

En av soldaterna sa något på hindi och de andra skrattade ett vilt skratt. Kingsley fruktade att hans soldater gjorde narr av honom. Men han kunde inte veta, och hans okunnighet försatte honom i en svår sits. Han behövde bevisa sitt värde genom att visa upp sina förmågor och ledarskap.

'Varför behöver jag godkännande från dessa vildar?' Tänkte Kingsley och kom ihåg varför han reste till Delhi. Det ryktades att sabotage ägde rum på opiumplantagerna, och om han inte hanterade det skulle Storbritannien förlora Opiumkriget mot Kina.

"Vi är redo att resa, Lord Fahrenheit," ropade Rajesh, en indisk famik.

"Mycket bra. Låt oss skynda oss. " Ropade Kingsley, och tillsammans red de nordost mot Delhi.

KINGSLEYS HUVUD SNURRADE när hypertermi nästan fick honom att svimma. Var hans höga kroppstemperatur en följd av hans tjocka kläder eller hade han fått en farlig tropisk sjukdom? Oavsett den bakomliggande orsaken till hans tillstånd kände Kingsley fruktan. Han var mitt i ett barbariskt land, och hans ställning vid kungliga hovet i London skulle inte rädda honom om han förlorade lojaliteten hos sina män.

”Jag borde ha behandlat männen bättre. Jag behöver dem mer än någonsin.' Reflekterade Kingsley innan en annan tanke grep tag i honom. Skulle hans män lämna honom åt sitt öde? Visste de att han var sjuk?

"Vi stannar här för att vattna våra hästar och vila," ropade Kingsley med en svag röst. 'De här vildarna kommer att äta mig levande för detta.' Tänkte Kingsley medan svett översköljde hans ansikte.

”Lord Fahrenheit. Vi är försenade till vår inspektion av opiumplantagerna runt Delhi,” invände Rajesh.

”Tyst, Rajesh. Jag representerar drottningen och mina ord kan inte ifrågasättas.” Väste Kingsley.

Med detta sagt steg Kingsley av sin häst, snubblade mot ett träd och kollapsade.

KINGSLEY KÄNDE ATT han svävade i rymden. Hans kropp svarade inte och hans sinne vandrade mellan vackra platser. Hade han nått efterlivet?

"Du är inte klar med din uppgift, vakna." Ekade en eterisk röst i Kingsleys huvud. Han samlade sin viljestyrka och öppnade ögonen. Hans ögon sved från det svaga ljuset från en oljelampa i hörnet av tältet han befann sig i. "Jag måste ha varit utslagen länge." Tänkte Kingsley.

”Åh, så du är äntligen vaken." Sa en kvinnlig röst.

Kingsley vände sig mot rösten och darrade när hans blick når en vacker kinesisk kvinna. Så mycket som han tyckte om kvinnans drag var han också livrädd för hennes etnicitet. En kinesisk kvinna i Indien var dåliga nyheter då det brittiska imperiet kämpade mot Kina i opiumkriget. 'Det känns som att jag tittar på en ängel, jag känner både rädsla och vördnad.' Reflekterade Kingsley.

”Lord Fahrenheit. Det verkar som om dina män har förrått dig. Tur att jag hittade dig. ” Sa kvinnan.

"Vem är du?" Mumlade Kingsley.

”Åh, hur oförskämt av mig att inte presentera mig själv. Jag heter Wang Lao, och jag är en ödmjuk kinesisk köpman. ” Svarade Wang.

Kingsley såg sig omkring i tältet och han visste att Wang ljög. En köpman reste inte så här och hon skulle inte ha broderi med den kinesiska kejsarens sigill. Wang var en ambassadör, eller ännu värre, en spion som hade skickats av den kinesiska kejsaren. Kingsley bestämde sig för att hålla tyst. Han behövde komma till botten med detta. Han behövde veta vem som hade sålt ut honom till kinesisk fångenskap. Att konfrontera Wang var inte sättet att uppnå detta.

"Jag heter Lord Kingsley Fahrenheit. Jag är drottning Victorias sändebud från det brittiska riket. " Sa Kingsley.

"Jag vet. Jag hörde dina män prata om dig på krogen. De lämnade dig för att dö när du blev sjuk. Du är inte särskilt populär bland dina tjänare, eller hur?" Retade Wang.

"En man bör känna till sin position i livet", svarade Kingsley.

"Och hur är det med en kvinna?" Frågade Wang.

"Samma regler gäller för alla människor under Gud", svarade Kingsley.

"Jag gillar den tanken", sa Wang, vände sig mot dörren och ropade, " Bái móguǐ xǐngle . Dài shàng cǎoyào tāng. (Den vita djävulen är vaken. Ta med örtsoppan.) "

En manlig tjänare rusade in, knäböjde, gav Wang en skål soppa som en religiös ritual, och sprang iväg.

Wang gav Kingsley soppan och talade. "Som ni ser är mina tjänare mer lojala än era, Lord Fahrenheit."

Kingsley nickade och drack den bittra kinesiska soppan. Han trodde inte på kinesisk medicin och annan häxkonst, men han såg inget annat val än att uppfylla sina kinesiska fångvaktares önskemål. Efter att ha druckit soppan blev Kingsleys ögonlock tunga, så han blundade och somnade.

DAGEN DÄRPÅ KÄNDE KINGSLEY sig mycket bättre. Han var osäker om soppan hade fungerat eller om hans immunsystem hade aktiverats. Men han visste en sak, han kände skam för sina lustfyllda tankar rörande Wang Lao. Kingsley hade inte sett sin förlovade, Amber Wellington, på sex månader, och i hennes frånvaro fyllde djävulen hans sinne med lust mot andra kvinnor.

”Vi är på väg till Delhi. Jag antar att det också är din destination?” Frågade Wang.

'Hon vet redan svaret på den frågan,' tänkte Kingsley och svarade. "Ja. Det skulle glädja mig om jag kunde bekanta mig med dig och ditt följe. ”

”Jag skulle också älska ditt sällskap." Förförde Wang.

Kingsley studerade sin kinesiska motpart. Flörtade hon med honom? Han försökte skaka av idén. Han hade varit febrig i flera dagar och det var ingen mening att underhålla idén om en romans med Wang. Kingsley harklade sig och talade. ”Umm, ska vi bege oss då? Det är bättre att vi rider innan det blir för varmt. ”

”Led vägen, Lord Fahrenheit,” svarade Wang och bugade.

Kingsley gick ut och han stirrade på hästarna som Wangs följe red. Kingsleys häst Sphinx var bland dem, vilket var rimligt, men hur kunde den kinesiska gruppen inneha hästen Happy Slapper, som hade körts av Kingsleys fänrik Rajesh?

Kingsley märkte att en av de kinesiska männen haltade och att det fanns blodsrester på hans svärd. Kingsley bad att blodet inte var från hans män. I vilket fall som helst var han tvungen att följa gruppen för tillfället. Även om de inte hade hotat honom var hans trupps försvinnande och stölden av deras hästar oroväckande tecken. "Jag hoppas att jag hittar en konstapel på vägen för att varna om min situation," tänkte Kingsley när besteg Sphinx. Det mäktiga stoet svarade bra på hennes ryttare, och om saker och ting blev värre, kunde han försöka rida ifrån sina fångslare. Men för tillfället skulle han försöka ta reda på vad de tänkte göra. Kingsley och gruppen red mot nordost för att möta den stigande solen.

"VI STANNAR FÖR EN LUNCHPAUS här."

Kingsley gav Wang en nyfiken blick när hon steg av sin häst utanför en opiumhåla. Varför skulle de stanna här? Han inhalerade de skadliga ångorna som avdunstade från anläggningen. Kingsley hostade och ropade: "Jag tror inte att de säljer mat där inne."

Wang flinade åt Kingsley och svarade. "Jag sa aldrig något om att äta, eller hur?"

Innan Kingsley hade svarat på hennes uttalande gick Wang in i hålan och Kingsley följde efter. Kingsley visste inte vad som pågick, men han visste en sak, han kunde inte låta Wang bli beroende av opium.

När han kom in i det svagt upplysta rummet hade Wang ett opiumrör i handen. Hon log och sa, "Det här är fantastiskt. En rök av detta tar oss till himlen. Detta är framtiden för mina kinesiska medborgare. "

Kingsley visste inte vad han skulle säga. Medan han stödde opiumhandeln var han besatt av Wang och hennes lustfyllda kropp. Hans besatthet förvandlades till en form av kärlek, och han ville inte att kvinnan han kände begär för skulle falla offer för giftet han försökte sälja. Han kände till konsekvenserna av opiumberoende från egen erfarenhet. "Gör det inte. Rök inte opiumet." Vädjade Kingsley.

"Varför inte? Det är en gåva från Gud, och det tar mig till himlen." Sa Wang och tog en djup inandning från opiumröret.

"Det kommer att förstöra ditt liv. Jag vill inte att det ska hända. " Svarade Kingsley.

"Varför är det så? Varför bryr du dig om mitt liv?" Frågade Wang.

"För att jag älskar dig", sa Kingsley.

"Låt oss då röka tillsammans. Vi kan åka till himlen och tillbringa evigheten tillsammans. " Svarade Wang.

Kingsley stirrade på Wang som rökte opium på ett mycket förföriskt sätt. Wang tog av sin klänning och visade upp sin tajta kropp. Kingsley skakade. Han åtrådde henne något enormt.

"Kom rök med mig. Låt oss uppleva himlen tillsammans." Förförde Wang.

Kingsley kröp över till Wang. Han visste hur hemskt han skulle känna sig nästa dag, men det var värt det. Hon var en succubus, och han var hennes slav. När Kingsley tog en djup inandning av drogen, bleknade rummet ut i bakgrunden och han var i himlen.

KINGSLEY VAR DRÄNKT i svett när han vaknade nästa dag i opiumhålan. Ännu värre, Wang Lao var borta.

"Wang Lao, kom tillbaka till mig. Jag älskar dig." Ropade Kingsley desperat.

Fänrik Rajesh gick in i opiumhallen och talade: "Lord Fahrenheit. Det blir svårare att kontrollera våra män under dina episoder. "

"Den kinesiska kvinnan som reste med mig. Vad gjorde du med henne, din indiska hund?" Fräste Kingsley

"Jag vet inte vad du pratar om," svarade Rajesh.

"Jo det gör du. Du mördade henne för att du är desperat att kontrollera opiumhandeln. Det är den gyllene gåsen för din familj." Anklagade Kingsley.

"Jag kan inte mörda någon som inte finns," utropade Rajesh.

Kingsley stirrade på Rajesh med ögon fulla av hat. Hur vågade hans indiska fänrik förneka honom den kärlek och glädje han hade känt i Wang Laos omfamning. Det fanns bara en sak kvar att göra. Han behövde döda Rajesh för vad han gjort mot Wang Lao.

Kingsley agerade instinktivt och stack Rajesh med sin dolk innan den indiska mannen insåg faran.

' Jävla förrädare. Varför dödade de min enda sanna kärlek? De ska betala för detta. ' Tänkte Kingsley och kastade en oljelampa bredvid Rajeshs kropp för att starta en eld. Han rusade ut ur opiumhålan och var på väg att bestiga sin häst när en man ropade. "Lord Fahrenheit. Vad händer? Var är Rajesh?"

Kingsley avsåg inte att besvara frågan, så han vände sig om och sköt mot den indiska mannen. Han red mot det närliggande opiumlagret. 'Jag kommer att dräpa dem alla.' Tänkte han, men han kom inte långt innan en hagelsvärm gjorde slut på hans elände.

ER KUNGLIGA HÖGHET.

Det är med ett tungt hjärta jag informerar er om Lord Fahrenheits död. En malariainfektion kombinerat med ett opiatberoende drev honom till vansinne, vilket fick honom att mörda sin fänrik och tända eld på en opiumhåla. Olyckligtvis kunde hans män inte fånga honom levande.

Vänligen meddela mig om du har en föredragen kandidat som kontrasabotagekontakt för opiumhandeln.

Din trogna tjänare Charles John Canning, generalguvernör för Indien.

Slut.

Dwayne Beesly kommer ut.

'M or, det är något jag måste berätta för dig.'
Hollywood-kändis Dwayne Beesly mumlade dessa ord när han beundrade utsikten från sin mors herrgård. I fjärran syntes en storm och den påminde honom om den känslomässiga striden han hade känt ett tag. Dwayne hade känt sig konstig när han växte upp och han visste att han inte var som de andra. Han var inte som hans mor Eleanor Beesly hade uppfostrat honom.

Dwayne hade tvekat om ämnet ett tag. Hollywoodlivsstilen hade passat honom, och han skulle sakna de överdådiga festerna och uppmärksamheten han fick när han gick nerför boulevarden i sin senaste iögonfallande klädsel.

Dwayne plockade upp ett äpple från en fruktskål och han tog en tugga. Han spottade ut äpplet eftersom det var fullt av mask. Detta var hans tecken; Gud hade fått honom att plocka upp detta äpple så att han skulle se korruptionen hos Hollywood-eliten.

"Eleanor, kan du komma hit," skrek Dwayne och hans Botox-injicerade mamma närmade sig honom.

Dwayne tittade på sin mamma. Hon hade varit en fantastisk skönhet i sin ungdom. Men allt som återstod var ett fult skal från hennes många plastikoperationer på grund av hennes desperata önskan att förbli relevant.

"Vad är det, älskling? Andrew berättade för mig att du gjorde slut med honom. Hände något i Saint Tropez?" Frågade Eleanor.

"Jag åkte aldrig till Saint Tropez," svarade Dwayne.

"Men jag såg dig på kändisfoton från filmgalan?" Svarade Eleanor chockat.

"Jag skickade en look-a-like. Vem som helst kan se ut som jag om dom klär sig som jag." Avslöjade Dwayne.

"Det är inte sant. Jag skulle ha sett det." Protesterade Eleanor.

"Titta igen, mamma!" Ropade Dwayne.

Eleanor tog några steg tillbaka. Hon öppnade kändisfoton på sin telefon och hon tappade andan i chock. Dwayne talade sanning; det var inte han på bilderna.

"Jag förstår inte. Om du inte åkte till Saint Tropez, vad har du gjort de senaste veckorna?" Frågade Eleanor.

"Jag tillbringade tid med Maggie på hennes föräldrars gård i Syd Dakota," avslöjade Dwayne.

"Maggie? Vi känner ingen Maggie. Och vad gjorde du i vildmarken?" Frågade Eleanor förvirrat.

"Maggie är en kvinna jag träffade i kyrkan. Vi ska gifta oss och köpa en gård nära Sioux Falls."

"Vänta. Säger du att du har förvandlats till en religiös, heterosexuell, konservativ man?" Frågade Eleanor.

"Jag har alltid varit dessa saker," svarade Dwayne.

"Detta är oacceptabelt. Lämna omedelbart mitt hus din trångsynta person." Utropade Eleanor.

Dwayne vände sig om och gick mot dörren. Han kände sig besviken över att hans mamma inte kunde uppskatta hans verkliga jag då hon hade varit affischkvinnan för tolerans och mångfald. Å andra sidan kände han sig lättad över att han inte längre behövde leva Hollywood-lögnen och att han kunde vara med Maggie.

När Dwayne lämnade huset blev han dyngsur av regnet. Hans mor sprang efter honom och utropade: "Dwayne, vänta."

Dwayne vände sig om och log. "Ja mamma?"

"Vad är namnet och telefonnumret till imitatören du använde i Saint Tropez", frågade Eleanor.

"Hej då, Eleanor," sa Dwayne och lämnade sin mors herrgård för att aldrig återvända.

Champagneincidenten.

*P^{op*} Brandmannen Robbie O'Hare tog skydd och undvek projektilen som slungades mot honom.

'Jag är fast!' Tänkte Robbie när han tittade på den oöverstigliga dödsfällan som blockerade hans väg, en hylla med 48 champagneflaskor med korkarna riktade mot dörröppningen. Champagneflaskorna skrämde honom mer än de omgivande bränderna. Hur skulle han fortsätta sin sökning efter överlevande i den brinnande byggnaden?

Robbie visste att hans fruktan för champagneflaskor var irrationell, men han kunde inte komma över den förlamande rädslan. Champagne, eller snarare, korken som poppade med hög hastighet, hade förstört hans liv.

Tre månader tidigare hade Robbie tänkt fria till sin flickvän Samantha Swan. Han hade klätt sig i sin finaste kostym, köpt en dyr ring och hyrt ett hotellrum med en gratis champagneflaska. Allt hade varit upplagt för en perfekt romantisk kväll förutom en detalj. Hotellet Robbie hade valt var ett nergånget tillhåll för prostituerade och heroinmissbrukare.

Samantha hade inte uppskattat Robbies gest, och det hade blivit värre när Robbie öppnade champagneflaskan. När han öppnade flaskan hade Robbie skjutit Samantha i ögat med korken, och hon hade stormat i väg.

En stund senare hade polisen anlänt och arresterat Robbie då Samantha hävdade att han hade fört henne till detta skumma hotellrum för att skrämma och attackera henne. Hennes blåtira från korken hade gett trovärdighet åt hennes påstående, och Robbie hade tillbringat några nätter i häkte innan han betalade borgen. Ett av borgensvillkoren var ett besöksförbud och således hade Robbie inte kunnat lösa konflikten med Samantha.

Medan brottsmålet inte var avklarat, så oroade sig inte Robbie för domstolarna. Men hans katastrofala försök att fria hade gett honom en fobi mot champagneflaskor, och han beskyllde dem för sitt elände.

"Robbie. Kan du höra mig? Hur går det på andra våningen?"

Surrandet från hans radio fick Robbie att ta sitt förnuft till fånga. Han befann sig i en brinnande byggnad; det var inte läge att fundera på det som varit.

"Jag har ytterligare ett rum att undersöka. Jag går in!" Utropade Robbie och rusade mot champagneflaskorna, som poppade på grund av värmen.

*Pop! Pop! Pop! *

Robbie kände sig lättad när han stormade genom dörren och blev skjuten av flera champagnekorkar. Den minimala smärtan han kände från att bli träffad av korkarna var en katartisk upplevelse, och han kände sig fri.

Robbies känsla av frihet var kortvarig då han såg en medvetslös kvinna. Han sprang fram till kvinnan för att få ut henne ur den brinnande byggnaden. Han stirrade chockat när han insåg att hon var Samantha.

"Å nej. Jag tar dig härifrån, Sammy." Snyftade Robbie, lyfte Samantha över axlarna och skyndade sig att lämna den brinnande byggnaden.

"DU HITTADE HENNE FÖR sent. Vi kunde inte rädda henne." Sa en läkare.

"Å nej! Gud, förlåt mig! " Utropade Robbie och sjönk ner till golvet.

Läkaren lade handen på Robbies axel, men Robbie knuffade bort honom och sprang mot badrummet för att spy.

Efter att ha spytt stirrade Robbie på sin spegelbild i badrumsspegeln. Han såg sitt onda dolda jag och han insåg vad han hade gjort. Hans undermedvetna hade sett den medvetslösa Samantha och förhalat hans försök att rädda henne. Hans undermedvetna ville att Samantha skulle dö, och därför hade han paralyserats.

Skulle Samantha ha levat om han inte hade varit feg? Det fanns inget sätt att veta, men Robbie visste en sak. Han kunde inte leva med vad han hade gjort.

Robbie slog huvudet i spegeln för att förinta hans onda personlighet. Med blod strömmade från hans uppskurna ansikte sprang han genom sjukhuset medan han utbrast plågade skrik. Till slut kastade han sig från byggnaden och föll till sin död.

Än i dag så hemsöker Robbies plågade skrik det övergivna sjukhuset i Darkwick Grove.

Slut.

Don't miss out!

Visit the website below and you can sign up to receive emails whenever Martin Lundqvist publishes a new book. There's no charge and no obligation.

https://books2read.com/r/B-A-QIOG-OZARB

BOOKS 2 READ

Connecting independent readers to independent writers.

Also by Martin Lundqvist

10 Cuentos
10 Cuentos vol 1
10 Cuentos vol 2

10 Kortnoveller
10 kortnoveller volym 1
10 Kortnoveller volym 2
10 Kortnoveller volym 3
10 Kortnoveller volym 4
10 Kortnoveller volym 5

10 Short Stories
10 Short Stories Volume 1
10 Short Stories Volume 2
10 Short Stories Volume 3
10 Short Stories Volume 4
10 Short Stories Volume 5

Divine Space Gods
Divine Space Gods: Abraham's Follies
Divine Space Gods II: Revolution for Dummies

Divine Space Gods III: Rangda's Shenanigans

Jack Sten Hårdh
Jack Sten Hårdh och Tidsresenären

La Trilogica Divina Zetan
La Divina Disimulación

Sabina räddar framtiden
Sabinas jakt på den heliga graalen

Sabina Saves the Future
Sabina's Pursuit of The Holy Grail
Sabina's Quest to Open the Portal in the Sun Pyramid
Sabina's Expedition to Stop the Apocalypse

The Banker Trilogy
The Banker and The Dragon
The Banker and the Eagle: The End of Democracy
The Banker and the Empath

The Divine Zetan Trilogy
The Divine Dissimulation
The Divine Sedition
The Divine Finalisation

En australiensisk spions bisarra uppdrag.
50 Short Stories
50 kortnoveller

Watch for more at martinlundqvist.com.